中小学生语文素养文库

古代传记文学精品鉴赏

主　　编　徐安崇　秦兆基
本册主编　廉　萍
编　　者　陈阳春　匡　钊
　　　　　廉　萍

辽宁教育出版社

图书在版编目（CIP）数据

古代传记文学精品鉴赏/廉萍主编. —沈阳：辽宁教育出版社，2002.1（2012.2重印）
（中小学生语文素养文库/徐安崇等主编）
ISBN 978-7-5382-6228-5

Ⅰ.古… Ⅱ.廉… Ⅲ.传记文学—文学欣赏—中国—古代—中学生—课外读物 Ⅳ.I207.5

中国版本图书馆CIP数据核字（2001）第091819号

辽宁教育出版社出版、发行
（沈阳市和平区十一纬路25号 邮政编码 110003）
沈阳市新友印刷有限公司印刷

开本：700毫米×1010毫米 1/16	字数：206千字	印张：14½
2002年1月第1版		2012年2月第2次印刷
责任编辑：李文山 张国强 李双宇 夏兰兰	责任校对：刘 瑛
封面设计：魏 晋	版式设计：王 晶

ISBN 978-7-5382-6228-5
定价：18.00元

《中小学生语文素养文库》

顾　问

柳　斌

编委会 (按姓氏笔画排列)

王寿彝	王泉根	史习江	史建中	齐大群
刘国正	苏立康	张　杰	张定远	欧阳代娜
俞晓群	赵大鹏	郭铁良	陶伯英	秦兆基
徐安崇	高石曾	高振宝	舒红锦	霍懋征
魏书生				

策　划

杨曙望　刘国玉　郑飞勇

《古代传记文学精品鉴赏》

编委会

主　　编	徐安崇　秦兆基
本册主编	廉　萍
编　　委	廉　萍　陈阳春　匡　钊　徐安崇
	秦兆基　李建军　刘登阁　高俊卿
	王家伦　朱子南　长　岛　陈忠玲
	阮小峰　王明云　卢雪晖　张宝利
	周云芳　邵统亮　孙振宁　陈高桦
	刘雪梅　解庆兰　洪　正

序

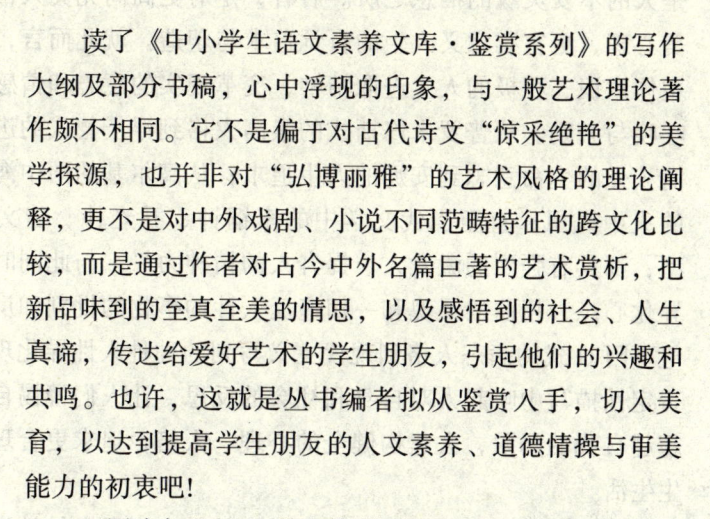

陈传才

　　读了《中小学生语文素养文库·鉴赏系列》的写作大纲及部分书稿，心中浮现的印象，与一般艺术理论著作颇不相同。它不是偏于对古代诗文"惊采绝艳"的美学探源，也并非对"弘博丽雅"的艺术风格的理论阐释，更不是对中外戏剧、小说不同范畴特征的跨文化比较，而是通过作者对古今中外名篇巨著的艺术赏析，把新品味到的至真至美的情思，以及感悟到的社会、人生真谛，传达给爱好艺术的学生朋友，引起他们的兴趣和共鸣。也许，这就是丛书编者拟从鉴赏入手，切入美育，以达到提高学生朋友的人文素养、道德情操与审美能力的初衷吧！

　　正因为如此，丛书在体制和写法上，也别开生面，打破了作家化的谋篇，力求用自己的审美感知去引发读者的阅读、欣赏。书中每一部分的内容，几乎是由一篇篇声情并茂、寓意丰赡的散文组成，从而把读者吸引到各类艺术的佳境之中。丛书所带给读者的，不仅仅是中外艺术美的千姿百态，或雄浑，或自然，或豪放，或枯淡，或悲壮，或典雅，或绮丽，或沉郁，以及不同风格的美是怎样创造出来的；而且还诱导读者在艺术鉴赏中，感受作品的构思与作家经历、个性、气质、思想、情感的复杂关系，体味作品形象、意境蕴含的关乎人的生命意义的各种价值。虽然艺术的价值是满足主体精神需要的价值，但因人的精神活动并非孤立存在的，而是同现实生存实践活动密切联系的，所以主体就不仅仅从精神需要方面去体悟艺术价值，还进而从人的现实存在及其发展去理解艺术价值。于是人们在鉴赏活动中体验到了艺术的价值取向与人生价值取向的契合，形成了包含"补偿、调适"与"建构、激发"在内的两重价值取向。前者，旨在寻求心理平衡，以适应人的生存发展。就此而言，艺术的审美世界是人的不安灵魂的栖息之所。后者，是对更高尚完美人格、更健康完美心理、更富有意义人生的自觉追求与塑造。就此而言，它是对人的主体意识、积极的人生进取精神、变革现实的意志和情感力量的主动呼唤与激励。从普罗米修斯式的崇高人格到浮士德式的进取精神；从简·爱的生命意志到安娜的人生追求；从高尔基的雨中海燕到郭沫若的火中凤凰；直至当代文学中的李铜钟、乔光朴、陆文婷等人格类型，都具有强烈的激发人、提升人的精神力量。与此同时还表现为对异化心态、扭曲的灵魂和一切违反人性的事物的批判和反思，从鲁迅笔下阿Q式的病态人格到现代主义写到的种种人性异化现象，都是在否定性描写中唤起人对自身和社会的反思，让人们警惕自身的异化，超越自我的局限，去建构健全的心理、人格，追求更合理、完美的人生生活。

所以，本丛书不仅对于提升学生的人文素质和精神世界起到潜移默化的作用，而且对于培养学生的鉴赏能力，提高审美情趣与审美水平，也将产生深远的影响。在当今社会变革发展的时代生活情境中，更需要注重人的精神价值追求，以克服物质生活与精神生活的失衡现象，使人获得全面的发展。艺术的审美，正是人的精神需要和价值追求的重要方面；而艺术鉴赏则是实现审美教育的基本途径之一。

艺术鉴赏的过程，首先是从人们对于艺术的感性形式的审美而发端的。所谓"感性形式"，就是那些作用于我们的感官和想象的因素——形象、意象、情节、词语、音韵，形成艺术作品的感性外观的种种成分。这些具体可感的因素，无疑能够引起人的美感享受而激发精神性的愉悦。正因为如此，艺术必然具有与其语言、符号等物质相吻合的感性价值。尤其是文学的语言符号系统，更突出地显现其描绘形象、叙述事件、传达感情的形式价值。读者如果不是首先从感性形式中获得感官的快适，就难以激发起对艺术深层意蕴的体悟的情感。而当读者从感性形式进入艺术意蕴的深层体验阶段，便意味着鉴赏活动已达至对艺术"内涵的价值"的探寻的更高水平，不仅需要丰富的想象力和人生经验，更需要助于敏锐的审美判断力。因为，任何艺术语言、符号的背后都隐含意义；尤其是文学作品，更是由那些携带意义的词、句组织起来的，它既保留了词和句子本身的意义；还因作家的审美建构而扩展了原来的意义，产生了新的意义。比如人们所熟知的"午夜江声推月上"这句诗中的每个字、词，都有它们的本义，但是，当诗人凝聚成一个完整的诗句后，却产生了全新的意义，传达了诗人对于客观物象的审美情思：月亮贴着水面升起，仿佛是江水的波涛声把它推上半天。一句诗是如此，一部作品就更是如此了，并且还要复杂、深刻得多。这说明，作品的"内涵的价值"就在形式背后的意义之中。正如杜夫海纳所说："价值存在于对象的存在之中，特别是存在于赋予它形式与风格的东西之中，也就是存在于给它以活力的意义之中。"（《美学与哲学》）读者只有借助丰富的想象力与敏锐的知解力的相互作用，才能将艺术形式隐含的意义与价值发掘出来，并反观自身，获得人生境界和艺术境界的提升。可见，艺术鉴赏的过程，就是读者与作家、作品进行交流与对话的过程。要实现真正的"对话"，读者就须潜入作品的内容与形式的有机统一之中，调动自己全部的艺术素养和人生经验，从"词采葱茏"的审美快适，进入作品意蕴及所隐含的"味外之旨"，如此方可称作成功的艺术鉴赏。也惟有在鉴赏活动中不断提高自身的艺术素养和审美能力，鉴赏才能达到更高的境界。

显然，丛书中每个部分的鉴赏文字，是各具个性与特色的。有的以艺术感受的灵性见长；有的更显理性思考的深邃；有的以丰富、独到的体验打动人；有的则执著于对艺术与人生的深沉剖析启发人……正是这各呈风采的特色，体现了艺术鉴赏的特质和规律。中国古人早就深谙此中三味，发出了"诗无达诂"的感慨；西方谚语更有"一千个读者就有一千个哈姆雷特"的箴言，都昭示着艺术的鉴赏最富有主体审美再创造的特性。这种审美的创造能力，正是一个全面发展的人不可或缺的重要素质。我以为，这正是丛书对于当代美育可以发挥作用的独特之处。但愿这套丛书始终伴随广大读者，尤其是广大的中学生朋友，参与到当代美育建设的实践之中，用美的思想、情操完善自身，影响他人，推进社会的全面进步！

2001年11月于人民大学宜园

(陈传才教授：中国人民大学博士生导师，著名文艺理论家)

导言　读史使人明智
——浅谈传记散文的阅读与欣赏

　　传记散文，是中国古代文学中的一种重要样式，其主要目的是记载传主生平事迹、刻画传主性格特点、反映传主精神风貌，同时表达作者本人的价值评判和思想寄托。这一文体源远流长，其源头可以一直追溯到两千多年前的春秋战国时期。当然，对于人类历史上英雄杰出人物的传诵与铭记，早在人类社会活动开始之初就已经存在，但在漫长的原始社会与奴隶社会中，这种纪念更多的是采取口头传唱的形式，文字出现后，也只是在器皿铭文中可以见到零星韵文记载，还不能称之为文章，当然也就无所谓传记。进入春秋战国时期以后，生产力获得较大发展，社会分工进一步明确，思想界出现了"百家争鸣"，私家著述盛行，大批著作涌现并流传到现在，其中就有不少篇章含有传记散文的因素。比如《左传》、《国语》、《战国策》等历史著作，在记录历史大事的同时，也刻画了一批栩栩如生的人物形象。在《论语》、《孟子》、《庄子》、《墨子》等诸子散文中，也有不少段落记载了人物之间的对话和神态，具有传记文学的特点。但是这些还都算不上严格意义上的传记散文。

古代传记文学精品　鉴赏

西汉时期伟大的历史学家、文学家司马迁倾尽毕生精力撰写的《史记》，是我国历史上第一部纪传体通史，曾被鲁迅先生誉为"史家之绝唱，无韵之离骚"。这部历史巨著的诞生，也标志着传记散文的正式形成和成熟。在《史记》中，司马迁首次确立了"本纪"、"世家"、"列传"等按照人物身份地位不同而不同的体例分类，这个分类被此后的史家一直沿用，在近两千年的历史中，逐渐累积形成了有"二十四史"之称的汗牛充栋的正史系列，在中国历史上产生了深远的影响。二十四史中，《史记》与班固《汉书》、范晔《后汉书》、陈寿《三国志》等所谓"前四史"的文学成就最高。其中的优秀传记散文，比如《项羽本纪》、《廉颇蔺相如列传》、《陈涉世家》、《霍光传》、《苏武传》、《张衡传》等，都成为历代作者仿效的典范作品。在正史系列以外，碑铭、墓志、传状、自传等各种杂体传记也发展起来，这部分作品形式灵活，篇幅随意，手法多样，内容庞杂，与正史互为补充，相辅相成。两汉时期，盛行厚葬，碑铭墓志等介绍死者生平的文字越来越受到重视，东汉时期著名文学家、学者蔡邕一生中就写了很多这种文章。到南北朝时期，骈体文盛行，但以刘义庆《世说新语》为代表的志人小说、干宝《搜神记》为代表的志怪小说也发展起来，并进一步丰富了传记散文的表现手法。唐宋时期著名的"古文八大家"韩愈、柳宗元、欧阳修、苏轼、曾巩等，也都是写作传记散文的高手。其中韩愈的《张中

丞传后叙》、柳宗元《段太尉逸事状》，补充记录了这两位传主的感人事迹，是影响非常大的作品。这一时期，传记散文的描写对象也大大丰富，除了政治、军事、文学等各领域的杰出人物外，其他三教九流的普通人也都进入作者笔下，比如柳宗元的《种树郭橐驼传》，就是以一位种树老人作为描写对象。明清时期也出现了一批擅写传记文章的散文大家，比如宋濂、高启、归有光、袁宏道、张岱、侯方域、方苞、姚鼐等，其中归有光的《先妣事略》、《寒花葬志》，善于通过日常小事传达家庭亲情，是传记散文的新发展。

从内容上来说，传记散文为读者展现了一道多姿多彩、异彩纷呈的人物长廊。上至帝王将相，下至村氓农妇，只要有一节可录，无不被收罗。在这道长廊中，有项羽、刘邦等叱咤风云的英雄，有苏武、文天祥等可歌可泣的爱国志士，有屈原、陶渊明、李白等文人墨客，有张衡、祖冲之等科学家，有戴进（绘画）、汤若曾（琵琶）、柳敬亭（说书）等艺人，还有大批名不见经传的普通人，因为一言一行一事足以感人而被作者捕捉记录。通过文学家们化腐朽为神奇的笔墨，他们的音容笑貌直至今天读来仍仿佛历历在目。这些传记散文，既反映了人物本身的生平经历、性格特点，也反映了他所生活的时代背景和风云变幻。每个人物串联起来，就组成了波澜壮阔的历史画卷。传记散文往往都带有明显的思想倾向，表达了作者本人的爱憎喜恶和价值评判，有的赞颂英雄气概，有的讴歌爱国主义，有的张扬个性，有

的批判现实，具有深刻的教育意义。"不虚美、不隐恶"的"实录"精神一直是史家推崇的优良传统，大部分传记散文遵循了这一传统。

在漫长的发展过程中，传记散文衍生出不少分支，名目繁多，比如上文提到的墓志铭、行状、自传等。在写法上也各具特色，除了传统的按部就班地介绍人物生平事迹的传记以外，有一些作者为了获得特殊的效果，故意打破常规做法。比如，墓志铭本来是去世以后由别人撰写，有人偏偏生前自己为自己撰写，比如徐渭、张岱等，游戏笔墨中蕴涵着深刻的愤世之情。也有一些作品借用传记的名称与写法，寄托自己的讽喻之意，更接近于寓言性作品，比如韩愈的《毛颖传》、马中锡的《中山狼传》等。总之，经过两千多年的不断发展和丰富，我国古代的传记散文，无论在内容上，还是在体裁写法上，都已经蔚为大观。

限于篇幅，本书在浩如烟海的中国古代传记散文中只选择了二十余篇进行注释讲解，当然只是沧海一粟而已，但窥斑知豹，我们希望能够通过解剖麻雀一样的评点赏析，帮助中学生朋友更好地理解原文，掌握阅读这一类文章的基本要领。全书按照传主的身份和生平事迹，分为"叱咤风云"、"浩然正气"等五辑。在选文时注意照顾作者和时代的均衡性，但更注意向学生们推荐优秀作品，像司马迁等大家的典范性作品，在许可的范围内，尽可能多选，比如《项羽本纪》，篇幅虽然稍长，但完整具体地介绍了西楚霸王项

羽短暂辉煌、南征北战、轰轰烈烈的一生，可读性极强。读完这篇作品，就会发现我们不仅了解了项羽这个人，也对当时的天下大势、历史发展脉络有了全面而清晰的认识。而且在阅读完全书后，我们还能体会到这篇文章对后世的影响是何等深远：在本书所选的二十多篇文章里，就有四五处使用了《项羽本纪》中的典故！

真诚地希望这本小书能带给中学生朋友真正的帮助，帮助你们体会到阅读的快乐。

编 者

2001年11月1日

目 录

序 ……………………………………………… 陈传才/1
导言　读史使人明智 ………………………………/1

叱咤风云篇

项羽本纪 …………………………………… 司马迁/3
霍光传 ……………………………………… 班　固/35
李将军列传 ………………………………… 司马迁/69

浩然正气篇

苏武传 ……………………………………… 班　固/83
范滂传 ……………………………………… 范　晔/99
张中丞传后叙 ……………………………… 韩　愈/107
段太尉逸事状 ……………………………… 柳宗元/116
李姬传 ……………………………………… 侯方域/123

文采风流篇

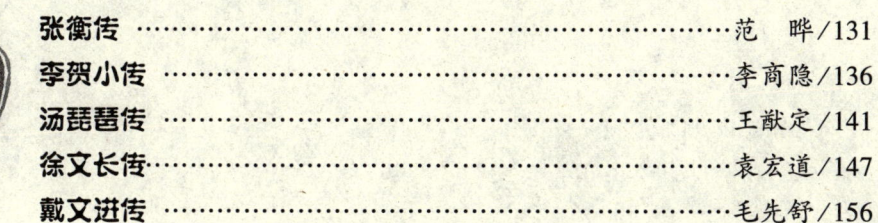

张衡传 ……………………………………… 范　晔/131
李贺小传 …………………………………… 李商隐/136
汤琵琶传 …………………………………… 王猷定/141
徐文长传 …………………………………… 袁宏道/147
戴文进传 …………………………………… 毛先舒/156

马伶传 ……………………………………………… 候方域/161
浔南冈小传 …………………………………………… 恽　敬/166

遗世独立篇

五柳先生传 …………………………………………… 陶渊明/173
方山子传 ……………………………………………… 苏　轼/178
六一居士传 …………………………………………… 欧阳修/182
孟德传 ………………………………………………… 苏　辙/186
自为墓志铭 …………………………………………… 张　岱/190

多味人生篇

种树郭橐驼传 ………………………………………… 柳宗元/199
先妣事略 ……………………………………………… 归有光/203
寒花葬志 ……………………………………………… 归有光/209
记孙觌事 ……………………………………………… 朱　熹/212

推荐书目 ……………………………………………………… /215

叱咤风云篇

力拔山兮气盖世
——项羽

吒咤风云篇

项羽本纪

司马迁

题解

司马迁(前145年?—前87年?),字子长,左冯翊夏阳(今陕西韩城)人。父亲司马谈是汉武帝时太史令。司马迁年轻时曾漫游天下,搜集史料,父亲去世后,他继任为太史令,开始《史记》的写作。天汉二年(前99年),名将李陵出兵匈奴,兵败投降。司马迁因为李陵辩护,获罪受腐刑。经受这一屈辱之后,他隐忍苟活,发愤著书,终于完成了我国第一部纪传体通史——《史记》,司马迁也成为我国历史上伟大的史学家和文学家,无论对于史学或是文学,都产生了巨大而深远的影响。

"本纪"是《史记》的五种体裁之一,用来记叙帝王事迹。司马迁在《项羽本纪》中生动再现了项羽刚毅勇猛、推翻暴秦的英雄形象,同时也对他不善于用人,"欲以力征经营天下"提出批评。本文人物性格丰富,形象饱满,是一篇优秀的传记文字。

正文

项籍者,下相人也①,字羽。初起时②,年二十四。其季父项梁③,梁父即楚将项燕,为秦将王翦

评点

项羽一生事业为抗秦,故特意标

---

①下相:地名,在今江苏宿迁西南。
②初起时:指项羽开始起兵抗秦时。
③季父:父亲的弟弟。

鉴赏

所戮者也。项氏世世为楚将，封于项①，故姓项氏。

项籍少时，学书不成②，去；学剑，又不成。项梁怒之。籍曰："书足以记名姓而已。剑一人敌，不足学，学万人敌。"于是项梁乃教籍兵法，籍大喜，略知其意，又不肯竟学③。

项梁尝有栎阳逮④，乃请蕲狱掾曹咎书，抵栎阳狱掾司马欣，以故，事得已⑤。

项梁杀人，与籍避仇于吴中⑥。吴中贤士大夫皆出项梁下，每吴中有大徭役及丧，项梁常为主办，阴以兵法部勒宾客及子弟⑦，以是知其能。

秦始皇帝游会稽⑧，渡浙江⑨，梁与籍俱观。籍曰："彼可取而代也。"梁掩其口，曰："毋妄言，族矣⑩！"梁以此奇籍。

籍长八尺余，力能扛鼎⑪，才气过人，虽吴中子弟皆已惮籍矣。

秦二世元年七月⑫，陈涉等起大泽中⑬。其九

	出初起兵时年龄：二十四。
	学万人敌，是其志向；不肯竟学，是其弱点。
	曹咎与司马欣事为后文伏笔。
	项羽志向。
	项羽才与力。
	陈涉首事。

---

①项：地名，在今河南商丘。
②学书：学习文字。
③竟学：完成学业。
④栎(yuè)阳：地名，今陕西临潼东北。逮：逮捕。指项梁曾被栎阳县以事逮捕。
⑤蕲(qí)：地名，在今安徽宿县南。狱掾(yuàn)：掌管狱讼的官吏。曹咎：人名。书：信。抵：送到。司马欣：人名。以故：因此。已：止息。意为：项梁请蕲的狱掾曹咎写了封求情的信送给栎阳狱掾司马欣，事情就此了结。
⑥吴：地名，在今江苏苏州。
⑦阴：暗中。部勒：安排，调度。
⑧会稽：秦郡名，今浙江西部和江苏南部皆其地，郡治吴县，即今江苏苏州。
⑨浙江：即今钱塘江。
⑩族：灭族。
⑪扛：举。
⑫秦二世元年：即公元前209年。
⑬起：起义，起兵。大泽：大泽乡，当时属蕲县，在今安徽宿县东南。

4

鉴赏 叱咤风云篇

月，会稽守通谓梁曰①："江西皆反②，此亦天亡秦之时也。吾闻先即制人，后则为人所制。吾欲发兵，使公及桓楚将③。"是时桓楚亡在泽中④。梁曰："桓楚亡，人莫知其处，独籍知之耳。"梁乃出，诫籍持剑居外待。梁复入，与守坐，曰："请召籍，使受命召桓楚。"守曰："诺。"梁召籍入。须臾，梁眴籍曰⑤："可行矣！"于是籍遂拔剑斩守头。项梁持守头，佩其印绶。门下大惊，扰乱，籍所击杀数十百人⑥。一府中皆慴伏⑦，莫敢起。梁乃召故所知豪吏，谕以所为起大事，遂举吴中兵。使人收下县，得精兵八千人。梁部署吴中豪杰为校尉、侯、司马。有一人不得用，自言于梁。梁曰："前时某丧使公主某事⑧，不能办，以此不任用公。"众乃皆伏⑨。于是梁为会稽守，籍为裨将⑩，徇下县⑪。

广陵人召平于是为陈王徇广陵⑫，未能下。闻陈王败走，秦兵又且至，乃渡江矫陈王命⑬，拜梁

> 项羽嗜杀，以力伏人，此处已见端倪。正是后来失败之源。

> 呼应前文"阴以兵法部勒宾客及子弟"。

---

①守：郡守。通：人名，姓殷。
②江西：长江在今安徽、江苏境内的一段流向为由西南往东北，故古称皖北一带为"江西"，皖南、苏南一带为江东。
③桓楚：人名。将：为大将带领军队。
④亡：逃亡。泽：野泽。
⑤眴(shùn)：使眼色。
⑥数十百：数十个，将近百人。
⑦慴(shè)伏：因畏惧而屈伏。慴同"慑"。
⑧公：对对方的尊称。主：主办。
⑨伏：信服。
⑩裨(pí)将：偏将，副将。
⑪徇：攻略，占领。
⑫召平：人名。陈王：即陈胜。广陵：今江苏扬州。徇：巡行。特指带兵攻占某地。
⑬矫：矫托，假托。

5

为楚王上柱国①。曰："江东已定，急引兵西击秦。"项梁乃以八千人渡江而西。闻陈婴已下东阳②，使使欲与连和俱西。陈婴者，故东阳令史，居县中，素信谨，称为长者③。东阳少年杀其令，相聚数千人，欲置长，无适用，乃请陈婴。婴谢不能④，遂强立婴为长，县中从者得二万人。少年欲立婴便为王，异军苍头特起⑤。陈婴母谓婴曰："自我为汝家妇，未尝闻汝先古之有贵者。今暴得大名⑥，不祥。不如有所属，事成犹得封侯，事败易以亡，非世所指名也。"婴乃不敢为王。谓其军吏曰："项氏世世将家，有名于楚。今欲举大事，将非其人不可。我倚名族，亡秦必矣。"于是众从其言，以兵属项梁。项梁渡淮，黥布、蒲将军亦以兵属焉。凡六七万人，军下邳⑦。

当是时，秦嘉已立景驹为楚王⑧，军彭城东⑨，欲距项梁⑩。项梁谓军吏曰："陈王先首事⑪，战不利，未闻所在。今秦嘉倍陈王而景驹⑫，逆无道。"乃进兵击秦嘉。秦嘉军败走，追之至胡陵⑬。嘉还战

插入陈婴小传。

陈母见识过人，善于保身。

①上柱国：官名，相当于丞相。
②东阳：地名，在今安徽天长西北。
③长者：有德行的人。
④谢：辞谢，推辞。
⑤异军：与众军队相异。苍头：用青布裹头作为标志。
⑥暴：突然。
⑦军：驻军。下邳：地名，在今江苏邳县。
⑧秦嘉：广陵人。景驹：楚贵族。
⑨彭城：今江苏徐州。
⑩距：抵挡。
⑪首事：首发大事，首先起义。
⑫倍：同"背"，背叛。
⑬胡陵：地名，在今山东鱼台东南。

鉴赏 叱咤风云篇

一日，嘉死，军降。景驹走，死梁地①。项梁已并秦嘉军，军胡陵，将引军而西。章邯军至栗②，项梁使别将朱鸡石、余樊君与战。余樊君死，朱鸡石军败，亡走胡陵。项梁乃引兵入薛③，诛鸡石。

项梁前使项羽别攻襄城④，襄城坚守不下。已拔，皆阬之⑤。还报项梁。项梁闻陈王定死⑥，召诸别将会薛计事，此时沛公亦起沛⑦，往焉。

居鄛人范增⑧，年七十，素居家，好奇计，往说项梁曰："陈胜败固当。夫秦灭六国，楚最无罪。自怀王入秦不反⑨，楚人怜之至今，故楚南公曰⑩：'楚虽三户⑪，亡秦必楚'也。今陈胜首事，不立楚后而自立，其势不长。今君起江东，楚蜂午之将皆争附君者⑫，以君世世楚将，为能复立楚之后也。"于是项梁然其言⑬，乃求楚怀王孙心民间⑭，为人牧羊，立以为楚怀王⑮，从民所望也。陈婴为楚

"皆阬之"三字，足见项羽残暴。

用范增计，与后文不用范增计映衬。

此处乞立楚怀王为"从民所望"，则可知后文杀怀王为失民心，这正是项羽失败的原因之一。

---

①梁地：今河南东部地区。
②栗：地名，今河南夏邑。
③薛：地名，今山东滕县南。
④襄城：今河南襄城。
⑤阬：活埋。阬，同"坑"。
⑥陈王：指陈胜。定死：的确死了。
⑦沛公：刘邦。沛：地名，今江苏沛县。
⑧居鄛：地名，在今安徽桐城县南。
⑨怀王入秦不反：秦昭襄王十年（前297年），秦楚会盟，秦国扣留了楚怀王。一年后，楚怀王逃往赵国，赵不收留，又回到秦国，并客死于秦。反：同"返"。
⑩南公：南方老人，善言阴阳。
⑪三户：三户人家。一说指楚国昭、屈、景三大姓。
⑫蜂午：即蜂起。
⑬然其言：认为他的话对。
⑭心：人名。
⑮楚怀王：以其祖父楚怀王的谥号为王号，表示对楚怀王的同情和对秦的怨恨，顺应民意。

鉴赏

上柱国，封五县，与怀王都盱台①。项梁自号为武信君。

居数月，引兵攻亢父②，与齐田荣、司马龙且军救东阿③，大破秦军于东阿。田荣即引兵归，逐其王假④。假亡走楚。假相田角亡走赵⑤。角弟田间故齐将⑥，居赵不敢归。田荣立田儋子市为齐王⑦。项梁已破东阿下军，遂追秦军。数使使趣齐兵⑧，欲与俱西。田荣曰："楚杀田假，赵杀田角、田间，乃发兵。"项梁曰："田假为与国之王⑨，穷来从我⑩，不忍杀之。"赵亦不杀田角、田间以市于齐⑪。齐遂不肯发兵助楚。

项梁使沛公及项羽别攻城阳⑫，屠之。西破秦军濮阳东⑬，秦兵收入濮阳。沛公、项羽乃攻定陶⑭。定陶未下，去。西略地至雍丘⑮，大破秦军，斩李由⑯。还攻外黄⑰，外黄未下。

短短数句，道尽齐国风云变幻，是极简之笔。

项羽屠城。

①盱台(xū yí)：即今江苏盱眙。
②亢父：地名，今山东济宁南。
③东阿：地名，在今山东东阿县西南。
④假：田假，齐王名。
⑤相：官名。田角：人名。
⑥田间：人名。
⑦市：人名，田市。
⑧趣：促，促使。
⑨与国：友好结交之国，友邦。
⑩穷：穷途末路。
⑪市：交易。以市于齐：欲与齐交易，以要挟齐。
⑫别：另。城阳：地名，今山东鄄城。
⑬濮阳：地名，今河南濮阳西南。
⑭定陶：地名，今山东定陶西北。
⑮雍丘：地名，今河南杞县。
⑯李由：人名，李斯之子。
⑰外黄：地名，今河南杞县东北。

8

项梁起东阿，西北至定陶，再破秦军，项羽等又斩李由，益轻秦，有骄色。宋义乃谏项梁曰："战胜而将骄卒惰者败。今卒少惰矣，秦兵日益，臣为君畏之。"项梁弗听。乃使宋义使于齐。道遇齐使者高陵君显①，曰："公将见武信君乎？"曰："然。"曰："臣论武信君军必败。公徐行即免死，疾行则及祸。"秦果悉起兵益章邯，击楚军，大破之定陶，项梁死。沛公、项羽去外黄攻陈留②，陈留坚守，不能下。沛公、项羽相与谋曰："今项梁军破，士卒恐。"乃与吕臣军俱引兵而东。吕臣军彭城东，项羽军彭城西，沛公军砀③。

章邯已破项梁军，则以为楚地兵不足忧，乃渡河击赵，大破之。当此时，赵歇为王，陈余为将，张耳为相，皆走入巨鹿城④。章邯令王离、涉间围巨鹿⑤，章邯军其南，筑甬道而输入粟⑥。陈余为将，将卒数万人而军巨鹿之北，此所谓河北之军也。

楚兵已破于定陶，怀王恐，从盱台之彭城，并项羽、吕臣军自将之。以吕臣为司徒，以其父吕青为令尹，以沛公为砀郡长，封为武安侯，将砀郡兵。

初，宋义所遇齐使者高陵君显在楚军，见楚王曰："宋义论武信君之军必败，居数日，军果败。兵未战而先见败征，此可谓知兵矣。"王召宋义与计事而大说之⑦，因置以为上将军，项羽为鲁公，

①高陵君：封号。显：人名。
②陈留：地名，今河南开封东南。
③砀：地名，今河南夏邑东。
④巨鹿：地名，在今河北平乡西南。
⑤王离、涉间：人名，秦将。
⑥甬道：两边有墙壁保护的通道，以防对方抄劫辎重。
⑦说：同"悦"。

骄兵必败。

宋义有识见。

项羽始封鲁公，自刎乌江后刘邦遂以鲁公礼安葬。

鉴赏

为次将，范增为末将，救赵。诸别将皆属宋义，号为卿子冠军①。行至安阳②，留四十六日不进。项羽曰："吾闻秦军围赵王巨鹿，疾引兵渡河，楚击其外，赵应其内，破秦军必矣。"宋义曰："不然。夫搏牛之虻不可以破虮虱③。今秦攻赵，战胜则兵罢④，我承其敝；不胜，则我引兵鼓行而西，必举秦矣。故不如先斗秦赵。夫被坚执锐⑤，义不如公；坐而运策，公不如义。"因下令军中曰："猛如虎，很如羊，贪如狼，强不可使者⑥，皆斩之。"乃遣其子宋襄相齐，身送之至无盐⑦，饮酒高会⑧。天寒大雨，士卒冻饥。项羽曰："将戮力而攻秦⑨，久留不行。今岁饥民贫，士卒食芋菽，军无见粮⑩，乃饮酒高会⑪。不引兵渡河因赵食，与赵并力攻秦，乃曰'承其敝'。夫以秦之强，攻新造之赵⑫，其势必举赵。赵举而秦强，何敝之承！且国兵新破，王坐不安席，扫境内而专属于将军，国家安危，在此一举。今不恤士卒而徇其私，非社稷之臣。"项羽晨朝上将军宋义，即其帐中斩宋义

使宋义指挥项羽，无异于以羊制狼。

宋义自负如此。

亲自送子，可见儿女情长，英雄气短。饮酒高会，授人以柄。

斩宋义。

---

①卿子：当时对人的褒尊之称，相当于"公子"。冠军：军队之冠，最高将领。
②安阳：今山东曹县东北。
③搏牛之虻不可以破虮虱：牛虻意在搏牛，而不是破牛身上之虮虱，比喻志在大(破秦)而不在小(救赵)。
④罢(pí)：同"疲"。
⑤被(pī)：同"披"。坚：坚甲。锐：兵器。意为参加战斗。
⑥强不可使者：以上四句都是暗指项羽。很如羊：像羊一样固执。很，今作狠。强不可使：倔强不听命令。
⑦身：亲自。无盐：地名，在今山东东平东南。
⑧高会：大会，盛会。
⑨戮力：合力。
⑩见粮：现粮，现存之粮。
⑪乃：竟。
⑫新造之赵：刚刚建立的赵国。

10

头，出令军中曰："宋义与齐谋反楚，楚王阴令羽诛之。"当是时，诸将皆慴服，莫敢枝梧①。皆曰："首立楚者，将军家也。今将军诛乱。"乃相与共立羽为假上将军②。使人追宋义子，及之齐，杀之。使桓楚报命于怀王。怀王因使项羽为上将军。当阳君、蒲将军皆属项羽。

项羽已杀卿子冠军，威震楚国，名闻诸侯。乃遣当阳君、蒲将军将卒二万渡河③，救巨鹿。战少利④，陈余复请兵。项羽乃悉引兵渡河，皆沉船，破釜甑⑤，烧庐舍，持三日粮，以示士卒必死，无一还心。于是至则围王离，与秦军遇，九战，绝其甬道，大破之，杀苏角，虏王离。涉间不降楚，自烧杀。

当是时，楚兵冠诸侯。诸侯军救巨鹿下者十余壁⑥，莫敢纵兵。及楚击秦，诸将皆从壁上观⑦。楚战士无一不以十。楚兵呼声动天，诸侯军无不人人惴恐。于是已破秦军，项羽召见诸侯将，入辕门⑧，无不膝行而前⑨，莫敢仰视。项羽由是始为诸侯上将军，诸侯皆属焉。

章邯军棘原⑩，项羽军漳南，相持未战。秦军

鉴赏 / 叱咤风云篇

杀宋义，威震楚国，名闻诸侯。

破釜沉舟。

诸将作壁上观。

破秦军，威名大震。

---

①枝梧：抗拒。
②假：代理，摄理，因为尚未得到楚怀王正式任命。
③河：漳水。
④少利：稍稍胜利。
⑤釜(fǔ)：锅。甑(zēng)：煮饭瓦罐。
⑥下：指巨鹿城下。壁：营垒。
⑦壁上观：凭营垒遥望。
⑧辕门：古时军队以车为阵，车辕相向为门，故称辕门。
⑨膝行而前：跪在地上，用两膝行进。
⑩棘原：地名，在当时巨鹿南，今河北平乡南。

数却①,二世使人让章邯②。章邯恐,使长史欣请事③。至咸阳,留司马门三日④,赵高不见,有不信之心。长史欣恐,还走其军,不敢出故道⑤。赵高果使人追之,不及。欣至军,报曰:"赵高用事于中⑥,下无可为者。今战能胜,高必疾妒吾功;战不能胜,不免于死。愿将军孰计之⑦。"陈余亦遗章邯书曰⑧:"白起为秦将,南征鄢郢⑨,北阬马服⑩,攻城略地,不可胜计,而竟赐死。蒙恬为秦将,北逐戎人⑪,开榆中地数千里⑫,竟斩阳周⑬。何者?功多,秦不能尽封,因以法诛之。今将军为秦将三岁矣,所以亡失以十万数,而诸侯并起,滋益多。彼赵高素谀日久,今事急,亦恐二世诛之,故欲以法诛将军以塞责,使人更代将军以脱其祸。夫将军居外久,多内郤⑭,有功亦诛,无功亦诛。且天之亡秦,无愚智皆知之。今将军内不能直谏,外为亡国将,孤特独立而欲常存⑮,岂不哀哉!将军何不还兵

即有恩于项梁的司马欣。

①数却:多次退却。
②让:责备。
③长史:官名。欣:人名,即司马欣。请事:即请示,这里有解释、说明的意思。
④司马门:宫殿外门。
⑤故道:来时走的道路。
⑥中:朝中。
⑦孰:仔细。计:思考,衡量利害。
⑧遗(wèi):送,给。书:信。
⑨鄢:楚地,在今湖北宣城。郢:楚都,在今湖北江陵。
⑩马服:马服君赵括。长平之战,赵括战败,白起活埋赵军四十万。
⑪戎人:匈奴。
⑫榆中:今陕西北部及内蒙古河套一带。
⑬阳周:地名,今陕西子长北。
⑭郤(xì):同"隙",嫌隙。
⑮特:特出。孤特独立:孤立无援。

鉴赏 叱咤风云篇

与诸侯为从①，约共攻秦，分王其地，南面称孤。此孰与身伏铁质、妻子为僇乎②？"章邯狐疑，阴使候始成使项羽③，欲约。约未成，项羽使蒲将军日夜引兵度三户④，军漳南，与秦战，再破之。项羽悉引兵击秦军汙水上⑤，大破之。

　　章邯使人见项羽，欲约。项羽召军吏谋曰："粮少，欲听其约⑥。"军吏皆曰："善。"项羽乃与期洹水南殷虚上⑦。已盟，章邯见项羽而流涕，为言赵高。项羽乃立章邯为雍王⑧，置楚军中。使长史欣为上将军。将秦军为前行⑨。

　　到新安⑩。诸侯吏卒异时故徭使屯戍过秦中⑪，秦中吏卒遇之多无状⑫，及秦军降诸侯，诸侯吏卒乘胜多奴虏使之⑬，轻折辱秦吏卒⑭。秦吏卒多窃言曰⑮："章将军等诈吾属降诸侯⑯，今能入关破秦，大善；即不能，诸侯虏吾属而东⑰，秦必尽诛吾父

章邯投降。

①从：同"纵"，即合纵，与诸侯联合。
②铁：铡刀。质：砧板。身伏铁质：被斩杀。妻子：妻子和孩子。僇：同"戮"，杀。此孰与……乎：这和……相比怎么样呢？哪一个更好呢？
③候：军候，官名。始成：人名。
④三户：三户津，在今河南磁县西南。
⑤汙水：漳水的一条支流，今已不存。
⑥听：允许，答应。
⑦期：约会。洹(huán)水：在今河南安阳北。殷虚：殷之故都。虚：同"墟"。
⑧雍：地名，在今陕西凤翔南。
⑨前行(háng)：先锋部队。
⑩新安：地名，在今河南渑池东。
⑪异时：以前的时候。故：以前。秦中：关中地区。
⑫遇：对待。无状：粗暴无礼，不友好。
⑬奴虏使之：像役使奴隶俘虏一样役使他们。
⑭轻：随意。折辱：污辱。
⑮窃言：私下议论。
⑯吾属：我们。
⑰东：向东去。秦在西，诸侯在东。

13

母妻子。"诸将微闻其计①，以告项羽。项羽乃召黥布、蒲将军计曰："秦吏卒尚众，其心不服，至关中不听，事必危，不如击杀之，而独与章邯、长史欣、都尉翳入秦。"于是楚军夜击阬秦卒二十余万人新安城南。

　　行略定秦地。函谷关，有兵守关②，不得入。又闻沛公已破咸阳，项羽大怒，使当阳君等击关。项羽遂入，至于戏西③。沛公军霸上④，未得与项羽相见。沛公左司马曹无伤使人言于项羽曰⑤："沛公欲王关中，使子婴为相，珍宝尽有之。"项羽大怒，曰："旦日飨士卒⑥，为击破沛公军！"

　　当是时，项羽兵四十万，在新丰鸿门⑦，沛公兵十万，在霸上。范增说项羽曰："沛公居山东时⑧，贪于财货，好美姬。今入关，财物无所取，妇女无所幸，此其志不在小。吾令人望其气，皆为龙虎，成五采，此天子气也。急击勿失。"

　　楚左尹项伯者⑨，项羽季父也，素善留侯张良。张良是时从沛公，项伯乃夜驰之沛公军⑩，私见张良，具告以事⑪，欲呼张良与俱去。曰："毋从俱死也。"张良曰："臣为韩王送沛公，沛公今

"阬秦卒二十余万人。"

项羽大怒。

刘邦部下曹无伤暗通项羽。

鸿门宴。刘项力量对比悬殊。范增献计。

项羽季父项伯私见张良。

----

①微闻：听到一些风声。
②函谷关：古代军事要塞，在今河南灵宝东北。
③戏西：戏水之西，今陕西临潼县东。
④霸上：今在陕西长安县东。
⑤左司马：官名。曹无伤：人名。
⑥旦日：明日。飨：犒劳。
⑦新丰鸿门：地名，在陕西临潼东。
⑧山东：崤山以东。
⑨左尹：官名。
⑩之：到。
⑪具：通"俱"，全部。

事有急，亡去不义，不可不语。"良乃入，具告沛公。沛公大惊，曰："为之奈何？"张良曰："谁为大王为此计者？"曰："鲰生说我曰'距关，毋内诸侯，秦地可尽王也①'。故听之。"良曰："料大王士卒足以当项王乎②？"沛公默然，曰："固不如也，且为之奈何？"张良曰："请往谓项伯，言沛公不敢背项王也。"沛公曰："君安与项伯有故？"③张良曰："秦时与臣游，项伯杀人，臣活之。今事有急，故幸来告良。"沛公曰："孰与君少长④？"良曰："长于臣。"沛公曰："君为我呼之，吾得兄事之⑤。"张良出，要项伯⑥。项伯即入见沛公。沛公奉卮酒为寿⑦，约为婚姻⑧，曰："吾入关，秋豪不敢有所近⑨，籍吏民⑩，封府库，而待将军。所以遣将守关者，备他盗之出入与非常也⑪。日夜望将军至，岂敢反乎！愿伯具言臣之不敢倍德也⑫。"项伯许诺，谓沛公曰："旦日不可不早来自谢项王。"沛公曰："诺。"于是项伯复夜去，至军中，具以沛公言报项王。因言曰："沛公不先破关中，公岂敢入乎？今人有大功而击之，不义也。不如因善遇之。"项王许诺。

刘邦大惊，与上文项羽大怒形成对比。

刘邦跃然。

张良献计，刘邦从善如流。

与项伯约为婚姻，可见老谋深算。

从"大怒"到"许诺"，可见项羽无定见。

①鲰(zōu)生：无知小人，见识短浅的人。内：同"纳"，接纳。
②当：抵挡。
③安：何也，为什么。有故：有交情。
④孰与君少长：项伯和您谁大谁小呢？
⑤兄事之：以对兄长之礼侍奉他。
⑥要(yāo)：邀请。
⑦卮(zhī)：酒杯。为寿：敬酒并祝其长寿。
⑧约为婚姻：结为儿女亲家。
⑨秋豪：兽类新秋更生的细毛，比喻微细。豪，今通作毫。
⑩籍吏民：登记吏民的户口。
⑪非常：事变。
⑫倍：同"背"。

鉴赏

沛公旦日从百余骑来见项王,至鸿门,谢曰①:"臣与将军戮力而攻秦,将军战河北,臣战河南,然不自意能先入关破秦②,得复见将军于此。今者有小人之言,令将军与臣有郤。"项王曰:"此沛公左司马曹无伤言之;不然,籍何以至此?"项王即日因留沛公与饮。项王、项伯东向坐③,亚父南向坐。亚父者,范增也。沛公北向坐,张良西向侍。范增数目项王④,举所佩玉玦以示之者三⑤,项王默然不应。范增起,出召项庄,谓曰:"君王为人不忍,若入前为寿⑥,寿毕,请以剑舞,因击沛公于坐,杀之。不者,若属皆且为所虏⑦。"庄则入为寿。寿毕,曰:"君王与沛公饮,军中无以为乐,请以剑舞。"项王曰:"诺。"项庄拔剑起舞,项伯亦拔剑起舞,常以身翼蔽沛公⑧,庄不得击。于是张良至军门,见樊哙。樊哙曰:"今日之事何如?"良曰:"甚急。今者项庄拔剑舞,其意常在沛公也。"哙曰:"此迫矣,臣请入,与之同命。"哙即带剑拥盾入军门。交戟之卫士欲止不内,樊哙侧其盾以撞,卫士仆地,哙遂入,披帷西向立,瞋目视项王⑨,头发上指,目眦尽裂⑩。项王

| 轻易出卖曹无伤,可见项羽有勇无谋。 |

| 不用范增计策,与刘邦形成对比。 |

| 项羽默然不应,与上文刘邦默然互相呼应。 |

| 项庄舞剑,意在沛公。 |

| 写樊哙神情如画。 |

---

①从百余骑:意谓带着百余人。谢:谢罪。
②不自意:自己没有料到。
③东向:向东。当时以东向为尊。
④数:多次。目:使眼色。
⑤玦:有缺口的玉环。与"决"谐音,暗示项羽下决心。三:多次。
⑥若:你。
⑦若属:你们。且:将。
⑧翼蔽:像鸟伸开翅膀一样遮蔽。
⑨瞋目:怒目而视。
⑩目眦(zì):眼角。"目眦尽裂"与"头发上指"都是形容樊哙愤怒的夸张之词。

16

鉴赏　叱咤风云篇

按剑而跽曰①："客何为者？"张良曰："沛公之参乘樊哙者也②。"项王曰："壮士！赐之卮酒。"则与斗卮酒。哙拜谢，起，立而饮之。项王曰："赐之彘肩③。"则与一生彘肩。樊哙覆其盾于地，加彘肩上，拔剑切而啖之。项王曰："壮士，能复饮乎？"樊哙曰："臣死且不避，卮酒安足辞！夫秦王有虎狼之心，杀人如不能举，刑人如恐不胜④，天下皆叛之。怀王与诸将约曰'先破秦入咸阳者王之'。今沛公先破秦入咸阳，豪毛不敢有所近，封闭宫室，还军霸上，以待大王来。故遣将守关者，备他盗出入与非常也。劳苦而功高如此，未有封侯之赏，而听细说⑤，欲诛有功之人。此亡秦之续耳，窃为大王不取也。"项王未有以应，曰："坐。"樊哙从良坐。坐须臾，沛公起如厕⑥，因招樊哙出。

　　沛公已出，项王使都尉陈平召沛公。沛公曰："今者出，未辞也，为之奈何？"樊哙曰："大行不顾细谨，大礼不辞小让。如今人方为刀俎⑦，我为鱼肉，何辞为？"于是遂去。乃令张良留谢。良问曰："大王来何操？"⑧曰："我持白璧一双，欲献项王；玉斗一双，欲与亚父。会其怒⑨，不敢献，公为我献之。"张良曰："谨诺。"

壮哉樊哙！

项羽理屈，在较量中处于下风。

不拘于礼，方能成就大事。

---

①跽(jì)：古人跪坐时因吃惊等原因上身挺直。
②参乘：在车右担任警卫的甲士。
③彘肩：猪腿。一说"生"作"半"。
④"杀人"二句：意谓杀人惟恐杀不尽，用刑惟恐刑不重。
⑤细说：小人之言。
⑥起如厕：托言去厕所。如：往。
⑦刀俎：刀和砧板。
⑧操：持，拿。
⑨会其怒：适逢其怒。

鉴赏

当是时，项王军在鸿门下，沛公军在霸上，相去四十里。沛公则置车骑①，脱身独骑，与樊哙、夏侯婴、靳强、纪信等四人持剑盾步走，从郦山下，道芷阳间行②。沛公谓张良曰："从此道至吾军，不过二十里耳。度我至军中③，公乃入。"

沛公已去，间至军中。张良入谢，曰："沛公不胜杯杓④，不能辞，谨使臣良奉白璧一双，再拜献大王足下；玉斗一双，再拜奉大将军足下。"项王曰："沛公安在？"良曰："闻大王有意督过之⑤，脱身独去，已至军矣。"项王则受璧，置之坐上。亚父受玉斗，置之地，拔剑撞而破之，曰："唉！竖子不足与谋。夺项王天下者，必沛公也，吾属今为之虏矣。"

沛公至军，立诛杀曹无伤。

居数日，项羽引兵西屠咸阳，杀秦降王子婴，烧秦宫室，火三月不灭。收其货宝妇女而东。人或说项王曰⑥："关中阻山河四塞⑦，地肥饶，可都以霸⑧。"项王见秦宫室皆以烧残破，又心怀思，欲东归，曰："富贵不归故乡，如衣绣夜行⑨，谁知之者！"说者曰："人言楚人沐猴而冠耳⑩，果

机智脱身。

鸿门一宴，多用对比手法：项羽军四十万，刘邦军十万；项羽有谋臣范增而不能用，刘邦有谋臣张良而从善如流；项羽有内应曹无伤，刘邦有内应项伯；项羽有勇士项庄，刘邦有勇士樊哙，处处形成对照。诛杀曹无伤是鸿门宴余波。

屠咸阳，杀子婴，烧秦宫室。

沐猴而冠。

---

①置：放弃。
②芷阳：地名，在今西安东北。间行：从小路上走。
③度(duó)：估计。
④杯杓：酒器。不胜杯杓，指酒量很小。
⑤督过：督责。有意督过之，意谓有意找他(指刘邦)的岔子。
⑥或：有人。
⑦阻山河：有山河作屏障。四塞：四面关塞。关中东有函谷关，西有散关，南有武关，北有萧关。
⑧都：建都。霸：称霸天下。
⑨衣绣：穿着锦绣衣服。
⑩沐猴：猕猴。猕猴性急暴躁，不可久著冠带，比喻楚人性格暴躁，缺乏耐心和远见。

鉴赏 叱咤风云篇

然。"项王闻之，烹说者。

项王使人致命怀王①。怀王曰："如约②。"乃尊怀王为义帝③。

项王欲自王，先王诸将相。谓曰："天下初发难时④，假立诸侯后以伐秦⑤。然身被坚执锐首事，暴露于野三年，灭秦定天下者，皆将相诸君与籍之力也。义帝虽无功，故当分其地而王之⑥。"诸将皆曰："善。"乃分天下，立诸将为侯王。

项王、范增疑沛公之有天下，业已讲解⑦，又恶负约，恐诸侯叛之，乃阴谋曰："巴、蜀道险⑧，秦之迁人皆居蜀⑨。"乃曰："巴、蜀亦关中地也。"故立沛公为汉王。王巴、蜀、汉中，都南郑⑩。而三分关中，王秦降将以距塞汉王。

项王乃立章邯为雍王，王咸阳以西，都废丘⑪。长史欣者，故为栎阳狱掾，尝有德于项梁；都尉董翳者，本劝章邯降楚。故立司马欣为塞王，王咸阳以东至河，都栎阳；立董翳为翟王，王上郡⑫，都

可见项羽目光短浅、刚愎自用。

秦已灭亡，分封诸侯。

封司马欣，与文章开头呼应。

---

①致命：报告。
②如约：指楚怀王与诸将所言"先入关中者王之"的诺言。
③义帝：名义上的皇帝。此与"义父"、"义子"、"义齿"之义字同。
④初发难：开始发兵起义时。
⑤假立：暂时设立。
⑥故：必定。意为义帝虽然没有战功，但仍一定要分给他土地让他称王。
⑦业：已经。讲解：讲和，和解。
⑧巴：秦郡名，郡治在今重庆市东北。蜀：秦郡名，郡治在今成都。
⑨迁人：迁谪犯罪之人。
⑩南郑：今陕西南郑。
⑪废丘：在今陕西兴平东南。
⑫上郡：秦郡名，郡治在今陕西榆林东南。

高奴①。徙魏王豹为西魏王，王河东②，都平阳③。瑕丘申阳者④，张耳嬖臣也，先下河南郡⑤，迎楚河上，故立申阳为河南王，都洛阳。韩王成因故都，都阳翟⑥。赵将司马卬定河内，数有功，故立卬为殷王，王河内⑦，都朝歌⑧。徙赵王歇为代王。赵相张耳素贤，又从入关，故立耳为常山王，王赵地，都襄国⑨。当阳君黥布为楚将，常冠军，故立布为九江王，都六⑩。鄱君吴芮率百越佐诸侯，又从入关，故立芮为衡山王，都邾⑪。义帝柱国共敖将兵击南郡⑫，功多，因立敖为临江王，都江陵。徙燕王韩广为辽东王。燕将臧荼从楚救赵，因从入关，故立荼为燕王，都蓟⑬。徙齐王田市为胶东王。齐将田都从共救赵，因从入关，故立都为齐王，都临菑⑭。故秦所灭齐王建孙田安，项羽方渡河救赵，田安下济北数城，引其兵降项羽，故立安为济北王，都博阳⑮。田荣者，数负项梁，又不肯将兵从楚击秦，以故不封。成安君陈余弃将印去，不从入

秦已经建立了统一的中央集权制国家，项羽的分封打破了中央集权，形成天下割据的局面。

司马欣有德于项梁，封塞王，田荣负项梁，不封，可见项羽分封诸侯，掺杂私人恩怨因素，众人不服，所以天下难以安适，反而增添新的动乱因素。

①高奴：地名，在今陕西延安东北。
②河东：秦郡名，郡治在今山西夏县西北。
③平阳：地名，在今山西临汾西南。
④瑕丘：地名。申阳：人名。
⑤河南郡：郡治在今河南洛阳东北。
⑥阳翟：地名，在今河南禹县。
⑦河内：秦郡名，郡治在今河南武陟西南。
⑧朝歌：殷代故都，在今河南淇县。
⑨襄国：地名，今河北邢台西南。
⑩六：地名，在今安徽六安北。
⑪邾：地名，在今湖北黄冈。
⑫南郡：秦郡名，郡治在今湖北江陵。
⑬蓟(jì)：地名，在今北京西南。
⑭临菑：今山东淄博市临淄区。
⑮博阳：地名，今山东泰安东南。

关，然素闻其贤，有功于赵，闻其在南皮①，故因环封三县②。番君将梅鋗功多，故封十万户侯。项王自立为西楚霸王③，王九郡，都彭城。

汉之元年四月④，诸侯罢戏下⑤，各就国⑥。

项王出之国，使人徙义帝，曰："古之帝者地方千里，必居上游。"乃使使徙义帝长沙郴县⑦。趣义帝行⑧。其群臣稍稍背叛之。乃阴令衡山、临江王击杀之江中。韩王成无军功，项王不使之国，与俱至彭城，废以为侯，已又杀之。臧荼之国，因逐韩广之辽东，广弗听，荼击杀广无终⑨，并王其地。

田荣闻项羽徙齐王市胶东，而立齐将田都为齐王，乃大怒，不肯遣齐王之胶东。因以齐反，迎击田都。田都走楚。齐王市畏项王，乃亡之胶东就国。田荣怒，追击，杀之即墨⑩。荣因自立为齐王，而西击杀济北王田安，并王三齐⑪。荣与彭越将军印，令反梁地。陈余阴使张同、夏说说齐王田荣曰："项羽为天下宰⑫，不平⑬。今尽王故王于丑地，而王其群臣诸将善地，逐其故主。赵王乃北居

西楚霸王。

以上为抗秦战争，以下则为楚汉战争。因为史官以汉为正流，所以使用汉纪年。杀义帝，失人心。

"项羽为天下宰，不平"，可见诸侯不服。

①南皮：今河北南皮。
②环封三县：封之以环绕南皮的三县。
③西楚：今淮河以北，徐州一带。
④汉之元年：前206年。
⑤戏下：戏水之边。一说当为"麾下"，即主将大旗之下，引申为部下。
⑥就国：到自己的封国去。
⑦郴(chēn)县：今湖南郴县。
⑧趣：同"促"，催促，胁迫。
⑨无终：地名，在今河北蓟县。
⑩即墨：地名，在今山东平度东南。
⑪三齐：即齐、济北、胶东。
⑫宰：主宰。
⑬平：公平。

代。余以为不可。闻大王起兵,且不听不义,愿大王资余兵,请以击常山①,以复赵王,请以国为扞蔽②。"齐王许之,因遣兵之赵。陈余悉发三县兵,与齐并力击常山,大破之。张耳走归汉。陈余迎故赵王歇于代,反之赵。赵王因立陈余为代王。

是时,汉还定三秦③。

项羽闻汉王皆已并关中,且东、齐、赵叛之,大怒。乃以故吴令郑昌为韩王,以距汉。令萧公角等击彭越④。彭越败萧公角等。汉使张良徇韩,乃遗项王书曰:"汉王失职,欲得关中,如约即止,不敢东⑤。"又以齐、梁反书遗项王曰:"齐欲与赵并灭楚。"楚以此故无西意,而北击齐。征兵九江王布。布称疾不往,使将将数千人行。项王由此怨布也。

汉之二年冬,项羽遂北至城阳,田荣亦将兵会战。田荣不胜,走至平原⑥,平原民杀之。遂北烧夷齐城郭室屋⑦,皆阬田荣降卒,系虏其老弱妇女。徇齐至北海⑧,多所残灭。齐人相聚而叛之。于是田荣弟田横收齐亡卒,得数万人,反城阳。项王因留,连战未能下。

天下依然动荡不安。

刘邦用缓兵之计,项羽中计。

阬田荣降卒,不得人心。

①常山:常山王张耳。
②扞蔽:屏障。
③三秦:关中地区,因项羽封三个秦降将章邯、司马欣、董翳在这里而得名。还定三秦:刘邦入汉中后,很快又暗渡陈仓,攻破章邯、司马欣、董翳,重新占领关中,所以说"还定三秦"。
④萧公:萧令。角:人名。
⑤失职:失去了应得的封地、职位。如约:遵守楚怀王"先破秦入咸阳者王之"的约定。刘邦先入关中,应为关中王,项羽封他为汉王,是违背了约定。所以刘邦说"欲得关中"。
⑥平原:秦郡名,郡治在今山东平原西南。
⑦烧夷:烧为平地。
⑧北海:渤海。

鉴赏 叱咤风云篇

春，汉王部五诸侯兵①，凡五十六万人，东伐楚。项王闻之，即令诸将击齐，而自以精兵三万人南从鲁出胡陵②。四月，汉皆已入彭城，收其货宝美人，日置酒高会。项王乃西从萧，晨击汉军而东，至彭城，日中，大破汉军。汉军皆走，相随入谷、泗水③，杀汉卒十余万人。汉卒皆南走山，楚又追击至灵璧东睢水上④。汉军却，为楚所挤，多杀，汉卒十余万人皆入睢水，睢水为之不流。围汉王三匝。于是大风从西北而起，折木发屋，扬沙石，窈冥昼晦⑤，逢迎楚军⑥。楚军大乱，坏散，而汉王乃得与数十骑遁去。欲过沛，收家室而西。楚亦使人追之沛，取汉王家。家皆亡，不与汉王相见。汉王道逢得孝惠、鲁元⑦，乃载行。楚骑追汉王，汉王急，推堕孝惠、鲁元车下，滕公常下收载之⑧，如是者三，曰："虽急不可以驱，奈何弃之？"于是遂得脱。求太公、吕后，不相遇。审食其从太公、吕后间行，求汉王，反遇楚军。楚军遂与归，报项王，项王常置军中。

是时吕后兄周吕侯为汉将兵居下邑⑨，汉王间往从之，稍稍收其士卒。至荥阳⑩，诸败军皆会。

> 战况瞬息万变。

> 亲生儿女尚且不顾，可见刘邦性情中冷酷无情的一面。

> 目的以太公、吕后为人质。

---

①部：率领。五诸侯：指此时已降服刘邦的常山王张耳、河南王申阳、韩王郑昌、魏王豹、殷王卬五诸侯。
②鲁：指今山东曲阜。
③谷：河名，是泗水的支流。
④灵璧：今安徽灵璧县。睢水：河名。
⑤昼晦：白天变得像黑夜一样。
⑥逢迎：冲击。
⑦孝惠：孝惠帝刘盈，刘邦长子。鲁元：鲁元公主，刘邦女儿。二人是吕后所生。
⑧滕公：夏侯婴。
⑨周吕侯：名吕泽。下邑：地名，今江苏砀山。
⑩荥阳：地名，在今河南荥阳东北。

23

萧何亦发关中老弱未傅悉诣荥阳①，复大振。楚起于彭城，常乘胜逐北，与汉战荥阳南京、索间②，汉败楚，楚以故不能过荥阳而西。

项王之救彭城，追汉王至荥阳。田横亦得收齐，立田荣子广为齐王。汉王之败彭城，诸侯皆复与楚而背汉③。汉军荥阳，筑甬道属之河④，以取敖仓粟⑤。

汉之三年，项王数侵夺汉甬道，汉王食乏，恐，请和，割荥阳以西为汉。项王欲听之。历阳侯范增曰："汉易与耳⑥，今释弗取，后必悔之。"项王乃与范增急围荥阳。汉王患之，乃用陈平计间项王⑦。项王使者来，为太牢具⑧，举欲进之。见使者，详惊愕曰⑨："吾以为亚父使者，乃反项王使者。"更持去，以恶食食项王使者⑩。使者归报项王。项王乃疑范增与汉有私，稍夺之权。范增大怒，曰："天下事大定矣，君王自为之。愿赐骸骨归卒伍⑪。"项王许之。行未至彭城，疽发背而死⑫。

汉将纪信说汉王曰："事已急矣，请为王诳楚为王，王可以间出。"于是汉王夜出女子荥阳东门被甲

中汉反间计，所谓"有一范增而不能用"。

①未傅：不满二十。男子登记姓名于册籍以备服役为傅，汉代男子二十而傅。
②京：地名，今河南荥阳东南。索：地名，今河南荥阳。
③与楚而背汉：跟楚和好而背叛汉王。
④属之河：连接到黄河。
⑤敖仓：荥阳西北有敖山，秦朝在山上修建大粮仓，称为敖仓。
⑥易与耳：容易应付的。与，犹言"打交道"。
⑦间：挑拨离间。
⑧太牢：宴会或祭祀时并用牛、猪、羊三牲。
⑨详：同"佯"，假装。
⑩恶食：粗食。食(sì)：给……吃。
⑪归卒伍：回家做普通百姓。古代五家为一伍，三百家为一卒。
⑫疽(jū)：毒疮。

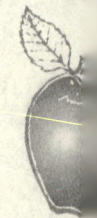

24

二千人①，楚兵四面击之。纪信乘黄屋车②，傅左纛③曰："城中食尽，汉王降。"楚军皆呼万岁。汉王亦与数十骑从城西门出，走成皋④。项王见纪信，问："汉王安在？"信曰："汉王已出矣。"项王烧杀纪信。

> 烧杀纪信，可见气急败坏。

汉王使御史大夫周苛、枞公、魏豹守荥阳。周苛、枞公谋曰："反国之王⑤，难与守城。"乃共杀魏豹。楚下荥阳城，生得周苛。项王谓周苛曰："为我将，我以公为上将军，封三万户。"周苛骂曰："若不趣降汉⑥，汉今虏若，若非汉敌也。"项王怒，烹周苛，并杀枞公。

> 烹周苛，杀枞公，一路写项羽残暴。

汉王之出荥阳，南走宛、叶⑦，得九江王布，行收兵，复入保成皋。

汉之四年，项王进兵围成皋。汉王逃，独与滕公出成皋北门，渡河走修武⑧，从张耳、韩信军。诸将稍稍得出成皋，从汉王。楚遂拔成皋，欲西，汉使兵距之巩⑨，令其不得西。是时，彭越渡河击楚东阿，杀楚将军薛公。项王乃自东击彭越。

> 击齐，击汉，又击彭越，项羽军力处处受牵制。

汉王得淮阴侯兵，欲渡河南⑩。郑忠说汉王，乃止，壁河内⑪。使刘贾将兵佐彭越，烧楚积聚。

---

①"夜出女子"：夜间让两千名披甲的女子出荥阳东门，迷惑敌人，掩护刘邦从西门逃跑。

②黄屋车：天子乘坐的以黄缯为盖的车。

③傅：附，指插着旌旗。纛(dào)：用羽毛装饰的旌旗。

④成皋：地名，在荥阳西北。

⑤反国之王：项羽封魏豹为西魏王，豹降刘邦，刘邦失败时又叛汉降楚。

⑥若：你，指项羽。趣：同"促"，赶快。

⑦宛：地名，今河南南阳。叶：地名，今河南叶县南。

⑧修武：地名，今河南获嘉之小修武。

⑨巩：地名，今河南巩县。

⑩河：黄河。

⑪河内：指黄河以北。

鉴赏

项王东击破之,走彭越。汉王则引兵渡河,复取成皋,军广武①,就敖仓食。

项王已定东海来西②,与汉俱临广武而军③,相守数月。

当此时,彭越数反梁地,绝楚粮食。项王患之,为高俎,置太公其上,告汉王曰:"今不急下,吾烹太公。"汉王曰:"吾与项羽俱北面受命怀王,曰'约为兄弟',吾翁即若翁④。必欲烹而翁,则幸分我一杯羹。"项王怒,欲杀之。项伯曰:"天下事未可知,且为天下者不顾家,虽杀之无益,只益祸耳。"项王从之。

楚汉久相持未决,丁壮苦军旅,老弱罢转漕⑤。项王谓汉王曰:"天下匈匈数岁者⑥,徒以吾两人耳,愿与汉王挑战决雌雄,毋徒苦天下之民父子为也。"汉王笑谢曰:"吾宁斗智,不能斗力。"项王令壮士出挑战。汉有善骑射者楼烦⑦,楚挑战三合,楼烦辄射杀之。项王大怒,乃自被甲持戟挑战。楼烦欲射之,项王瞋目叱之,楼烦目不敢视,手不敢发,遂走还入壁,不敢复出。汉王使人间问之⑧,乃项王也。汉王大惊。于是项王乃即汉王相与临广武间而语。汉王数之⑨,项王怒,欲一战。

彭越牵制项羽。

"为天下者不顾家",可见所谓"英雄",冷酷无情。项伯又为刘邦出力。

项羽斗力。
刘邦斗智。

写项羽威猛神勇。

①广武:地名,在今河南荥阳东北广武山上。
②东海:指东方。
③俱临广武:广武山上有二城:东广武和西广武,各据一山头,二城之间隔一条山涧,相去百步。刘邦、项羽各据一城。
④翁:父亲。
⑤罢:同"疲"。转:车运。漕:船运。指为军队运输粮草。
⑥匈匈:纷乱,纷扰。匈,通"汹"。
⑦楼烦:北方种族名,人民善骑射。所以士卒以"楼烦"为名,一说即楼烦族人。
⑧间问:私下打听。
⑨数(shǔ):斥责。刘邦在此历数项羽十大罪状。

鉴赏　叱咤风云篇

汉王不听，项王伏弩射中汉王。汉王伤，走入成皋。

项王闻淮阴侯已举河北，破齐、赵，且欲击楚，乃使龙且往击之①。淮阴侯与战，骑将灌婴击之，大破楚军，杀龙且。韩信因自立为齐王。项王闻龙且军破，则恐，使盱台人武涉往说淮阴侯②。淮阴侯弗听。是时，彭越复反，下梁地，绝楚粮。项王乃谓海春侯大司马曹咎等曰③："谨守成皋，则汉欲挑战，慎勿与战，毋令得东而已。我十五日必诛彭越，定梁地，复从将军。"乃东行击陈留、外黄。

外黄不下。数日，已降，项王怒，悉令男子年十五已上诣城东④，欲阬之。外黄令舍人儿年十三⑤，往说项王曰："彭越强劫外黄，外黄恐，故且降，待大王。大王至，又皆阬之，百姓岂有归心？从此以东，梁地十余城皆恐，莫肯下矣。"项王然其言，乃赦外黄当阬者。东至睢阳⑥，闻之皆争下项王。

汉果数挑楚军战，楚军不出。使人辱之五六日，大司马怒，渡兵汜水⑦。士卒半渡，汉击之，大破楚军，尽得楚国货赂。大司马咎、长史翳、塞王欣皆自刭汜水上。大司马咎者，故蕲狱掾，长史欣亦故栎阳狱吏，两人尝有德于项梁，是以项王信任之。当是时，项王在睢阳，闻海春侯军败，则引

　　淮阴侯又牵制项羽。

　　十五日必诛彭越，可见英雄自负。

　　十三岁小儿救全城性命，而且教会项羽以德服人，也堪称少年英雄。

　　中汉激将法。

　　又呼应开头"项梁尝有栎阳逮"。

----

① 龙且(jū)：人名。
② 武涉：人名。武涉劝说韩信背汉结楚，三分天下。
③ 海春侯：爵名。大司马：官名。
④ 诣：前往，去到。
⑤ 外黄令舍人儿：外黄县令的门客的儿子。舍人：战国至汉初，王公贵官之侍从、宾客都称为舍人。
⑥ 睢阳：地名，在今河南商丘西南。
⑦ 汜水：河名，黄河支流，源于河南巩县。

兵还。汉军方围钟离眛于荥阳东①,项王至,汉军畏楚,尽走险阻②。

是时,汉兵盛,食多,项王兵罢,食绝。汉遣陆贾说项王③,请太公,项王弗听。汉王复使侯公往说项王,项王乃与汉约,中分天下。割鸿沟,以西者为汉④,鸿沟而东者为楚。项王许之。即归汉王父母妻子。军皆呼万岁。汉王乃封侯公为平国君。匿弗肯复见⑤。曰:"此天下辩士,所居倾国,故号为平国君。"

项王已约,乃引兵解而东归。

汉欲西归。张良、陈平说曰:"汉有天下太半,而诸侯皆附之。楚兵罢,食尽,此天亡楚之时也,不如因其机而遂取之。今释弗击,此所谓'养虎自遗患'也。"汉王听之。

汉五年,汉王乃追项王至阳夏南⑥,止军,与淮阴侯韩信、建成侯彭越期会而击楚军。至固陵⑦,而信、越之兵不会。楚击汉军,大破之。汉王复入壁,深堑而自守⑧。谓张子房曰:"诸侯不从约,为之奈何?"对曰:"楚兵且破,信、越未有分地⑨,其不至固宜。君王能与共分天下,今可立致也。即不能,事未可知也。君王能自陈以东傅海⑩,尽与

"汉军畏楚",可见项羽威名。军事力量对比发生逆转。

项羽信守约定。

刘邦背约。

---

①钟离眛(mèi):楚将名。
②尽走险阻:都逃往山林险阻之地以求自保。走,逃往。
③陆贾:楚人,当时著名辩士,能办外交,深得刘邦的信任。著有《新语》十二篇。
④鸿沟:在荥阳附近开凿的引黄河水以灌大梁的渠沟。
⑤匿弗肯复见:安置侯公,不再相见。匿:隐避。主语是汉王,是汉王不肯再见侯公。
⑥阳夏:今河南太康。
⑦固陵:地名,在今河南太康南。
⑧深堑:深沟。
⑨未有分地:没有明确划定的封地。
⑩陈:在今河南淮县。傅海:直到海边。

鉴赏 叱咤风云篇

韩信；睢阳以北至谷城①，以与彭越。使各自为战，则楚易败也。"汉王曰："善。"于是乃发使者告韩信、彭越曰："并力击楚，楚破，自陈以东傅海与齐王，睢阳以北至谷城与彭相国。"使者至，韩信、彭越皆报曰："请今进兵。"韩信乃从齐往。刘贾军从寿春并行②，屠城父③。至垓下④。大司马周殷叛楚⑤，以舒屠六⑥，举九江兵，随刘贾、彭越皆会垓下，诣项王⑦。

项王军壁垓下，兵少食尽，汉军及诸侯兵围之数重。夜闻汉军四面皆楚歌，项王乃大惊曰："汉皆已得楚乎？是何楚人之多也！"项王则夜起，饮帐中。有美人名虞，常幸从；骏马乌骓⑧，常骑之。于是项王乃悲歌慷慨，自为诗曰："力拔山兮气盖世，时不利兮骓不逝。骓不逝兮可奈何，虞兮虞兮奈若何！"歌数阕，美人和之。项王泣数行下，左右皆泣，莫能仰视。

于是项王乃上马骑，麾下壮士骑从者八百余人⑨，直夜溃围南出⑩，驰走。平明，汉军乃觉之，令骑将灌婴以五千骑追之。项王渡淮，骑能属者百余人

以利益联络韩信、彭越。

四面楚歌。

英雄末路之时，刘邦抛妻弃子，甚至置老父于不顾而项羽恋恋不舍虞姬与乌骓马，可见情重，这也许是后人同情他的原因之一吧。

---

①睢阳：地名，在今河南商丘南。谷城：地名，在今山东东阿南。
②寿春：今安徽寿县。
③城父：今安徽亳县东南。
④垓下：今安徽灵璧东南。
⑤周殷：人名。
⑥舒：地名，今安徽舒城。六：地名，今安徽省六安县。意为带领舒地的军队屠杀六地的军民。
⑦诣：往，到。这里指各路之兵皆集中向项王。
⑧骓(zhuī)：毛色黑白相间的马。
⑨麾下：部下。
⑩直夜：趁着夜间。溃围：突围。

耳①。项王至阴陵②，迷失道，问一田父，田父绐曰③："左。"左，乃陷大泽中。以故汉追及之。项王乃复引兵而东，至东城④，乃有二十八骑。汉骑追者数千人。项王自度不得脱。谓其骑曰："吾起兵至今八岁矣，身七十余战，所当者破，所击者服，未尝败北，遂霸有天下。然今卒困于此，此天之亡我，非战之罪也。今日固决死，愿为诸君快战，必三胜之，为诸君溃围，斩将，刈旗⑤，令诸君知天亡我，非战之罪也。"乃分其骑以为四队，四向。汉军围之数重。项王谓其骑曰："吾为公取彼一将。"令四面骑驰下，期山东为三处⑥。于是项王大呼驰下，汉军皆披靡，遂斩汉一将。是时，赤泉侯为骑将⑦，追项王，项王瞋目而叱之，赤泉侯人马俱惊，辟易数里⑧。与其骑会为三处。汉军不知项王所在，乃分军为三，复围之。项王乃驰，复斩汉一都尉，杀数十百人，复聚其骑，亡其两骑耳。乃谓其骑曰："何如？"骑皆伏曰："如大王言。"

于是项王乃欲东渡乌江⑨。乌江亭长舣船待⑩，谓项王曰："江东虽小，地方千里⑪，众数十万

阴陵失道。

鸿门宴时，项羽军四十万，垓下战败，八百余人，百余人至二十八骑，又亡两骑，至无一人，可见英雄末路。

虎威不减。

---

①属者：跟随的人。
②阴陵：今安徽定远西北。
③绐(dài)：欺骗。
④东城：地名，在今安徽定远东南。
⑤刈(yì)旗：砍倒大旗。溃围、斩将、刈旗，与上"必三胜之"相应。
⑥期山东为三处：约定在小山东部分三处会合。
⑦赤泉侯：即下文杨喜。
⑧辟易：退避。
⑨乌江：今安徽和县东北长江西岸渡口。
⑩舣(yǐ)船：撑船靠岸。
⑪方：方圆。

人，亦足王也。愿大王急渡。今独臣有船，汉军至，无以渡。"项王笑曰："天之亡我，我何渡为！且籍与江东子弟八千人渡江而西，今无一人还，纵江东父兄怜而王我，我何面目见之？纵彼不言，籍独不愧于心乎？"乃谓亭长曰："吾知公长者。吾骑此马五岁，所当无敌，尝一日行千里，不忍杀之，以赐公。"乃令骑皆下马步行，持短兵接战。独籍所杀汉军数百人。项王身亦被十余创①，顾见汉骑司马吕马童②，曰："若非吾故人乎？"马童面之③，指王翳曰④："此项王也。"项王乃曰："吾闻汉购我头千金，邑万户，吾为若德⑤。"乃自刎而死。王翳取其头，余骑相蹂践争项王，相杀者数十人。最其后，郎中骑杨喜⑥，骑司马吕马童，郎中吕胜、杨武各得其一体。五人共会其体，皆是。故分其地为五：封吕马童为中水侯⑦，封王翳为杜衍侯⑧，封杨喜为赤泉侯⑨，封杨武为吴防侯⑩，封吕胜为涅阳侯⑪。

项王已死，楚地皆降汉，独鲁不下。汉乃引天下兵欲屠之，为其守礼义⑫，为主死节，乃持项王

杜牧《题乌江亭》诗："胜败兵家事不期，包羞忍耻是男儿。江东子弟多才俊，卷土重来未可知。"李清照《夏日绝句》："生当做人杰，死亦为鬼雄。至今思项羽，不肯过江东。"

可叹。

项羽后事。

①被十余创(chuāng)：受伤十余处。创，伤也。
②骑司马：官名。
③面之：正视项王。因为吕是项羽的旧部，竟被项羽认出，颇为不好意思，只好面对项羽。
④指王翳：指项王给王翳看。下面吕马童说的话，也表现了他的难为情。
⑤吾为若德：我为你送个人情吧。
⑥郎中骑：官名。
⑦中水：地名，今河北献县西北。
⑧杜衍：地名，今河南南阳西南。
⑨赤泉：其地不详。《史记索隐》赤泉是秦设置的丹水县(今河南淅川)所改。
⑩吴防：地名，今河南遂平。
⑪涅阳：地名，今河南镇平南。
⑫为：因为。

头视鲁,鲁父兄乃降。始,楚怀王初封项籍为鲁公,及其死,鲁最后下,故以鲁公礼葬项王谷城。汉王为发哀,泣之而去。

诸项氏枝属,汉王皆不诛。乃封项伯为射阳侯①。桃侯、平皋侯、玄武侯皆项氏②,赐姓刘。

项伯结局。

太史公曰③:吾闻之周生曰"舜目盖重瞳子④",又闻项羽亦重瞳子。羽岂其苗裔邪⑤?何兴之暴也!夫秦失其政,陈涉首难,豪杰蜂起,相与并争,不可胜数。然羽非有尺寸⑥,乘势起陇亩之中⑦。三年,遂将五诸侯灭秦⑧,分裂天下,而封王侯,政由羽出,号为"霸王",位虽不终,近古以来未尝有也。及羽背关怀楚⑨,放逐义帝而自立,怨王侯叛己,难矣。自矜功伐⑩,奋其私智而不师古⑪,谓霸王之业,欲以力征经营天下⑫。五年卒亡其国,身死东城,尚不觉寤而不自责⑬,过矣。乃引"天

自矜功伐,欲以力征经营天下,是项羽一生定评。

①射阳:地名,今江苏省淮安东南。
②桃侯:名襄,桃地在今山东汶上东北。平皋侯:名佗,平皋在今河南温县东。玄武侯不详。
③太史公曰:这是司马迁在《史记》中创立的一种史评的方式,名为论赞,后世史家都沿用不改。在《史记》大都在文末,也有在开头的,内容以对人物的评论为主,但也有补充史事,阐明主旨的,表现了作者的深刻的论见。
④周生:汉时儒者。重瞳(tóng):两个瞳孔。
⑤苗裔:后代。
⑥尺寸:尺寸之地,指封地。
⑦陇亩:田亩。指出身贫困,并非诸侯贵族。
⑧五诸侯:指山东除楚以外的齐、燕、韩、赵、魏五国。
⑨背关:违背先入关者为王的约定,不让刘邦王关中。怀楚:思念楚地,东归都于彭城。
⑩矜:骄。伐:功。
⑪师古:以古为鉴。
⑫力征:武力征伐。
⑬觉寤:醒悟,明白。

亡我，非用兵之罪也"，岂不谬哉！

思考

1. 仔细阅读全文，你认为项羽这个人物的性格特点是什么？
2. 你认为项羽失败的原因是什么？

赏析

项羽，是中国历史舞台上一个光彩夺目的角色，在秦末农民战争中，他发挥了巨大作用，在楚汉相争中最终败北。他的一生，是秦末汉初复杂政治军事局势的缩影，而伟大历史学家司马迁为他写作的这篇《本纪》在他的事迹中间穿插了无数大小战争与无数大小人物，共同构成了一幅波澜壮阔的历史画卷。阅读这篇文章，可以帮助我们了解当时的政治、经济、军事情况，了解秦末至汉初数十年间历史的演进与变迁，可以从无数人事的浮沉变迁中得出人生的启迪与思考……而且司马迁摇曳多姿的文章带给我们的更是无尽的美的享受。

结 构

作为秦末战争中一名著名军事将领，作为曾威震四方的西楚霸王，作为汉王朝建立时最强有力的对手，可以说，为项羽作传，就是为这一段历史作传，他个人的历史，也就是国家的历史，时代的历史。他的个人经历是无数人物与史实能够串联组合起来的天然构架。司马迁自然充分利用这一构架，来完成自己对于秦末战争史诗性的描绘。在这篇文章中，以项羽的征战成败经历为骨干，以其他人事为枝叶，共同长成了一株繁茂的大树。除了项羽以外，围在他身旁、或者与他争战的人物如项梁、梁伯、宋义、章邯、陈婴、刘邦、范增等等，也都丰满而鲜活。甚至一位不知名的13岁的孩子，也留下了极为生动的色彩：听说生性残暴的项羽要坑杀全城人民，他自告奋勇来见项羽，一席话利害分明，使项羽打消了原来的念头，从而挽救了全城人的性命。项羽一生身经百余战，部属千万人，头绪纷繁复杂，形势

瞬息万变，但在司马迁的笔下，却井然有序，纹丝不乱，每人每事，历历分明，不能不说得益于结构的巧妙和作者的匠心。

★ 人物形象

项羽的人物性格十分复杂。作为一代霸主，司马迁对他的景仰不难想见，这一点从特意为他立"本纪"就可以看出来。但在楚汉战争中他最终败北，自刎乌江，成为一名悲剧性人物。他的悲剧不能说和性格无关。首先，他残暴成性，滥杀民众。在战争中，动辄屠城活埋，一次甚至多达几十万人。民众正是因为不堪忍受秦朝的暴政才揭竿而起，现在他欲以暴易暴，自然难得民心。第二是时而刚愎自用，时而优柔寡断，不善于听从正确意见。在政治军事形势扑朔迷离、瞬息万变的情况下，能够从善如流、虚心听取意见是胜利的一条重要保证，项羽恰恰没有做到这一点，他经常杀掉向他提意见的人，很容易中敌人的反间计，把惟一的谋臣范增赶走，在鸿门宴中坐失杀刘邦良机结果后患无穷。总之，项羽最后的失败跟他自身的这些弱点有很大关系，所以司马迁也不赞成他"天亡我，非用兵之罪"的说法。当然，项羽之所以能够称雄一时，也有他的优秀品质：比如超人的勇力、杰出的军事才能等。总之，这是一个立体的人物形象，性格塑造非常成功。

鉴赏　叱咤风云篇

霍光传

班　固

题解

班固(32—92)，字孟坚，扶风安陵(今陕西省咸阳东北)人，东汉著名历史学家。他的父亲班彪也是著名史学家，曾作《史记后传》数十篇，班固在此基础上继续努力，历时二十余年，终于修成《汉书》，记载西汉历史。这是我国历史上第一部断代史书。班固曾任兰台令史等职，曾经跟随大将军窦宪出征匈奴，后受窦宪牵连，死于狱中。有《班兰台集》。《霍光金日䃅传》是《汉书》中的重要篇章，这里选取了关于霍光的部分。传中记载了霍光及霍氏家族的兴衰，反映了昭帝、宣帝时期的社会政治状况。

正文

霍光，字子孟，票骑将军去病弟也①。父中孺②，河东平阳人也③，以县吏给事平阳侯家④，与侍者卫少儿私通而生去病。中孺吏毕归家⑤，娶妇生光，因绝不相闻⑥。久之，少儿女弟子夫得幸于武帝⑦，

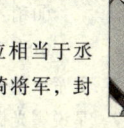

评点

介绍出身。

---

①票骑将军：官名，即骠(piào)骑将军，汉武帝所设最高级武官之一，地位相当于丞相。去病：姓霍，汉武帝时为票姚校尉，曾六次出击匈奴，立了很多战功，拜票骑将军，封冠军侯。后人称为"霍票姚"。
②中(zhòng)：同"仲"，旧时兄弟排行常以伯、仲、叔、季为序，"仲"是老二。
③河东：郡名，在今山西境内。平阳：县名，故城在今山西临汾西北。
④以县吏：凭着县吏的身份。给事：供事，引申为侍奉。平阳侯：这里指曹参的后人曹寿。汉代，县府需派遣吏员到封国在本县的侯家服役供事。
⑤吏毕：指在平阳侯家中给事完毕。
⑥绝：隔绝。
⑦女弟：即妹妹。子夫：人名。卫子夫原为平阳侯家的歌女，后被武帝纳入宫中，元朔元年(前128年)生太子，立为皇后。后废黜自杀。

立为皇后，去病以皇后姊子贵幸。即壮大，乃自知父为霍中孺，未及求问①。会为票骑将军去匈奴，道出河东，河东太守郊迎②，负弩矢先驱③，至平阳传舍④，遣吏迎霍中孺。中孺趋入拜谒⑤，将军迎拜，因跪曰："去病不早自知为大人遗体也⑥。"中孺扶服叩头⑦，曰："老臣得托命将军，此天力也。"去病大为中孺买田宅奴婢而去。还，复过焉，乃将光西至长安⑧，时年十余岁，任光为郎⑨，稍迁诸曹侍中⑩。去病死后，光为奉车都尉光禄大夫⑪，出则奉车，入侍左右，出入禁闼二十余年⑫，小心谨慎，未尝有过⑬，甚见亲信。

征和二年⑭，卫太子为江充所败⑮，而燕王旦、

以外戚进身，以谨慎见亲信，是霍光一生事业。

---

①求问：寻访，探看。
②郊迎：到边界迎接。
③先驱：在前面引路。
④传舍(zhuàn shè)：供行人休息住宿的处所，即驿舍。
⑤趋：小步快走，表示恭敬。
⑥遗体：留下来的身体，这是说子女的身体是父母遗留下来的。
⑦扶服：同"匍匐"，伏在地上。
⑧将：带着。
⑨任：保养。汉代，吏二千石以上任满三年，可以保弟或子一人为郎。
⑩稍：逐渐。迁：升官。诸曹：即左右曹。诸曹、侍中都是加官名。
⑪奉车都尉：官名，掌管皇帝所乘的车驾。皇帝出行时，要随车驾侍奉。光禄大夫：汉武帝太初元年，郎中令改为光禄勋，郎中令属下的中大夫改为光禄大夫，掌顾问应对。这里是说霍光做了奉车都尉兼光禄大夫。
⑫闼(tà)：门。禁闼：皇宫中的门。皇帝住处，门禁森严，所以叫禁闼。
⑬过：过失。
⑭征和二年：前91年，即武帝继位的第五十年。
⑮卫太子：名据，卫皇后所生，所以称卫太子；谥戾，又称戾太子。江充：字次倩，邯郸人。武帝拜他为直指绣衣使者，因事与太子不和。征和二年，武帝病，江充见武帝年老，怕武帝死后自己被太子杀害，因而想陷害太子，奏武帝的病是由巫蛊(gǔ)所致。于是武帝派江充查办巫蛊。江充在太子宫里掘蛊，诬称掘得桐木人。太子很害怕，把江充杀了。丞相刘屈氂(lí)领兵攻太子，太子兵败，逃到湖县，被地方官发觉，自缢而死。败：败坏。

鉴赏 ｜ 叱咤风云篇

广陵王胥皆多过失①。是时上年老，宠姬钩弋赵倢伃有男②，上心欲以为嗣，命大臣辅之。察群臣唯光任大重③，可属社稷④。上乃使黄门画者画周公负成王朝诸侯以赐光⑤。后元二年春⑥，上游五柞宫⑦，病笃，光涕泣问曰："如有不讳⑧，谁当嗣者？"上曰："君未谕前画意邪⑨？立少子，君行周公之事。"光顿首让曰："臣不如金日磾⑩。"日磾亦曰："臣外国人，不如光。"上以光为大司马大将军⑪，日磾为车骑将军，及太仆上官桀为左将军⑫，搜粟都尉桑弘羊为御史大夫⑬，皆拜卧内床下⑭，受遗诏辅少主⑮。明日，武帝崩⑯，太子袭尊号⑰，是

武帝托孤，"政事一决于光"。

---

①燕王旦：武帝第三子。卫太子死后，武帝次子齐王闳又早死，旦自以为按次序当立为太子。于是上书请求到京在宫中值宿护卫。这实际是一种表面的措辞。武帝很生气，把他的使者下到狱里。后来他又因隐藏亡命徒而犯法。这里说"多过失"，当指这些。广陵王胥：武帝第四子，行为放荡，不守法度，所以也说他"多过失"。
②钩弋：宫名。倢伃(jié yú)：通"婕妤"，女官名。钩弋赵倢伃：昭帝的母亲，因住在钩弋宫，所以这么称。
③任：担当得了。大：指大事。重：指重要的任务。
④属(zhǔ)：托付、委任。社稷：国家的代称。社：土地神。稷：谷神。
⑤黄门：官署名，专门在宫内服务，侍奉皇帝。画者：画工。
⑥后元二年：前87年。武帝死于此年。
⑦五柞(zuò)宫：汉时的行宫，在今陕西周至县东南。因宫中有五颗大柞树，因而得名。
⑧不讳：不可避讳，指死。
⑨谕：通"喻"，明白，了解。
⑩金日磾：字翁叔，原是匈奴休屠王的太子。武帝元狩年间，昆邪王杀休屠王降汉，日磾和他母亲、弟弟都被收入汉廷，在黄门养马。后被重用。莽何罗谋杀武帝，日磾擒杀何罗。因功封秺(dù)侯，又拜为车骑将军。
⑪大司马：是冠于将军之上的加衔，有了这个加衔，就可以辅佐朝政。
⑫上官桀：字少叔，陇西上邽(今甘肃天水)人。左将军：官名，位次于上卿，主征伐。
⑬搜粟都尉：官名，负责催索军粮。桑弘羊：洛阳人。御史大夫：官名，即副丞相。
⑭卧内：卧室。
⑮遗诏：武帝临终前的遗命。
⑯崩：天子死叫崩。
⑰袭尊号：承袭皇帝这个尊号。

为孝昭皇帝。帝年八岁，政事一决于光①。

先是②，后元年③，侍中仆射莽何罗与弟重合侯通谋为逆④，时光与金日䃅、上官桀等共诛之⑤，功未录⑥。武帝病，封玺书曰⑦："帝崩发书以从事⑧。"遗诏封金日䃅为秺侯⑨，上官桀为安阳侯⑩，光为博陆侯⑪，皆以前捕反者功封。时卫尉王莽子男忽侍中⑫，扬语曰⑬："帝病，忽常在左右，安得遗诏封三子事！群儿自相贵耳。"光闻之，切让王莽⑭，莽酖杀忽⑮。

光为人沉静详审⑯，长财七尺三寸⑰，白皙⑱，

杀王忽，钳制舆论。

---

①壹：一切，完全。
②先是：当初。史官追述往事时习惯用语。
③后元年：等于说后元元年，前88年。
④侍中仆射(yè)：官名，领导侍中的。莽何罗：本姓马，马与莽音近。马何罗是东汉明帝马皇后的先人，马后忌讳自己的先人谋反，因而将他改姓莽。重合：地名，故城在今山东乐陵西，马通封在这里。
⑤共诛之：实际情况是霍光和上官桀捕斩马通，金日䃅擒杀莽何罗。这里说"共诛之"是笼统的说法。
⑥功未录：没有计功行赏。
⑦玺(xǐ)书：封口处印有皇帝印记的诏书。玺：印，自秦始皇以后专指皇帝的印。
⑧发书：打开诏书。从事：这里指按照玺书的指示办事。
⑨秺(dù)：县名，故城在今山东城武县西北。
⑩安阳：县名，故城在今河南正阳县西南。
⑪博陆：在今北京密云县东南。霍光的封号虽然是博陆，他的采邑却是北海、河间、东郡(三个郡名)。
⑫卫尉：官名，九卿之一，负责保卫宫城。王莽：字稚叔，天水人，与西汉末年的王莽不是一人。
⑬扬语：把话宣扬出去。
⑭切：深切。让(ràng)：责备、斥责。
⑮酖(zhèn)：传说用鸩鸟的羽毛泡成的毒酒。
⑯沉静：稳重，卑谦。详审：审慎，从容。
⑰财：通"才"，仅仅，不过。汉代一尺合今0.231米，七尺三寸约合今1.68米。
⑱皙(xī)：肤色白。

38

疏眉目①，美须髯②。每出入下殿门，止进有常处③，郎仆射窃识视之④，不失尺寸，其资性端正如此。初辅幼主，政自己出，天下想闻其风采⑤。殿中尝有怪，一夜群臣相惊，光召尚符玺郎⑥，郎不肯授光。光欲夺之，郎按剑曰："臣头可得，玺不可得也！"光甚谊之⑦。明日，诏增此郎秩二等⑧。众庶莫不多光⑨。

光与左将军桀结婚相亲⑩，光长女为桀子安妻，有女年与帝相配⑪，桀因帝姊鄂邑盖主内安女后宫为倢伃⑫，数月立为皇后。父安为票骑将军，封桑乐侯。光时休沐出⑬，桀辄入代光决事。桀父子既尊盛，而德长公主⑭。公主内行不修⑮，近幸河间丁外人⑯。桀、安欲为外人求封，幸依国家故事

【鉴赏 叱咤风云篇】

资性端正，与"小心谨慎"呼应。

有大臣风范。

政治婚姻。

①疏：疏朗。疏眉目：眉毛疏淡，眼睛明亮。
②须：嘴下边的胡子。髯：两颊上的胡子。
③止：停步。进：行进。常处：一定的地点。
④识(zhì)：记住。
⑤闻：等于说知道。文采：风度文采。
⑥尚符玺郎：官名，掌管皇帝的印玺符节。
⑦谊：通"义"，以为他正义。
⑧秩：官吏的禄位。
⑨众庶：百姓。多：称赞。此句是说，老百姓听到此事，没有不赞成、尊重霍光的。
⑩结婚：结为儿女亲家。相亲：关系密切。
⑪相配：相当。据《昭帝纪》，这时昭帝十二岁。
⑫因：依靠。鄂邑盖主：武帝长女，封为鄂邑长公主(鄂邑，今湖北鄂城县)；因她嫁给盖侯，所以又称盖主。昭帝是由他抚养长大的。内：通"纳"，送进去。
⑬时：按时。休浴：休假沐浴。汉代，中朝官每五天可回家休沐一次。
⑭德：感激。
⑮内行：私生活。不修：不检点。
⑯近幸：亲近而宠幸。丁外人：姓丁，名外人。这话是说公主与丁外人私通。

39

以列侯尚公主者①，光不许。又为外人求光禄大夫，欲令得召见，又不许。长主大以是怨光②。而桀、安数为外人求官爵弗能得，亦惭。自先帝时，桀已为九卿③，位在光右。及父子并为将军，有椒房中宫之重④，皇后亲安女⑤，光乃其外祖，而顾专制朝事⑥，繇是与光争权⑦。

燕王旦自以昭帝兄，常怀怨望⑧。及御史大夫桑弘羊建造酒榷盐铁⑨，为国兴利，伐其功⑩，欲为子弟得官，亦怨恨光。于是盖主、上官桀、安及弘羊皆与燕王旦通谋，诈令人为燕王上书，言"光出都肄郎羽林⑪，道上称跸⑫，太官先置⑬。又引苏武前使匈奴⑭，拘留二十年不降，还乃为典属国⑮，而

鉴赏

宫闱斗争。

上官氏、盖主、桑弘羊、燕王等与霍光争权。

①幸：希望。故例：旧例。列侯：汉制，刘姓子孙封侯者，谓之诸侯。异姓功臣封侯者，谓之列侯，又叫彻侯。尚：娶帝王女为妻。这句大意是：希望按照国家以列侯身份娶公主为妻的旧例，封丁外人为列侯。但丁外人不是公主的丈夫，所以霍光不答应。

②大：格外地。以是：因为这件事。怨：恨。

③九卿：汉时九卿为奉常、郎中令、卫尉、太仆、廷尉、典客、宗正、治粟内史、少府。武帝后元二年以前，上官桀已为太仆，霍光则为奉车都尉、光禄大夫，位在九卿之下。

④椒房：皇后所居之处。椒是香料，用椒和泥涂墙，取其温暖芳香。中宫：指皇后的宫。这里椒房、中宫都指皇后。

⑤亲安女：安的亲生女。

⑥顾：反而，却。

⑦繇：通"由"，由是，因此。

⑧怨望：怨恨。燕王旦自以为是昭帝之兄，理应为帝，所以心怀不满。

⑨建造：倡导，提议。榷(què)：专利。酒榷盐铁：指酒业和盐铁专营、专卖。

⑩伐：夸耀。

⑪都：总。肄：习。郎：指郎官。羽林：此处指羽林军。这句是说，霍光把郎、羽林军等禁卫军，都集中起来进行操练演习。

⑫跸(bì)：通"跸"。古代帝王出行时，禁止行人往来，叫做跸。称跸：传令戒严。

⑬太官：掌管皇帝饮食的官。先置：先去备办饮食。以上都是指责霍光僭越权限。

⑭又引：又云，又说。

⑮典属国：官名，掌管来归附的各外族属国。

鉴赏 叱咤风云篇

大将军长史敞亡功为搜粟都尉①。又擅调益莫府校尉②。光专权自恣，疑有非常③。臣旦愿归符玺④，入宿卫⑤，察奸臣变。"候司光出沐日奏之⑥。桀欲从中下其事⑦，桑弘羊当与诸大臣共执退光⑧。书奏，帝不肯下⑨。

明旦⑩，光闻之，止画室中不入⑪。上问："大将军安在？"左将军桀对曰："以燕王告其罪，故不敢入。"有诏召大将军。光入，免冠顿首谢⑫，上曰："将军冠。朕知是书诈也，将军亡罪。"光曰："陛下何以知之？"上曰："将军之广明⑬，都郎属耳⑭。调校尉以来未能十日，燕王何以得知之？且将军为非，不须校尉。"是时帝年十四，尚书左右皆惊，而上书者果亡⑮，捕之甚急。桀等惧，白上小事不足遂⑯，上不听。

一则昭帝明断，一则可见昭帝倚重霍光。

---

①大将军：指霍光。敞：指杨敞。亡：通"无"。
②擅：独断专行。调：选。益：增加。莫府：即幕府，军队出征，要住在帐幕内，所以将军府也叫幕府。这里具体指时任大将军的霍光府。校尉：武官名。
③非常：此处指篡位的事。
④归：归还。符玺：代指诸侯之权利。
⑤宿卫：值宿护卫。
⑥司：通"伺"。
⑦下其事：把这件事交给有关的官吏去办理。
⑧当：担任。执：持，这里有胁迫之意。退：使退职。
⑨这句是说，昭帝不肯把燕王的奏书交下去。
⑩明旦：天亮。
⑪画室：指殿前西阁之室，西阁画古帝王像，所以称画室。
⑫顿首：叩头。谢：谢罪。
⑬之：到。广明：亭驿名，在长安城东东都门外。都郎：指上文"都肄郎、羽林"一事。
⑭属(zhǔ)：近，指近时。耳：语尾助词。这句就是说，你练兵不过是最近的事。
⑮亡：逃跑。
⑯白上：对皇帝说。遂：竟，指追究到底。

41

鉴赏

后桀党与有谮光者①，上辄怒曰："大将军忠臣，先帝所属以辅朕身，敢有毁者坐之②。自是桀等不敢复言，乃谋令长公主置酒请光，伏兵格杀之③，因废帝，迎立燕王为天子。事发觉，光尽诛桀、安、弘羊、外人宗族。燕王、盖主皆自杀。光威震海内。昭帝即冠④，遂委任光⑤，讫十三年⑥，百姓充实⑦，四夷宾服⑧。

> 铲除政敌，威震海内。

元平元年⑨，昭帝崩，亡嗣。武帝六男独有广陵王胥在⑩，群臣议所立，咸持广陵王⑪。王本以行失道⑫，先帝所不用。光内不自安。郎有上书言"周太王废太伯立王季⑬，文王舍伯邑考立武王⑭，唯在所宜，虽废长立少可也。广陵王不可以承宗庙⑮。"言合光意。光以其书视丞相敞等⑯，擢郎为

> 昭帝崩，政局再次动荡，霍光面临选择皇位继承人的难题。

①党与：同党的人。谮(zèn)：诬陷。
②坐：犯罪。坐之：是说要叫他因为陷害人而获罪。
③格：击打。
④冠(guàn)：古时男子年满二十年要举行加冠礼，表示已成年。昭帝的冠礼在元凤四年(前77年)正月举行。
⑤遂：自始至终。
⑥讫(qì)：终。昭帝在位共十三年，国政都由霍光主持，所以说"讫十三年"。
⑦充实：充足，富足。
⑧四夷：古代对周边地区少数民族的泛称。宾服：相当于说臣服。宾：服从，归顺。
⑨元平：昭帝年号。元平元年：公元前74年，昭帝死于这一年四月。
⑩六男：长子戾太子据，次子齐怀王闳，三子燕刺王旦，四子广陵王胥，五子昌邑哀王髆(bó)，六子昭帝弗陵。
⑪咸：都。持：支持，主张。
⑫行失道：行为失去正道，即行为不正。
⑬大(tài)伯：周太王长子，知道太王要传位给他的小弟弟王季，就出走了。
⑭伯邑考：周文王的长子。
⑮承宗庙：指继承帝位。
⑯视：通"示"，给人看。敞：指杨敞，这时是丞相。

42

鉴赏 叱咤风云篇

九江太守①。即日承皇太后诏②，遣行大鸿胪事少府乐成、宗正德、光禄大夫吉、中郎将利汉迎昌邑王贺③。

贺者，武帝孙，昌邑哀王子也。既至，即位，行淫乱④，光忧懑⑤，独以问所亲故吏大司农田延年⑥。延年曰："将军为国柱石，审此人不可⑦，何不建白太后，更选贤而立之？"光曰："今欲如是，于古尝有此否？"延年曰："伊尹相殷⑧，废太甲以安宗庙⑨，后世称其忠。将军若能行此，亦汉之伊尹也。"光乃引延年给事中⑩，阴与车骑将军张安世图计⑪，遂召丞相、御史、将军、列侯、中二千石、大夫、博士会议未央宫⑫。光曰："昌邑王行昏乱，恐危社稷，如何？"群臣皆惊鄂失色⑬，

力排众议，选择昌邑王。

昌邑王"行淫乱"，霍光要再行废立，积极寻求理论支持。

群臣惊愕，可见事出突然，众人没有思想准备。

①擢(zhuó)：提拔。郎：指上书的那个郎。九江：郡名，包括今江西省及江苏、安徽的长江北岸一带地。郡治在寿春，即今安徽省寿春县。

②皇太后：指昭帝的上官皇后，霍光的外孙女。

③大鸿胪：官名，掌管朝贺庆吊的赞礼司仪。少府：官名，掌管山海池泽的税收。乐成：姓史，他的官职是少府，暂时兼代大鸿胪的职务，所以称行大鸿胪事。行：兼摄。宗正：官名，掌管皇族亲属的事务。德：刘德。吉：丙吉。利汉：人名，不知其姓。昌邑：故城在今山东金乡西北四十里。

④行：行为。

⑤懑(mèn)愤，闷。

⑥故吏：旧日僚属。田延年：字子宾，曾供职于霍光幕府，很受器重。

⑦审：深知。

⑧伊尹：商汤的贤相。

⑨太甲：汤的嫡长孙。太甲即位三年，纵欲妄为，伊尹把他流放到桐宫。过了三年，太甲改过自新，伊尹又把他接回来，让他执政。

⑩引：援引，这里是提拔荐举的意思。给事中：加官名，专顾问应对。

⑪阴：暗中。车骑将军：官名，位次上卿。张安世：字子孺，昭帝时封富平侯。

⑫会：共同。议：商量。未央宫：汉宫名。中二千石：汉制，官吏按所得俸禄的多寡，分为若干等级。九卿及御史大夫、执金吾都是中二千石。这里的中二千石即指这些官。大夫：官名，掌议论。博士：官名，掌通晓古今事物，国有疑事，备问对。

⑬鄂：通"愕"，惊讶。失色：面无人色。

鉴赏

莫敢发言，但唯唯而已①。田延年前，离席按剑，曰："先帝属将军以幼孤，寄将军以天下，以将军忠贤能安刘氏也。今群下鼎沸②，社稷将倾③，且汉之传谥常为孝者④，以长有天下，令宗庙血食也⑤。如令汉家绝祀⑥，将军虽死，何面目见先帝于地下乎？今日之议，不得旋踵⑦。群臣后应者，臣请剑斩之⑧。"光谢曰⑨："九卿责光是也⑩。天下匈匈不安⑪，光当受难⑫。"于是议者皆叩头，曰："万姓之命在于将军，唯大将军令⑬。"

光即与群臣俱见白太后⑭，具陈昌邑王不可以承宗庙状⑮。皇太后乃车驾幸未央承明殿⑯，诏诸禁门毋内昌邑群臣⑰。王入朝太后还，乘辇欲归温室⑱，

在这次废立中，田延年起了重要作用。

---

①唯唯：象声词，答应的声音。表示没异议。
②群下：臣民。鼎沸：像鼎中的开水那样沸腾，比喻人心不安。
③倾：倒。
④谥常为孝：汉代自惠帝起，每个皇帝的谥号都加一个"孝"字。谥：古代帝王贵族死后，时人根据其生平事迹评定一个称号，以示褒贬，以寓感情，称为谥。
⑤血食：指得到享祭。享祭鬼神要杀牲，所以说是血食。
⑥绝祀：断绝祭祀，指亡国。
⑦旋踵：转动脚后跟向后退，形容迅速。不得旋踵，这里是说不能犹豫，速作决断。
⑧剑：名词做状语，用剑。
⑨谢：谢罪，道歉。
⑩九卿：指田延年，因他是大司农，为九卿之一。
⑪匈匈：通"汹汹"，纷扰不安的样子。
⑫受难：受责难。
⑬唯大将军令：等于说"唯大将军令是从"，我们听大将军您的命令。
⑭俱：一起。见白太后：谒见太后并向太后禀白。白：禀告，报告。
⑮具陈：详细陈述。状：情况。
⑯幸：皇太后到哪里也称幸。承明殿：在未央宫中，是皇帝召见儒生学士的地方。
⑰内(nà)：放进来。后写作"纳"。昌邑群臣：昌邑王原有的群臣。
⑱温室：即温室殿，在未央宫中，是冬日取暖的地方。

鉴赏　叱咤风云篇

中黄门宦者各持门扇①，王入，门闭，昌邑群臣不得入。王曰："何为？"大将军跪曰："有皇太后诏，毋内昌邑群臣。"王曰："徐之②，何乃惊人如是！"光使尽驱出昌邑群臣，置金马门外③。车骑将军安世将羽林骑收缚二百余人④，皆送廷尉诏狱⑤。令故昭帝侍中、中臣侍守王⑥。光敕左右⑦："谨宿卫，卒有物故自裁⑧，令我负天下，有杀主名。"王尚未自知当废，谓左右："我故群臣从官安得罪，而大将军尽系之乎⑨。"顷之，有太后诏召王。王闻召，意恐，乃曰："我安得罪而召我哉？"太后被珠襦⑩，盛服坐武帐中⑪，侍御数百人皆持兵⑫，期门武士陛戟⑬，陈列殿下。群臣以次上殿，召昌邑王伏前听诏。光与群臣连名奏王，尚书令读奏曰⑭：

丞相臣敞、大司马大将军臣光、车骑将军臣安

"何为？""何乃惊人如是？"活画出昌邑王毫无思想准备的神态。

"尚未自知当废"，可叹。痴儿犹在梦中。

---

①中黄门宦者：住在宫禁里在黄门内服役的宦者。黄门：因宫门是黄的，所以叫黄门。持：把持着。
②徐之：相当于说，慢一点。
③金马门：未央宫前有铜马，所以未央宫门叫金马门。
④将：率领。缚：捆绑。二百余人：都是昌邑王手下的群臣。
⑤廷尉：官名，掌刑法。诏狱：监狱的一种，专门拘禁皇帝特旨交审的罪犯。
⑥中臣侍：当做"中常侍"，加官名。
⑦敕：告诫。
⑧卒：通"猝"，仓卒。物故：死亡。自裁：自杀。
⑨系：抓起来。
⑩襦(rú)：短衣，短袄。
⑪盛服：服饰整齐，表示严肃端庄。武帐：帷中设置五兵（矛、戟、钺、盾、弓矢），所以叫武帐。
⑫持兵：手执兵器。兵：兵器。
⑬期门：官名，掌执兵器随从皇帝。陛：宫殿的台阶，名词做状语。戟：用作动词，拿着戟。陛戟：在宫殿下拿着戟来护卫。
⑭尚书令：官名，掌管文书。

鉴赏

世、度辽将军臣明友①、前将军臣增②、后将军臣充国③、御史大夫臣谊④、宜春侯臣谭⑤、当涂侯臣圣⑥、随桃侯臣昌乐⑦、杜侯臣屠耆堂⑧、太仆臣延年⑨、太常臣昌⑩、大司农臣延年⑪、宗正臣德⑫、少府臣乐成⑬、廷尉臣光⑭、执金吾臣延寿⑮、大鸿胪臣贤⑯、左冯翊臣广明⑰、右扶风臣德⑱、长信少府臣嘉⑲、典属国臣武⑳、京辅都尉臣广汉㉑、司隶校尉臣辟兵㉒、诸吏文学光禄大夫臣迁、臣畸、臣吉、

不厌其烦罗列众人姓名，可见当时朝廷制度也可见郑重其事，从而将霍光的个人行为变为朝官群体行为。

---

①明友：姓范，霍光的女婿，因击氐及乌桓有功，拜度辽将军，后封平陵侯。

②前将军：官名，位上卿，主征伐。增：姓韩，昭帝时拜前拜军。

③充国：姓赵，武帝时破匈奴有功。宣帝时因功封营平侯。

④谊：姓蔡，精通经学，为霍光幕府中人物，后代替杨敞为丞相。

⑤谭：姓王，袭父封为宜春侯。

⑥圣：姓魏，袭父封为当涂侯。

⑦昌乐：姓赵，故南越之苍梧王赵光的儿子，光降汉，封随桃侯，昌乐袭父封。

⑧屠耆(zhī)堂：本是胡人，他祖父复陆支降汉，从霍去病有军功，封杜侯。

⑨延年：姓杜，昭帝时因揭发上官桀的逆谋，封建平侯。

⑩太常：掌宗庙礼仪。昌：姓苏，封薄侯。

⑪延年：即田延年。

⑫德：即刘德。

⑬乐成：即史乐成。

⑭光：姓李。

⑮执金吾：官名，负责京师的治安。"吾"是大棒的名称，棒是铜的，所以叫金吾。巡逻时，手拿金吾，因而把"执金吾"作为官名。延寿：姓李。

⑯贤：姓韦，曾教昭帝读《诗》，后来代蔡谊为丞相。

⑰左冯翊：官名，与京兆尹、右扶风共治长安城中，叫做三辅。广明：姓田。

⑱右扶风：官名。德：姓周。

⑲长信少府：官名，掌皇太后宫。太后居长信宫，所以叫长信少府。嘉：不知其姓。

⑳武：苏武。

㉑京辅都尉：官名，属中尉。广汉：姓赵，昭帝时著名的能吏。

㉒司隶校尉：官名，掌巡查京师及近郊，察举百官以下及京师近郊犯法者。辟兵：不知其姓。

鉴赏　叱咤风云篇

臣赐、臣管、臣胜、臣梁、臣长幸、臣夏侯胜①、太中大夫臣德、臣卬②，昧死言皇太后陛下③：臣敞等顿首死罪。天子所以永保宗庙总壹海内者④，以慈孝礼谊赏罚为本⑤。孝昭皇帝早弃天下，亡嗣，臣敞等议，礼曰"为人后者为之子也⑥"，昌邑王宜嗣后，遣宗正、大鸿胪、光禄大夫奉节使征昌邑王典丧⑦。服斩缞⑧，亡悲哀之心，废礼谊，居道上不素食⑨，使从官略女子载衣车⑩，内所居传舍⑪。始至谒见⑫，立为皇太子，常私买鸡豚以食。受皇帝信玺、行玺大行前⑬，就次发玺不封⑭。从官更持节⑮，引内昌邑从官驺宰官奴二百余人⑯，常与居禁

　　大臣不能废帝，所以要使用皇太后的名义。

　　以下罗列昌邑王罪状。

①诸吏文学光禄大夫：概括下文的官职，或为诸吏，或为文学，或为光禄大夫。迁：姓王。畸：姓宋。吉：即丙吉。赐、管、胜、梁、长幸，都不知其姓。夏侯胜：字长公，以治《尚书》著名，和他从兄的儿子建，并称为大小夏侯。

②德：不知其姓。卬：赵充国的儿子。

③昧死：冒着死罪。

④总壹：统一。

⑤本：治国之本。

⑥礼：指古代儒家的《礼经》，但今本《仪礼》、《礼记》无所引两句。之：其。为人后者：指出继于人，做人家后嗣的人。

⑦奉节：拿着太后所给的旌节。典丧：主持丧事。典：主持。

⑧斩缞(cuī)：五种丧服中最重的一种。用粗麻布制成，左右和下边不缝。

⑨居道上：指在来京师的道上。

⑩从官：侍从的官吏。略：通"掠"，劫掠。衣车：后面有帷幔遮蔽，前面有门可开可闭的车。

⑪内：同"纳"，接纳，放入。

⑫始至：指刚到京师。谒见：指谒见皇太后。

⑬信玺、行玺：汉初，皇帝有三玺，天子之玺，皇帝自己佩戴着，信玺、行玺，存放在符节台。大行：皇帝初死称大行。这里指昭帝的灵柩。

⑭次：指所居之处。发玺：打开封匣取出玺来。这话是说昌邑王这种行为是极不严肃的。

⑮更(gēng)：轮流更替。

⑯引内：招引收纳。驺宰：管马厩的人。官奴：被没收在官府中的奴隶。

47

阁内敖戏①。自之符玺②,取节十六③,朝暮临④,令从官更持节从。为书曰⑤"皇帝问侍中君卿⑥:使中御府令高昌奉黄金千斤⑦,赐君卿取十妻。"大行在前殿,发乐府乐器⑧,引内昌邑乐人,击鼓歌吹作俳倡⑨。会下还⑩,上前殿,击钟磬,召内泰壹宗庙乐人⑪,辇道牟首⑫,鼓吹歌舞,悉奏众乐。发长安厨三太牢具祠阁室中⑬,祀已,与从官饮啖⑭。驾法驾⑮,皮轩鸾旗⑯,驱驰北宫、桂宫⑰,弄彘斗虎。召皇太后御小马车⑱,使官奴骑乘,游戏掖庭中⑲。

视国事如儿戏。

①敖戏:游戏。

②之:到。符节:指藏符节的官署。

③节:符节。

④临(lìn):哭吊死者。连同上二句指昌邑王到昭帝的灵柩前去哭吊时,行同游戏。

⑤为书:写了封信。

⑥问:问候。君卿:人名,是昌邑王的侍中。

⑦御府令:官名,掌管皇家衣服珍宝财物。宦官做这个官,加"中"字,称中御府令。高昌:人名。

⑧乐府:掌管音乐的官署,武帝时开始设立,负责采集歌谣,制定乐谱,训练乐工。

⑨作俳倡:作俳倡之戏,等于说演戏。

⑩下:指昭帝的灵柩下葬。

⑪泰壹:即太一,神名。这句话是说,把祭祀太一神和祭祀宗庙时奏乐的乐工召纳到后宫。

⑫辇道:帝王车驾走的路。牟首:池名,在上林苑。

⑬长安厨:官署名。太牢:牛羊豕三牲。具:馔,这里指祭品。祠:祭祀。阁室:阁道旁的屋子。这句话大意是:把长安厨的三份太牢的祭品取出在阁室里祭祀。

⑭啖:吃,或给人吃。

⑮法驾:皇帝所乘的车的一种。

⑯皮轩:用虎皮做屏障的车。鸾旗:用羽毛编起来的一种旗子。皮轩、鸾旗都是先行的仪仗,只能在祭天和郊祀社稷时才能用。

⑰北宫、桂宫:都是汉代的宫名。

⑱召:招来,这里作取来讲。皇太后御小马车:皇太后所用的小马车。这种车是皇太后在宫中乘着游玩的。

⑲掖庭:宫殿中的旁舍,这里作宫廷讲。

与孝昭皇帝宫人蒙等淫乱①,诏掖庭令敢泄言要斩②。

太后曰:"止!为人臣子,当悖乱如是邪③!"王离席伏④。尚书令复读曰:

取诸侯王、列侯、二千石绶及墨绶、黄绶以并佩昌邑郎官者免奴⑤。变易节上黄旄以赤⑥。发御府金钱刀剑玉器采缯⑦,赏赐所与游戏者。与从官官奴夜饮,湛沔于酒⑧。诏太官上乘舆食如故⑨。食监奏未释服,未可御故食⑩。复诏太官趣具⑪,无关食监。太官不敢具,即使从官出买鸡豚,诏殿门内,以为常⑫。独夜设九宾温室⑬,延见姊夫昌邑关内侯⑭。祖宗庙祠未举⑮,为玺书使使者持节,以三太

太后打断,当时情景如画。

①蒙:宫人的名字。
②掖庭令:宫廷内管宫女的官。要(yāo):通"腰"。
③当悖乱如是:难道可以这样胡作非为吗?悖:荒谬,谬误。
④伏:跪着。
⑤取:拿。诸侯王:汉制,皇子封为王,其实是诸侯,总名之为诸侯王。诸侯王金印盭(lì,绿色)绶,列侯金印紫绶,二千石银印青绶,秩比六百石以上铜印墨绶,比二百石以上铜印黄绶。者:是多出的字。免奴:被赦免为良人的奴隶。这句话是说昌邑王拿诸侯王等的印绶给自己的郎官和免奴们佩戴。
⑥旄:节上用旄牛尾作的装饰。这句是说,把黄旄变为赤旄。
⑦御府:宫中藏财物的府库。采缯(zēng):有文采的丝织品。
⑧湛(chén)沔(miǎn):通"沉湎",特指沉湎于酒。
⑨上官:掌管饮食的官。上:进献。乘舆:皇帝的代称。如故:像过去那样,照常。
⑩食监:监管皇帝膳食的人。未释服:未脱孝服,指居丧未满。御:皇帝进用叫御。故食:指平日吃的食物。
⑪趣:通"促",赶快。具:办理。
⑫殿门:指看守殿门的人。内(nà):通"纳",使进来。
⑬设九宾温室:在温室殿中设九宾之礼。九宾:由傧者(司仪)九人按次序传呼接引上殿。只有接待贵宾才用这种仪式。
⑭昌邑关内侯:刘贺做昌邑王时所封的关内侯。
⑮举:举行。按制度,新君即位,必须在已葬故君三十六日之后,才祭祀祖先的宗庙,昌邑王即位仅二十天,所以还没有举行祭祀宗庙的仪式。

牢祠昌邑哀王园庙①，称嗣子皇帝。受玺以来二十七日，使者旁午②，持节诏诸官署征发③，凡千一百二十七事④。文学光禄大夫夏侯胜等及侍中傅嘉数进谏以过失，使人簿责胜⑤，缚嘉系狱。荒淫迷惑，失帝王礼谊，乱汉制度。臣敞等数进谏，不变更，日以益甚，恐危社稷，天下不安。臣敞等谨与博士臣霸、臣隽舍、臣德、臣虞舍、臣射、臣仓议⑥，皆曰："高皇帝建功业为汉太祖⑦，孝文皇帝慈仁节俭为太宗⑧，今陛下嗣孝昭皇帝后，行淫辟不轨⑨。《诗》云：'籍曰未知，亦既抱子⑩。'五辟之属⑪，莫大不孝。周襄王不能事母⑫，《春秋》曰'天王出居于郑⑬'，繇不孝出之，绝之于天下也⑭。

与博士议，是汉朝决定大事时的制度。

----

①昌邑哀王园庙：指昌邑哀王的陵庙。这句话是说，昌邑王还没有祭祀祖先的宗庙，先祭祀自己的父亲，是违礼的；既然做了昭帝的嗣子，再对昌邑王称"嗣子皇帝"，也是违礼的。

②旁午：一纵一横为旁午，表示错杂。这是说，使者纷纷四出。形容昌邑王所遣使者之多。

③征发：征发物资。

④凡：一共。事：量词，件。

⑤簿(bù)：文书。簿责：按文书所列罪状责问审理。

⑥霸、德、射、仓，这四人的姓都不详。隽(juàn)舍、虞舍同名，所以都标出姓来。

⑦高皇帝：指汉高祖刘邦。太祖：始祖。"太祖"是庙号，高皇帝的"高"是谥号。皇帝死后，在太庙立室奉祀，特立名号，称为"庙号"。

⑧太宗：文帝的庙号。"文"是谥号。

⑨不轨：不守法度。

⑩诗：指《诗经》，这两句见《大雅·抑》。籍曰：假如说。未知：没有知识。亦即抱子：也已经抱着孩子了。这是说已经年纪不小了。

⑪五辟：五刑。属：类，条文。

⑫周襄王：名郑，惠王之子。襄王生母早死，后母惠后生叔带，惠王很爱叔带。襄王十六年，叔带与狄人伐周，襄王逃到郑国。后来晋文公杀了叔带，襄王才恢复王位。

⑬这句话见于《春秋》僖公二十四年。

⑭出之：等于说用"出"字来贬他。这句话意思是：由于他不孝，《春秋》才用"出"字贬他，这就是在天下人面前弃绝他。

宗庙重于君,陛下未见命高庙①,不可以承天序②,奉祖宗庙,子万姓③,当废。"臣请有司御史大夫臣谊、宗正臣德、太常臣昌与太祝以一太牢具④,告祠高庙。臣敞等昧死以闻。

皇太后诏曰:"可。"

光令王起拜受诏,王曰:"闻天子有争臣七人⑤,虽无道不失天下。"光曰:"皇太后诏废,安得天子!"乃即持其手⑥,解脱其玺组⑦,奉上太后,扶王下殿,出金马门,群臣随送。王西面拜,曰:"愚戆不任汉事⑧。"起就乘舆副车⑨。大将军光送至昌邑邸⑩,光谢曰:"王行自绝于天,臣等驽怯⑪,不能杀身报德。臣宁负王,不敢负社稷。愿王自爱,臣长不复见左右⑫。"光涕泣而去。群臣奏言:"古者废放之人屏于远方⑬,不及以政⑭,请徙王贺汉中房陵县⑮。"太后诏归贺昌邑,赐汤沐邑

昌邑王仍心存侥幸。

"愚戆不任汉事",可见悲愤。

①未见命高庙:未曾受命高庙。这样说是因昌邑王即位后还没祭祀高庙。
②天序:天命。
③子万姓:以百姓为子民。
④有司:负责官员。谊:蔡谊。德:刘德。昌:苏昌。太祝:官名,掌祭祀宗庙。
⑤争(zhèng):通"诤"。争臣:谏诤之臣。
⑥即:走近。
⑦玺组:玺绶。组,用丝织成的宽带子。
⑧戆(gàng):愚。不任:担当不了。
⑨乘舆副车:皇帝的副车。因昌邑王已被废,只能乘副车。
⑩昌邑邸(dǐ):昌邑王在京师的邸舍。邸:诸侯王到京师朝见皇帝时所住的房舍。
⑪驽:马劣,这里指无能。
⑫长:永远。左右:指昌邑王左右伺侯的人。这是委婉的说法,意思是,我永远不再和您见面了。
⑬屏(bǐng):弃。
⑭不及以政:不得参与政事。
⑮房陵县:今湖北房县。

鉴赏

二千户①。昌邑群臣坐亡辅导之谊②，陷王于恶，光悉诛杀二百余人。出死③。号呼市中曰④："当断不断，反受其乱⑤。"

光坐庭中⑥，会丞相以下议定所立⑦。广陵王已前不用⑧，及燕刺王反诛，其子不在议中。近亲唯有卫太子孙号皇曾孙在民间⑨，咸称述焉。光遂复与丞相敞等上奏曰："《礼》曰'人道亲亲，故尊祖，尊祖故敬宗⑩。'大宗亡嗣⑪，择支子孙贤者为嗣。孝武皇帝曾孙病已，武帝时有诏掖庭养视⑫，至今年十八，师受《诗》、《论语》、《孝经》⑬，躬行节俭，慈仁爱人，可以嗣孝昭皇帝后，奉承祖宗庙，子万姓。臣昧死以闻。"皇太后诏曰："可。"光遣宗正刘德至曾孙家尚冠里⑭，洗沐赐

"当断不断，反受其乱"，可见昌邑王即位后，其群臣曾图谋杀死霍光，但被霍光抢先一步。可见昌邑王之废立，并不像诏书所说那样冠冕堂皇，义正辞严，而是又一次血腥的宫闱斗争，霍光取得了胜利。

---

①汤沐邑：古代帝王赐给诸侯来朝时的地方，以斋戒自洁。战国以后国君赐给大臣的封邑也叫汤沐邑。

②亡：通"无"。谊：通"义"。

③出死：出狱到刑场被处死刑。

④呼号：连哭带喊。

⑤断：决断。乱：祸。这句谚语在这里表示悔不早杀霍光，今天反为霍光所害。

⑥庭：指掖庭。

⑦会：召集。

⑧以前不用：已经在先前选立皇帝时不被用。

⑨皇曾孙：病已(后改名询，即宣帝)是武帝的曾孙，所以称皇曾孙。

⑩《礼》：指《礼记·大传》。亲亲：爱自己父母。祖：指远祖。宗：指由远祖传下来的较近的上辈亲属。

⑪大宗：贵族之家，父亲死后，嫡长子继嗣，代代相传，所谓"百世不迁之宗"。帝王则以皇帝之世代相传为大宗。昭帝无子，所以说"大宗无嗣"。

⑫卫太子一支的人，因巫蛊事，除病已外，全被杀害。后来汉武帝后悔了，于是命令掖庭令抚养病已。

⑬师受：从师受业。

⑭尚冠里：里名，在长安城南。

鉴赏 叱咤风云篇

御衣①,太仆以轺猎车迎曾孙就斋宗正府②,入未央宫见皇太后,封为阳武侯。已而光奉上皇帝玺绶③,谒于高庙,是为孝宣皇帝。明年,下诏曰:"夫褒有德④,赏元功⑤,古今通谊也。大司马大将军光宿卫忠正⑥,宣德明恩⑦,守节秉谊⑧,以安宗庙。其以河北、东武阳益封光万七千户⑨。"与故所食凡二万户。赏赐前后黄金七千斤,钱六千万,杂缯三万匹⑩,奴婢百七十人,马二千匹,甲第一区⑪。

立宣帝。

自昭帝时,光子禹及兄孙云皆中郎将⑫,云弟山奉车都尉侍中,领胡越兵⑬。光两女婿为东西宫卫尉⑭,昆弟诸婿、外孙皆奉朝请⑮,为诸曹大夫,骑都尉,给事中。党亲连体⑯,根据于朝廷⑰。光自

霍光威权日重,霍氏家族"根据于朝廷"。

---

①御衣:应该是御府衣,宫内库中的衣服。
②太仆:指杜延年。轺(líng)猎车:一种轻便的小车,本是打猎时坐的,所以叫轺猎车。宗正府:宗正的衙署。宗正,官名。始于秦,汉代沿置,多由皇族中人充任,是管理皇族事务机关的长官。
③已而:过了不久。
④褒:奖励。褒有德:表扬有功德的人。
⑤元:大。
⑥宿卫:指霍光在武帝时宿卫后宫。
⑦宣德明恩:宣扬表彰皇帝的恩德。
⑧守节:守节操。秉谊:秉持正义。
⑨河北:汉时县名,故城在今山西芮城县东北。东武阳:县名,在今山东西部。
⑩杂缯:杂色的绸帛。
⑪甲第:最好的宅第。一区:一所。
⑫兄:指霍去病。中郎将:官名,宣帝令中郎将统率羽林军。
⑬领胡越兵:统率外族归附的军队。
⑭光两女婿:指范明友和邓广汉。范是未央宫卫尉,邓是长乐宫卫尉。
⑮昆弟诸婿、外孙:指霍光兄弟辈的女婿和外孙。奉朝请:朝廷有事时即参加朝会。这是一种优遇。
⑯党亲:族党亲戚。连体:连成一体。
⑰根据:像树根一样盘踞着。据:盘踞。

鉴赏

后元秉持万机①,及上即位,乃归政。上谦让不受,诸事皆先关白光②,然后奏御天子。光每朝见,上虚己敛容③,礼下之已甚④。

光秉政前后二十年,地节二年春病笃⑤,车驾自临问光病⑥,上为之涕泣。光上书谢恩曰:"愿分国邑三千户,以封兄孙奉车都尉山为列侯,奉兄票骑将军去病祀⑦。"事下丞相御史,即日拜光子禹为右将军。

光薨,上及皇太后亲临光丧。太中大夫任宣与侍御史五人持节护丧事⑧。中二千石治莫府冢上⑨。赐金钱、缯絮、绣被百领,衣五十箧,璧珠玑玉衣,梓宫、便房、黄肠题凑各一具⑩,枞木外藏椁十五具⑪,东园温明⑫,皆如乘舆制度⑬。载光尸柩

功高震主。

临终嘱托,与开头霍去病带霍光离开家乡呼应。

---

①万机:万事,指治理天下万事。
②关白:禀告请示。
③敛容:收敛起放逸松懈的表情,也就是态度严肃庄重起来。
④礼下之:以礼接待他并屈居于他之下,表示很谦逊。已甚:太过。
⑤地节二年:前68年。地节,宣帝的第二个年号。笃:病重。
⑥车驾:皇帝的代称。自:亲自。临问:慰问或征求意见。
⑦祀:宗庙。
⑧侍御史:官名,御史大夫下的属官。
⑨中二千石:指中二千石的官。治幕府冢上:等于说在坟上设立临时办公处。
⑩璧:平圆形中心有孔的玉。玑:不圆的珠子。玉衣:裹尸用的东西,用金丝连缀玉片成衣。汉代人相信玉能凉尸,着玉衣可以使尸不烂。梓宫:棺材,因用梓木做成,所以叫梓宫。便(pián)房:用楩木做成的椁。题凑:用木垒在棺的周围,木的头都向内,所以叫题凑(题:头;凑:聚。)。因用黄心柏木,所以叫黄肠题凑。这种葬制在战国时代出现,成熟于西汉,东汉后趋于消亡。
⑪枞(cōng):松杉科常绿乔木。外藏:与正藏有别,系殉葬婢妾所埋之处。藏(zàng):通"葬"。
⑫东园:官署名,专门制作供丧葬用的器物。温明:古代的一种葬器。
⑬乘舆制度:指皇帝的丧葬制度。

以辒辌车①，黄屋左纛②，发材官轻车北军五校士③，军陈至茂陵④，以送其葬。谥曰宣成侯。发三河卒穿复土⑤，起冢祠堂⑥，置园邑三百家⑦，长丞奉守如旧法⑧。

既葬，封山为乐平侯⑨，以奉车都尉领尚书事。天子思光功德，下诏曰："故大司马大将军博陆侯宿卫孝武皇帝三十有余年，辅孝昭皇帝十有余年，遭大难⑩，躬秉谊⑪，率三公九卿大夫定万世册以安社稷⑫，天下蒸庶咸以康宁⑬。功德茂盛⑭，朕甚嘉之⑮。复其后世⑯，畴其爵邑⑰，世世无有所与⑱，

备极哀荣。

"世世无有所与"，与做霍氏败亡相对看，可叹。

---

①辒(wēn)辌(liáng)车：原是一种卧车，旁有窗，关上就温暖，打开就凉爽，所以叫辒辌车。本供人卧息，后用来载丧，于是成为丧车。
②黄屋：用黄缯做车盖的车子。左纛(dào)：在车衡的左方插纛。纛：饰有羽毛的大旗。黄屋左纛，是皇帝乘舆的制度。
③材官：高级武官手下的武弁。轻车：汉代兵种之一。北军：汉代禁卫军之一，共五营。五校：即五营。
④军陈：军队排成行阵。陈：阵。茂陵：汉武帝的墓地。霍光的坟墓在茂陵的东边。
⑤三河：指河东郡、河内郡、河南郡。卒：服劳役的隶卒。穿：挖掘墓穴。复土：下棺后把土填上。复：返还。
⑥起冢：封起坟头。
⑦这句大意是，在祠堂附近用三百户人家作为看守陵园的一个邑。
⑧长丞：守护陵园的官吏。如旧法：按旧例。
⑨乐平：地名，故城在今山东堂邑镇东南四十里。
⑩遭大难：指昌邑王为君无道一事。
⑪躬：亲自。秉谊：坚持正义。
⑫定万世册：指霍光废刘贺立宣帝的决策。册：通"策"。
⑬蒸庶：百姓。这句是说，天下的人民都因为霍光的措施而得到安康和平。
⑭茂盛：形容功大德高。
⑮嘉：赞美，钦佩。
⑯复：免除徭役。后世：后辈子孙。
⑰畴：划清范围。此句意为，把他的封爵采邑的范围加以规定。
⑱无有所与：无人可比。

功如萧相国①。"明年夏,封太子外祖父许广汉为平恩侯。复下诏曰:"宣成侯光宿卫忠正,勤劳国家②。善善及后世③,其封光兄孙中郎将云为冠阳侯④。"

禹既嗣为博陆侯,太夫人显改光时所自造茔制而侈大之⑤。起三出阙⑥,筑神道⑦,北临昭灵⑧,南出承恩⑨,盛饰祠室,辇阁通属永巷⑩,而幽良人婢妾守之⑪。广治第室⑫,作乘舆辇⑬,加画绣絪冯⑭,黄金涂⑮,韦絮荐轮⑯,侍婢以五采丝挽显⑰,游戏第中。初,光爱幸监奴冯子都⑱,常与计事,及显

水满则溢,月盈则亏。霍光死后,其家人不知收敛,这是败亡的直接原因。

①萧相国:指萧何,汉初丞相,辅佐刘邦有开创大汉基业的功劳。霍光有佐汉中兴之功,所以拿霍光与萧何相比。

②勤劳国家:为国家辛勤劳作。

③善善:前一个"善"为动词,作褒扬、称颂讲。后一个是名词,作善人讲,指霍光。

④冠阳侯:封邑在河南郡,在今河南省境内。

⑤太夫人:列侯之妻称夫人,列侯死后,儿子继承列侯的才能称太夫人。霍光的儿子继承了父亲的封号,所以霍光之妻称为太夫人。显:是霍光之妻的名,不知其姓。茔(yíng):墓地。这句是说:霍光之妻显把霍光生前自己所设计的坟地改造,局面比从前更奢侈、更宏大。

⑥起:修建。阙:门。这句是说修建了三个出口,每个出口都修起了阙门。

⑦神道:墓前的道路,两边设有石人、石兽等。

⑧⑨临:至。出:到。昭灵、承恩:都是馆名。上文提到霍光墓有三条出路,一条即墓门,前有神道;另二条即北通昭灵馆,南至承恩馆者。

⑩辇阁:通车辇的阁道。通属:连接。永巷:长巷。此句是说修了通行车辇的阁道,一直到霍光墓中的长巷里。

⑪幽:幽禁。良人:指赎了身的官奴。

⑫广治第室:大兴土木,建造住宅。

⑬作乘舆辇:制造乘坐的车辇。舆:较大的车。

⑭絪:通"茵",坐垫。冯:通"凭",车上的扶手。

⑮黄金涂:就是说,把舆辇的外面都涂上了金色。

⑯韦:熟牛皮。絮:棉絮。荐:通"垫"。这句是说,用熟牛皮包住车轮,皮里面填充棉絮,衬垫着车轮以免乘坐时颠簸。

⑰挽:牵。这句是说,霍光之妻令侍婢们用五彩丝绳拉着车子,载着她在府里游玩。

⑱监奴:监督奴隶的头目,相当于后世王府的总管。

鉴赏 叱咤风云篇

寡居，与子都乱。而禹、山亦并缮治第宅①，走马驰逐平乐馆②。云当朝请③，数称病私出④，多从宾客，张围猎黄山苑中⑤，使苍头奴上朝谒⑥，莫敢谴者。而显及诸女，昼夜出入长信宫殿中⑦，亡期度⑧。

宣帝自在民间闻知霍氏尊盛日久⑨，内不能善⑩。光薨，上始躬亲朝政，御史大夫魏相给事中⑪。显谓禹、云、山："女曹不务奉大将军余业⑫，今大夫给事中，他人壹间，女能复自救邪⑬？"后两家奴争道，霍氏奴入御史府，欲蹋大夫门⑭，御史为叩头谢⑮，乃去。人以谓霍氏，显等始知忧。会魏大夫为丞相，数燕见言事⑯。平恩侯与侍中金安上等

宣帝"内不能善"，已伏无限危机。

始知忧，而不能改，可叹。

---

①并：同时。
②平乐馆：在长安西上林苑中。这句是说，霍禹等经常骑着快马在平乐馆驰骋。
③朝请：上朝谒见皇帝。
④数：屡次。称病：装病。
⑤黄山：即黄山宫，为汉武帝所建。
⑥苍头奴：汉代自侍中以下的官员，都可以役使官奴，称为苍头奴。朝：指谒见上级官员。谒：指谒见上司时先用名片通知。这句是说，霍云应当谒见上司时，自己不亲身前往，只派一个奴隶拿着名片前去。这是很不礼貌的，但没有人敢责备他。
⑦这句是说，不分日夜，随时出入长信宫的殿中。长信宫，当时是上官太后所居住的宫殿。
⑧亡：通"无"。期：一定的时间。度：一定的次数。这句是说，霍氏的女眷到长信宫去，根本没有一定的时间，也没有一定的次数。
⑨在民间：指未立为帝时。
⑩内不能善：心里不以为然。
⑪此句是说，当时魏相经常在宫禁中供职。
⑫女：通"汝"，你们。曹：辈。不务：不致力于。
⑬以上三句是说，现在魏相在宫禁中供职，如果别人一说你们的坏话，你们还能保全自己的全家性命吗？
⑭蹋：踢。
⑮御史：指魏相手下的官吏。
⑯燕见言事：退朝时去谒见并谈论政事。

57

径出入省中①。时霍山自若领尚书②，上令吏民得奏封事③，不关尚书，群臣进见独往来④，于是霍氏甚恶之⑤。

宣帝始立，立微时许妃为皇后⑥。显爱小女成君，欲贵之⑦，私使乳医淳于衍行毒药杀许后⑧，因劝光内成君⑨，代立为后。语在《外戚传》⑩。始许后暴崩，吏捕诸医，劾衍侍疾亡状不道⑪，下狱。吏簿问急⑫，显恐事败，即具以实语光⑬。光大惊，欲自发举，不忍，犹与⑭。会奏上⑮，因署衍勿论⑯。光薨后，语稍泄⑰。于是上始闻之而未察，乃徙光女婿度辽将军未央卫尉平陵侯范明友为光禄勋，次婿诸吏中郎将羽林监任胜出为安定太守⑱。数月，复出光姊婿给事中光禄大夫张朔为蜀郡太守⑲，群

宣帝一步步收权。

宣帝极重许后，霍氏害许后是宣帝决心诛灭霍氏的重要原因。

渐渐动手。

---

①径出入省中：直接在尚书省中出入。按：尚书省是宫禁中掌管机要的地方，由尚书令负责的。现在平恩侯和金安可以随便出入，说明霍山虽兼理尚书令职务，但已无实权。

②自若：照旧。

③此句是说：宣帝下令，凡官吏人民如果有事要奏，可以采用密封的形式，不通过尚书令。

④独：径自。

⑤恶：厌恶，这里有"畏惧"的意思。

⑥微时：微贱之时。许妃：平恩侯许广汉之女，名平君，宣帝在民间时娶的妻子。

⑦贵之：想使他有尊贵的身份。

⑧乳医：产科医生。淳于衍：人名，当时的女医生。行毒：用毒药。药杀：以药谋杀。

⑨内成君：把成君纳入后宫。内：通"纳"。

⑩语在《外戚传》：就是说，关于这件事的详细情况，在《外戚传》中。

⑪亡：通"无"。无状：不善，表现恶劣。不道：大逆不道。

⑫簿问急：审问时追问得很紧急。

⑬具：安全。

⑭犹与：通"犹豫"。

⑮会：恰逢。

⑯署：在奏章后题字。论：定罪。

⑰稍：渐渐地。

⑱定安：郡名，故地在今甘肃平凉以东。

⑲蜀郡：秦、汉郡名，郡治即今成都市。

孙婿中郎将王汉为武威太守①。顷之，复徙光长女婿长乐卫尉邓广汉为少府。更以禹为大司马，冠小冠②，亡印绶，罢其右将军屯兵官属③，特使禹官名与光俱大司马者④。又收范明友度辽将军印绶，但为光禄勋⑤。及光中女婿赵平为散骑骑都尉光禄大夫将屯兵⑥，又收平骑都尉印绶。诸领胡越骑、羽林及两宫卫将屯兵，悉易以所亲信许、史子弟代之⑦。

禹为大司马，称病。禹故长史任宣候问⑧，禹曰："我何病？县官非我家将军不得至是⑨，今将军坟墓未干⑩，尽外我家⑪，反任许、史，夺我印绶，令人不省死⑫。"宣见禹恨望深⑬，乃谓曰："大将军时何可复行⑭！持国权柄⑮，杀生在手中。廷尉李种、王平、左冯翊贾胜胡及车丞相女婿少府徐仁皆

鉴赏 叱咤风云篇

霍氏是武、昭外戚，许史乃宣帝外戚，不同政治集团之间的争权夺利才是霍氏覆亡的根本原因。

不知自救，反而怨望，可见平日骄横。

---

①武威：郡名，故治在今甘肃武威县。
②冠小冠：前一个冠做动词，戴冠。霍禹在霍光死后，并未任大司马，只任右将军，大司马大将军戴武弁大冠。现在贬霍禹，所以使他"冠小冠"。
③屯兵：驻屯的军士。官属：手下的官员。
④特：只，仅仅。这句是说，仅仅使霍禹的官衔同霍光生前的官衔相同罢了。
⑤但：只。
⑥及：还有。
⑦上两句是说：凡是带领胡骑、越骑的。带领羽林军的，担任未央、长乐两宫卫尉的，带领驻屯军士的，一律都由宣帝所亲信的许家和史家的子弟来代替了。"许"指宣帝皇后许氏家，"史"指宣帝外祖家。
⑧候问：问候。
⑨县官：指天子，即宣帝。
⑩坟墓未干：指坟墓上的土还没有干。
⑪外：疏远、贬斥。
⑫省(xǐng)：明白。死：这里用作副词，有"极"、"透顶"之意。这句意思是：让人不明白极了。
⑬恨望：怨望。深：极。
⑭此句意为：大将军当初的全盛时期，怎么能再有呢？
⑮持国柄柄：把持国家大权。

坐逆将军意下狱死①。使乐成小家子得幸将军②，至九卿封侯。百官以下但事冯子都、王子方等③，视丞相亡如也④。各自有时，今许、史自天子骨肉，贵正宜耳⑤。大司马欲用是怨恨⑥，愚以为不可。"禹默然。数日，起视事⑦。

显及禹、山、云自见日侵削⑧，数相对啼泣，自怨⑨。山曰："今丞相用事⑩，县官信之，尽变易大将军时法令，以公田赋与贫民，发扬大将军过失⑪。又诸儒生多窭人子⑫，远客饥寒⑬，喜妄说狂言⑭，不避忌讳，大将军常仇之，今陛下好与诸儒生语，人人自使书对事，多言我家者⑮。尝有上书

"各自有时"，一语道尽无数兴衰。

大势已去。

由此可见，宣帝广开言路，不愧中兴之主。

---

①李种(chóng)：洛阳人，昭帝始元元年为廷尉。始元五年犯罪下狱，弃市。王平：齐人，始元五年为廷尉。徐仁：齐人，丞相车千秋的女婿。桑弘羊谋反，他的儿子桑弘迁藏在旧臣侯史吴家。桑弘迁被捕以后，王平、徐仁主张赦免侯史吴的罪。霍光坚持侯史吴有罪，且认为二人有故意宽纵谋反者的嫌疑，在元凤三年，把王、徐二人弃市。贾胜胡：官至左冯翊，元凤三年，因宽纵谋反者弃市。可能与王、徐二人同时。

②使乐成：即史乐成。小家子：出身寒微的人。

③冯子都、王子方：都是霍光的家奴。这句是说，百官以下只知趋奉霍氏家奴冯子都、王子方等人。

④亡：通"无"。亡知：没有什么，不放在眼里。此处是说，看待丞相就像没有这个人似的。

⑤宜：应该。

⑥用是：因此。

⑦视事：治事。

⑧日：一天天。

⑨自怨：吐诉怨言。

⑩丞相：指魏相。用事：掌握政权。

⑪上两句是说：把公家的田地及其收入散给穷人，这简直是故意揭发宣扬霍光生前的错误。

⑫窭(jù)人子：指出身贫困的人。

⑬远客饥寒：远离乡里，到京师来做官，大都吃不饱，穿不暖。

⑭妄说：相当于胡说、乱说。狂：通"诳"。狂言：说大话。

⑮以上两句是说，不论什么人，皇帝都允许他们写成密封的奏章，这些奏章大都是议论我们家的。

鉴赏 叱咤风云篇

言大将军时主弱臣强，专制擅权，今其子孙用事，昆弟益骄恣，恐危宗庙，灾异数见①，尽为是也②。其言绝痛③，山屏不奏其书④。后上书者益黠⑤，尽奏封事，辄使中书令出取之⑥，不关尚书，益不信人⑦。"显曰："丞相数言我家，独无罪乎⑧？"山曰："丞相廉正⑨，安得罪？我家昆弟诸婿多不谨⑩。又闻民间欢言霍氏毒杀许皇后⑪，宁有是邪⑫？"显恐急，即具以实告山、云、禹。山、云、禹惊曰："如是，何不早告禹等！县官离散斥逐诸婿⑬，用是故也。此大事，诛罚不小⑭，奈何？"于是始有邪谋矣⑮。

初，赵平客石夏，善为天官⑯，语平曰："荧惑守御星，御星，太仆奉车都尉也，不黜则死⑰。"

可见当时公论。

有邪谋。

---

①灾异：天灾、怪异。见(xiàn)：出现。
②为是：因为霍氏子孙专权。
③其言绝痛：奏章里的话说得极为痛切。
④屏：搁置。
⑤黠：狡猾，聪明。
⑥辄：就。这句是说，皇帝每见有人书，随即让中书令把奏书取走。
⑦信：信任。人：指霍山自己。
⑧这两句是说：魏丞相屡次向皇帝说我家的人不好，他难道就没有罪么？
⑨廉正：廉洁公正。
⑩昆弟：兄弟。不谨：行为不端正，不检点。
⑪欢：通"喧"。喧言，纷纷传说。
⑫宁：难道。
⑬离散：分散。斥逐：贬黜。这句是说，怪不得皇帝把我家的许多女婿都调到外面任职去了。
⑭诛罚不小：如果被揭发，则所受惩罚一定不小。
⑮邪谋：图谋不轨。
⑯善为天官：懂得天文，可以从星象占吉凶。
⑰荧惑：火星的别名。古代把它作为不吉利的象征。守：犯。御星：象征给天子驾车的人。这句话大意是：荧惑守在房星旁边的两颗小星星上，这两颗小星象征着人间的太仆和奉车都尉两官。荧惑既已守在旁边，那么他们二人不是被贬黜就是处以死刑。

61

鉴赏

平内忧山等①。云舅李竟所善张赦见云家卒卒②，谓竟曰："今丞相与平恩侯用事，可令太夫人言太后，行诛此两人。移徙陛下，在太后耳③。"长安男子张章告之④，事下廷尉。执金吾捕张赦、石夏等，后有诏止勿捕。山等愈恐，相谓曰："此县官重太后⑤，故不竟也⑥。然恶端已见⑦，又有弑许后事，陛下虽宽仁，恐左右不听⑧，久之犹发，发即族矣⑨，不如先也。"遂令诸女各归报其夫，皆曰："安所相避⑩？"

会李竟坐与诸侯王交通⑪，辞语及霍氏⑫，有诏云、山不宜宿卫，免就第⑬。光诸女遇太后无礼，冯子都数犯法，上并以为让⑭，山、禹等甚恐。显梦第中井水溢流庭下，灶居树上，又梦大将军谓显曰："知捕儿不⑮？亟下捕之。"第中鼠暴多⑯，与人相触，以尾画地。鸮数鸣殿前树上⑰。第门自

捕张赦、石夏，乃敲山震虎。

灾异。

①平内忧山等：赵平听到这样的话，很怕霍山遇到凶险，所以内心暗自替他担忧。
②卒卒：通"猝猝"，惶惶不安。
③以上两句是说，能够左右皇帝使他有所转变，关键在太后身上。
④男子：泛指平民。
⑤重：碍难。此句意为，看在太后面子上。
⑥竟：穷追深究。
⑦恶端：指对霍氏不利的坏迹象。
⑧听：听凭，听任。
⑨族：灭族。
⑩安所：相当于说"哪里"。这句意思是，让我们到哪里去避祸呢？
⑪会：赶上。交通：交往。
⑫辞语：供辞。
⑬免就第：应该免去职务，回到自己府中去。
⑭让：责备，责问。这句是说，宣帝根据这些罪状来责问霍云、霍山等。
⑮不：通"否"。此句及下句意思是：你知道要逮捕霍禹他们的消息吗？马上就要下令来逮捕他们了。
⑯暴：突然，一下子。
⑰鸮(xiāo)：猫头鹰。殿：指霍氏府中的大房子。

62

坏。云尚冠里宅中门亦坏。巷端人共见有人居云屋上①，彻瓦投地②，就视，亡有，大怪之。禹梦车骑声正欢来捕禹③，举家忧愁。山曰："丞相擅减宗庙羔、菟、蛙，可以此罪也④。"谋令太后为博平君置酒，召丞相、平恩侯以下，使范明友、邓广汉承太后制引斩之⑤，因废天子而立禹。约定未发⑥，云拜为玄菟太守⑦，太中大夫任宣为代郡太守。山又坐写秘书⑧。显为上书献城西第，入马千匹，以赎山罪。书报闻⑨。会事发觉，云、山、明友自杀，显、禹、广汉等捕得。禹要斩⑩，显及诸女昆弟皆弃市⑪。唯独霍后废处昭台宫⑫。与霍氏相连坐诛灭者数千家。

上乃下诏曰："乃者东织室令史张赦使魏郡豪李竟报冠阳侯云谋为大逆⑬，朕以大将军故，抑而不扬，冀其自新⑭。今大司马博陆侯禹与母宣成侯夫人显及从昆弟子冠阳侯云、乐平侯山诸姊妹婿谋

霍后废处，与上文其母"欲贵之"相对看，可叹。

"诛灭者数千家"，又一次血腥的政治斗争。

①巷端：胡同口。
②彻：揭，举。
③欢：通"喧"。
④羔：小羊。菟：通"兔"。这句话是说，魏相竟敢擅自削减了祭祀宗庙用的几种动物，根据汉朝的汉令，是可以拿这几件事作为他的罪名。
⑤承太后制：假借太后的名义。
⑥未发：尚未动力。
⑦玄菟：汉郡名，在今朝鲜及吉林南部一带。
⑧写：通"泄"。秘书：皇帝禁中秘密文件或档案。
⑨报闻：汉代所谓"报闻"，实际是"不予照准"的意思。
⑩要：通"腰"。
⑪诸女：即霍光的许多女儿。昆弟：指与霍禹同辈的弟兄。
⑫霍后：即成君。许皇后被毒死后，霍光就纳女儿入宫为皇后。昭台宫：汉宫名，在上林苑中。
⑬乃者：从前，往日。
⑭这三句是说，我因为霍光的缘故，把此事按下来没有对外宣扬，希望他们能改过自新。

鉴赏

为大逆，欲诖误百姓①。赖宗庙神灵②，先发得③，咸伏其辜④，朕甚悼之。诸为霍氏所诖误，事在丙申前，未发觉在吏者，皆赦除之⑤。男子张章先发觉，以语期门董忠⑥，忠告左曹杨恽⑦，恽告侍中金安上。恽召见对状⑧，后章上书以闻。侍中史高与金安上建发其事⑨，言无入霍氏禁闼⑩，卒不得遂其谋⑪，皆仇有功⑫。封章为博成侯⑬，忠高昌侯⑭，恽平通侯⑮，安上都成侯⑯，高乐陵侯⑰。"

初，霍氏奢侈，茂陵徐生曰："霍氏必亡。夫奢则不逊⑱，不逊必侮上。侮上者，逆道也。在人之右，众必害之⑲。霍氏秉权日久，害之者多矣。天下害之，而又行以逆道，不亡何待！"乃上疏言

"霍氏必亡"。

①诖(guà)误：欺骗。
②赖：幸亏，仰仗。
③先发得：这一阴谋在事先发觉，将主犯捕获。
④辜：罪。
⑤以上四句是说，凡是因受霍氏蒙蔽而犯法的事件，只要在丙申日前尚未被官吏发觉备案，一概赦免不究。
⑥董忠：颍川阳翟人，供职于期门。
⑦杨恽：司马迁的外孙。后因言论触犯忌讳，被腰斩。
⑧对状：当面陈述具体情况。
⑨建发其事：建议举发霍氏谋反一事。
⑩入：容纳，进入。
⑪卒：终于。遂：实现。
⑫仇：相等，等同。这是说，张章、董忠、杨恽、史高、金安上等人都同样有功。
⑬博成侯：食邑在淮阴。
⑭高昌侯：汉县名，故城在今山东博兴县西南。
⑮平通侯：食邑在博阳县。
⑯都成侯：封邑所在地不详。
⑰乐陵：汉县名，故城在今山东乐陵西南三十里。
⑱逊：顺。
⑲右：上。害：忌恨。这句是说，地位愈高的人，多数人必然愈加忌恨他。

鉴赏 叱咤风云篇

"霍氏泰盛①，陛下即爱厚之，宜以时抑制，无使至亡②。"书三上③，辄报闻。其后霍氏诛灭，而告霍氏者皆封。人为徐生上书曰④："臣闻客有过主人者⑤，见其灶直突⑥，旁有积薪⑦，客谓主人，更为曲突⑧，远徙其薪，不者且有火患⑨。主人嘿然不应⑩。俄而家果失火⑪，邻里共救之，幸而得息⑫。于是杀牛置酒，谢其邻人，灼烂者在于上行⑬，余各以功次坐，而不录言曲突者。人谓主人曰：'向使听客之言⑭，不费牛酒，终亡火患。今论功而请宾，曲突徙薪亡恩泽，焦头烂额为上客耶⑮？'主人乃寤而请之⑯。今茂陵徐福数上书言霍氏且有变，宜防绝之。向使福说得行，则国亡裂土出爵之费⑰，臣亡逆乱诛灭之败。往事既已⑱，而福独不蒙其

防患于未然。

---

①泰盛：泰，通"太"，指权力过大，气焰太盛。
②以上三句是说，你即使对霍氏表示亲爱，给他以优厚的待遇，也应该及时地加以抑制，不要使他发展到非法的程度而至于灭亡。
③书三上：一连上了三次奏章。
④人：有一个人，已不知其姓名。
⑤过：拜访。
⑥直突：直烟囱。
⑦薪：柴草。
⑧曲突：弯曲的烟囱。
⑨不：通"否"，不者：不然的话。且：将要。
⑩嘿然不应：不言不语，不表示任何意见，嘿，通"默"。
⑪俄而：不久。
⑫息：通"熄"，扑灭。
⑬灼：燃烧，烤炙。上行(háng)：上坐。
⑭向使：假如当初。
⑮以上两句是说，建议把烟囱改装和搬走薪柴的人都没有受到你什么好处，那些把头烧焦、把额烧烂的反倒成为上等的客人，这是为什么呢？
⑯寤：通"悟"，明白。
⑰亡：通"无"。裂土：划出土地分封功臣。出爵：赏赐爵禄。
⑱既已：已经过去。

65

功,唯陛下察之,贵徙薪曲突之策①,使居焦发灼烂之右②。"上乃赐福帛十匹,后以为郎。

宣帝始立,谒见高庙,大将军光从骖乘③,上内严惮之④,若有芒刺在背⑤。后车骑将军张安世代光骖乘,天子从容肆体⑥,甚安近焉⑦。及光身死而宗族竟诛,故俗传之曰:"威震主者不畜,霍氏之祸萌于骖乘⑧。"

至成帝时⑨,为光置守冢百家,吏卒奉祠焉⑩。元始二年⑪,封光从父昆弟曾孙阳为博陆侯⑫,千户。

赞曰⑬:霍光以结发内侍⑭,起于阶闼之间,确然秉志⑮,谊形于主⑯。受襁褓之托⑰,任汉室之寄⑱,当庙堂,拥幼君,摧燕王,仆上官⑲,因权制敌,

细节传神。

余波。

----

①贵:重视。徙薪曲突之策:指有预见性的建议。
②焦发灼烂:指事后奔忙劳碌的人。
③从:跟随。指侍从在皇帝身旁。骖乘(cān shèng):骑马随侍皇帝的车驾。
④内:内心。严惮:非常害怕。
⑤芒刺在背:背上像针刺痛了似的。意思是,宣帝很害怕霍光,坐立不安。
⑥从容:自然舒缓的样子。肆:伸展。
⑦近:附,妥帖。
⑧畜:容。萌:草木发芽,比喻开始发生。这二句是说,威权震主的人是不为君主所容的,霍家的大祸从霍光做骖乘时就开始了。
⑨成帝:汉宣帝的孙子,汉元帝的儿子。公元前32年即位,在位26年。
⑩以上两句是说,设置了一百户人家专给霍光守墓,命令官吏士卒按时奉行祭祀之礼。
⑪元始二年:公元2年。元始,是西汉末代皇帝汉平帝年号。
⑫从父昆弟:伯父或叔父之子,即本人的堂兄弟。
⑬赞:是一种文体。对所记述的人物进行品评。
⑭以:自。结束:束发,指初成年。
⑮确然:刚强,坚定。
⑯形:见。指被皇帝赏识。
⑰襁褓:背负婴儿的布袋和布兜,指幼儿。受襁褓之托,指受武帝委托,辅佐昭帝。
⑱寄:委托,托付。
⑲仆:顿,倒地。此处意为,挫败上官的阴谋。

以成其忠。处废置之际，临大节而不可夺，遂匡国家①，安社稷。拥昭立宣，光为师保，虽周公②、阿衡③，何以加此！然光不学亡术④，暗于大理，阴妻邪谋⑤，立女为后，湛溺盈溢之欲⑥，以增颠覆之祸，死财三年⑦，宗族诛夷，哀哉！昔霍叔封于晋⑧，晋即河东，光岂其苗裔乎⑨？

盖棺论定。

思 考

1. 霍光及霍氏家族是如何一步步掌握威权，又一步步走向毁灭的？
2. 霍氏家族的兴衰史说明了什么道理？

赏 析

《霍光传》记录了霍光及其家族的兴衰史。由于霍氏在西汉武帝、昭帝、宣帝三朝都曾掌握重权，其力量渗透到社会政治生活各个方面，所以可以说这个家族的兴衰史就是当时整个社会生活的一面镜子。在《霍光传》中，记录了多次宫闱事变及政治斗争的缘起始末，刻画了卷入这些事件中的形形色色的人物，并且保留了大量关于当时

---

①匡：匡正。
②周公：姓姬名旦，武王的弟弟。武王死后，儿子成王年幼，周公摄政，等成王长大后，又还政于他。
③阿衡：伊尹的官号。伊尹是商汤的大臣，汤去世后，辅佐外丙、仲壬二王。后太甲即位，因荒淫无度，被伊尹流放到桐宫，三年后迎之复位。
④亡：通"无"。
⑤阴：隐瞒。
⑥湛(chén)：沉没。
⑦财：通"才"。
⑧霍叔：周文王的儿子，周武王的弟弟。
⑨苗裔：后裔。

鉴赏

典章制度的资料，是一篇值得认真解读的文章。在组织安排这千头万绪、纷繁错杂的材料时，作者尽量做到秩序井然，并照顾事件交待的完整性。文章虽然很长，但宫闱朝廷的勾心斗争、明争暗斗描写得丝丝入扣，引人入胜，读来丝毫不觉枯燥。

★ 材 料

本传传主霍光掌权二十余年，历辅三主，经历多次政治事变，可记载的事情极多，作者确立了以家族的盛衰为主线以后，就围绕这条主线来组织安排材料。由霍光出身寒微写起，因为卫子夫和霍去病的关系，以及他个人的小心谨慎，日渐被武帝亲信。虽然没有建立过什么功勋，武帝仍然安排他做辅佐幼主的重臣。在辅佐昭帝、废立昌邑王、迎立宣帝的历次斗争中，他的声望和威权渐渐到达巅峰。但是他的家族并没有继承、实行他的谨慎，而是日益横暴跋扈，甚至谋害许皇后，在霍光去世以后，宣帝的不满渐渐表现出来，终于把霍氏家族一网打尽。从这整个过程中，我们不难看到古代宫廷斗争的血腥和无情。

★ 技 法

《霍光传》首先是历史文献，然后才是传记文学，所以在写法上保存史料的意味有时更重一些。比如在废除昌邑王一段中，班固成段引用档案材料，引用尚书令宣读的皇太后诏，而且细致描写当时的仪仗情景。皇太后忍不住打断尚书令宣读的情节，更增加了现场感和历史感，是正史人物传记中一种很独特的写法，仿佛把读者又带回了两千年之前的宫廷。

鉴赏 叱咤风云篇

李将军列传

司马迁

题解

司马迁，见前。

汉代爱国名将"飞将军"李广，是中华民族千百年来景仰的典范。司马迁在《史记·李将军列传》中不仅写了李广超凡绝伦的神勇和机智，对士兵的体恤，保卫祖国边疆的战功，而且也以沉痛的心情写了他一再受到贵戚的压制和排挤，最后不得不被迫"引刀自刭"的具体经过，这体现了司马迁对李广的深切同情，也寄托了对自己不幸遭遇的感慨。

正 文

李将军广者，陇西成纪人也①。其先曰李信②，秦时为将，逐得燕太子丹者也。故槐里，徙成纪③。广家世世受射④。孝文帝十四年⑤，匈奴大入萧关⑥，而广以良家子从军击胡⑦，用善骑射，杀首虏多，为汉中郎⑧。广从弟李蔡亦为郎⑨，皆为武骑常侍⑩，秩八

评点

世世受射。

---

①陇西：郡名，在今甘肃东部。成纪：属陇西郡，在今甘肃秦安北。
②李信：秦名将，具体事迹请参看《史记·刺客列传》。其先：李广的祖先。
③槐里：地名，在今陕西兴平东南。二句大意是：李氏原籍在槐里，后来搬到成纪。
④受射：学习、传授射箭的技法。
⑤孝文帝十四年：前166年。
⑥萧关：古要塞名，在今宁夏固原东南。
⑦良家子：良好家庭的子弟，和因犯罪而谪戍的人相对。
⑧用：因，以。首虏：斩获敌人的首级。中郎：官名，随侍皇帝，守卫宫廷。全句意为因为善于骑射，斩杀敌人很多，被任命为朝廷的中郎。
⑨从(zòng)弟：堂弟。
⑩武骑常侍：官名。即李广、李蔡兄弟被从郎中选拔做武骑常侍，跟从文帝左右。

69

百石①。尝从行②,有所冲陷折关及格猛兽③,而文帝曰:"惜乎,子不遇时④!如令子当高帝时,万户侯岂足道哉!"

及孝景初立,广为陇西都尉⑤,徙为骑郎将⑥。吴楚军时⑦,广为骁骑都尉⑧,从太尉亚夫击吴楚军⑨,取旗,显功名昌邑下⑩。以梁王授广将军印⑪,还,赏不行⑫。徙为上谷太守⑬,匈奴日以合战⑭。典属国公孙昆邪为上泣曰⑮:"李广才气,天下无双,自负其能,数与虏敌战,恐亡之。"于是乃徙为上郡太守⑯。后广转为边郡太守,徙上郡。尝为陇西、北地、雁门、代郡、云中太守⑰,皆以力战为名。

匈奴大入上郡,天子使中贵人从广,勒习兵,

"不遇时",是李广一生写照。

可见当时人爱惜李广之才。

①秩八百石:俸禄的等级为八百石,即每年的俸米为百八石。
②从行:跟随皇帝出行。
③冲陷:冲锋陷阵。折关:破关。格:格斗。
④遇时:遇到好的时机。
⑤都尉:官名,辅佐郡守职掌郡中军事。
⑥徙:迁官。骑郎将:武官名,秩比千石。
⑦吴楚军时:指公元前157年七国之乱时。
⑧骁骑都尉:统领骑兵的武官。
⑨亚夫:周亚夫,时任太尉。
⑩昌邑:地名,在今山东巨鹿南,是当时梁的军事要地。
⑪梁王:指梁孝王刘武。
⑫赏不行:没有赏赐。因为李广是汉朝的将,却私受梁印,是违法行为,所以不赏。
⑬上谷:郡名,郡治在今河北怀来东南。
⑭日以合战:每天都来同李广交锋作战。
⑮典属国:官名,掌管少数民族事务。公孙昆邪:人名。公孙是复姓。
⑯上郡:郡治在今陕西榆林东南。
⑰北地:郡治在今甘肃庆阳西北。雁门:郡治在今山西右玉南。代郡:郡治在今河北蔚县东北。云中:郡治在今内蒙古托克托东北。

鉴赏 叱咤风云篇

击匈奴①。中贵人将骑数十纵②，见匈奴三人，与战。三人还射，伤中贵人，杀其骑且尽。中贵人走广③。广曰："是必射雕者也④。"广乃遂从百骑往驰三人。三人亡马步行，行数十里，广令其骑张左右翼，而广身自射彼三人者，杀其二人，生得一人，果匈奴射雕者也。已缚之上马，望匈奴有数千骑，见广，以为诱骑⑤，皆惊，上山陈。广之百骑皆大恐，欲驰还走。广曰："吾去大军数十里，今如此以百骑走，匈奴追射我立尽。今我留，匈奴必以我为大军诱之，必不敢击我。"广令诸骑曰："前！"前未到匈奴陈二里所，止，令曰："皆下马解鞍！"其骑曰："虏多且近，即有急，奈何？"广曰："彼虏以我为走，今皆解鞍以示不走，用坚其意。"于是胡骑遂不敢击。有白马将出护其兵⑥，李广上马与十余骑奔射杀胡白马将，而复还至其骑中，解鞍，令士皆纵马卧。是时会暮⑦，胡兵终怪之，不敢击。夜半时，胡兵亦以为汉有伏军于旁欲夜取之，胡皆引兵而去。平旦，李广乃归其大军。大军不知广所之，故弗从。

居久之，孝景崩，武帝立，左右以为广名将也，于是广以上郡太守为未央卫尉⑧，而程不识亦为长乐卫尉⑨。程不识故与李广俱以边太守将军

虚虚实实，可见李广用兵。

---

①中贵人：宦官之贵幸者。勒：部勒，调度习兵。参中军事训练。全句意为中贵人接受李广的调度进行军事训练。
②纵：放纵驰骋。
③走广：逃到李广那里。
④射雕者：指匈奴专门射雕的能手。雕是一种猛禽，只有善射者才可以射到。
⑤诱骑：引诱敌人深入的骑兵。
⑥白马将：骑白马的将官，不知其名。
⑦会：恰，正好。
⑧未央：未央宫，皇帝所居。卫尉：卫兵队长。
⑨长乐：长乐宫，太后所居。

71

鉴赏

屯①，及出击胡，而广行无部伍行陈②，就善水草
屯③，舍止，人人自便，不击刁斗以自卫④，莫府省
约文书籍事⑤，然亦远斥候⑥，未尝遇害。程不识正
部曲行伍营陈，击刁斗，士吏治军簿至明，军不得
休息，然亦未尝遇害。不识曰："李广军极简易，
然虏卒犯之⑦，无以禁也；而其士卒亦佚乐，咸乐
为之死。我军虽烦扰，然虏亦不得犯我。"是时汉
边郡李广、程不识皆为名将，然匈奴畏李广之略⑧，
士卒亦多乐从李广而苦程不识⑨。程不识孝景时以
数直谏为太中大夫⑩，为人廉，谨于文法⑪。

　　后汉以马邑城诱单于⑫，使大军伏马邑旁谷。
而广为骁骑将军，领属护军将军⑬。是时单于觉
之，去，汉军皆无功。其后四岁，广以卫尉为将
军，出雁门击匈奴。匈奴兵多，破败广军，生得
广。单于素闻广贤，令曰："得李广必生致之。"
胡骑得广，广时伤病，置广两马间⑭。络而盛卧

士卒多乐从李广而苦程不识。用反衬法。

匈奴人重视李广，更衬托出李广之贤能。

①故：旧时、从前。将：率领。军：军队。屯：屯驻边境。全句意为程不识从前和李广都是做边境太守而兼管军事驻防等职务的。
②广行无部伍行阵：李广行军打仗没有一定的部曲编制和行列阵势。
③就：靠近。善水草：水多草茂的地方。
④刁斗：一种容量为一斗的铜器，白天用来做饭，晚上敲击巡逻。
⑤莫府：即"幕府"，将军的营帐。省约文书籍事：军队的文书、文件很少，很简略。
⑥斥候：侦探。
⑦卒(cù)：同"猝"，突然。
⑧略：谋略。
⑨苦程不识：以跟随程不识为苦。
⑩数(shuò)：屡次。太中大夫：官名，掌议论。
⑪文法：法律条文。
⑫汉以马邑城诱单于：前133年，汉武帝与群臣议击匈奴，派人假装投降献马邑城，引诱匈奴单于前来，伏兵三十万于马邑旁。结果被匈奴发觉，单于逃回，汉军徒劳无功。马邑：属雁门郡，在今山西朔县宁武、左云一带。
⑬领属：属于。护军将军：即韩安国。
⑭置广两马间：把李广放在两匹并排的马中间。

72

广①。行十余里，广详死②，睨其旁有一胡儿骑善马③，广暂腾而上胡儿马④，因推堕儿，取其弓，鞭马南驰数十里，复得其余军，因引而入塞。匈奴捕者骑数百追之，广行取胡儿弓⑤，射杀追骑，以故得脱。于是至汉，汉下广吏⑥。吏当广所失亡多⑦，为虏所生得，当斩，赎为庶人⑧。

顷之，家居数岁。广家与故颍阴侯孙屏野居蓝田南山中射猎⑨。尝夜从一骑出，从人田间饮。还至霸陵亭⑩，霸陵尉醉，呵止广。广骑曰："故李将军。"尉曰："今将军尚不得夜行⑪，何乃故也！"止广宿亭下。居无何⑫，匈奴入杀辽西太守⑬，败韩将军⑭，后韩将军徙右北平⑮。于是天子乃召拜广为右北平太守。广即请霸陵尉与俱⑯，至军而斩之。

广居右北平，匈奴闻之，号曰"汉之飞将

机智脱险，但依照法律当斩，可见汉法无情。

英雄失意。

---

①络：用绳子结成一个兜子。盛广卧：把李广放在兜子中躺着。
②详：同"佯"，假装。
③睨：斜看，眯着眼看。善马：好马，快马。
④暂：突然。腾而上：一跃而上。
⑤行取：且行且射。此处之"取"与上文"取其弓"不同，这里是"拿着"的意思。
⑥汉下广吏：汉朝把李广交给执法官吏。
⑦当：有"定罪名"的意思。
⑧赎为庶人：汉朝法律罪人可以用粟或钱赎罪。庶人：普通百姓。
⑨胡颍阴侯孙：前颍阴侯灌婴的孙子，名灌强。屏野：屏居在野。蓝田：地名，在长安附近，今陕西蓝田南。这句是说李广同退居林下，住蓝田南山中，以射猎消遣。
⑩霸陵：汉文帝陵墓，今西安市东北。
⑪不得夜行：汉法，夜行触犯律条。
⑫居无何：没过多久。
⑬辽西：郡名，郡治在今辽宁锦州东北。
⑭韩将军：韩安国。
⑮右北平：郡名，郡治在今辽宁凌源西南。《汉书·李广传》此句之下有"死"字，即韩安国做右北平太守，死以后，李广继任。
⑯与俱：一起去。

军"，避之，数岁不敢入右北平。

广出猎，见草中石，以为虎而射之，中石没镞①，视之，石也，因复更射之，终不能复入石矣。广所居郡闻有虎，尝自射之。及居右北平射虎，虎腾伤广，广亦竟射杀之。

广廉，得赏赐辄分其麾下，饮食与士共之。终广之射，为二千石四十余年，家无余财，终不言家产事。广为人长，猿臂，其善射亦天性也，虽其子孙他人学者，莫能及广。广讷口少言②，与人居则画地为军陈，射阔狭以饮③。专以射为戏，竟死④。广为将兵，乏绝之处，见水，士卒不尽饮，广不近水。士卒不尽食，广不尝食。宽缓不苛，士以此爱乐为用。其射，见敌急，非在数十步之内，度不中不发，发即应弦而倒。用此，其将兵数困辱，其射猛兽亦为所伤云。

居顷之，石建卒，于是上召广代建为郎中令⑤。元朔六年⑥，广复为后将军⑦，从大将军军出定襄击匈奴⑧。诸将多中首虏率⑨，以功为侯者，而广军无功。后二岁，广以郎中令将四千骑出右北平，博望侯张骞将万骑与广俱，异道。行可数百里⑩，匈奴

李广神勇。

唐卢纶《出塞》诗："林暗草惊风，将军夜引弓。平明寻白羽，没在石棱中。"本此。

宽以待下，深得人心。与后文李广自杀后"百姓闻之，知与不知，无老壮，皆为垂涕"呼应。

---

① 没镞(zú)：箭头射入石中。
② 讷(nè)口：不善言辞。
③ 居：闲居。意为李广平时与人闲居时，经常在地上画出军阵行列，间隔宽窄不一。射阔狭以饮：以从高处下射，射中窄者为胜，射中宽者为负，负者罚以饮酒。
④ 竟死：一直到死。
⑤ 郎中令：官名，掌宫殿掖门户。
⑥ 元朔六年：前123年。
⑦ 后将军：武官名，其位次于上卿。
⑧ 大将军：卫青。定襄：地名，郡治在今内蒙古和林格尔西北。
⑨ 中首虏率：合乎杀敌人若干可以封侯的法令。中(zhòng)：合乎，符合。率(lǜ)：法令。汉代军法规定斩杀敌人若干就可以封侯。
⑩ 可：大约。

鉴赏　叱咤风云篇

左贤王将四万骑围广①，广军士皆恐，广乃使其子敢往驰之。敢独与数十骑驰，直贯胡骑②，出其左右而还，告广曰："胡虏易与耳③。"军士乃安。广为圆陈外向，胡急击之，矢下如雨。汉兵死者过半，汉矢且尽。广乃令士持满毋发，而广身自以大黄射其裨将④，杀数人，胡虏益解⑤。会日暮，吏士皆无人色，而广意气自如，益治军。军中自是服其勇气。明日，复力战，而博望侯军亦至，匈奴军乃解去⑥。汉军罢⑦，弗能追。是时广军几没，罢归。汉法⑧，博望侯留迟后期⑨，当死，赎为庶人。广军功自如⑩，无赏。

初，广之从弟李蔡与广俱事孝文帝。景帝时，蔡积功劳至二千石。孝武帝时，至代相。以元朔五年为轻车将军，从大将军击右贤王，有功中率，封为乐安侯。元狩二年中⑪，代公孙弘为丞相。蔡为人在下中⑫，名声出广下甚远，然广不得爵邑，官

如此神勇，但依照法律无赏。可叹。

李广与李蔡对比，增加人们对李广的同情。

①左贤王：匈奴高官名，地位仅次于单于。
②贯：穿过。
③易与：容易对付。
④大黄：一种形体很大的黄色角弓。
⑤益解：更松懈。解：同"懈"。
⑥解去：解围而去。
⑦罢(pí)：同"疲"。
⑧汉法：根据汉朝法律。
⑨留迟：在路上滞留，耽误了行程。后期：在约定的日斯后才赶到。
⑩军功自如：功过相当，互相抵消。
⑪元狩二年：前121年。
⑫下中：古代评人有九品，即上上，上中，上下，中上，中中，中下，下上，下中，下下。下中为第八。

75

不过九卿①，而蔡为列侯，位至三公②。诸广之军吏及士卒或取封侯。广尝与望气王朔燕语③，曰："自汉击匈奴而广未尝不在其中，而诸部校尉以下，才能不及中人，然以击胡军功取侯者数十人，而广不为后人④，然无尺寸之功以得封邑者，何也？岂吾相不当侯邪⑤？且固命也？"朔曰："将军自念，岂尝有所恨乎⑥？"广曰："吾尝为陇西守，羌尝反，吾诱而降，降者八百余人，吾诈而同日杀之。至今大恨独此耳。"朔曰："祸莫大于杀已降，此乃将军所以不得侯者也。"

后二岁，大将军、骠骑将军大出击匈奴⑦，广数自请行。天子以为老，弗许；良久乃许之，以为前将军。是岁，元狩四年也。

广既从大将军青击匈奴，既出塞，青捕虏知单于所居，乃自以精兵走之，而令广并于右将军军⑧，出东道。东道少回远⑨，而大军行水草少，其势不屯行⑩。广自请曰："臣部为前将军，今大将军乃徙令臣出东道，且臣结发而与匈奴战⑪，今乃一得当单于⑫，臣愿居前，先死单于。"大将军青亦阴

鉴赏

把不封侯归结于命，归结为因果报应，都不是症结所在。司马迁在行文中一再提到李广行为屡屡不合当朝法律，令人深思。

请战。

①九卿：太常、光禄勋、卫尉、太仆、廷尉、鸿胪、宗正、大司农、少府，位在三公之下。
②三公：丞相、太尉、御史大夫。
③望气者：观测云气可知吉凶祸福的人。王朔：人名。燕语：闲谈，私谈。
④不为后人：不能算落在众人之后。
⑤相：相貌。古人迷信以为人的穷通祸福与相貌有关。
⑥恨：遗憾。
⑦大将军：指卫青。骠骑将军：指霍去病。
⑧右将军：赵食其(yī jī)。全句意为李广所部与赵食其军队合并而行。
⑨少：稍稍。回远：迂回绕远。
⑩不屯行：行军时不驻扎下来。
⑪结发：束发，指成人。
⑫当：挡，遇。

受上诫①，以为李广老，数奇②，毋令当单于，恐不得所欲。而是时公孙敖新失侯③，为中将军从大将军，大将军亦欲使敖与俱当单于，故徙前将军广。广时知之，固自辞于大将军。大将军不听，令长史封书与广之莫府④，曰："急诣部⑤，如书。"广不谢大将军而起行，意甚愠怒而就部，引兵与右将军食其合军出东道。军亡导⑥，或失道，后大将军。大将军与单于接战，单于遁走，弗能得而还。南绝幕⑦，遇前将军、右将军。广已见大将军，还入军。大将军使长史持糒醪遗广⑧，因问广、食其失道状，青欲上书报天子军曲折⑨。广未对，大将军使长史急责广之幕府对簿⑩。广曰："诸校尉无罪，乃我自失道。吾今自上簿⑪。"

至莫府，广谓其麾下曰："广结发与匈奴大小七十余战，今幸从大将军出接单于兵，而大将军又徙广部行回远，而又迷失道，岂非天哉！且广年六十余矣，终不能复对刀笔之吏。"遂引刀自刭。广军士大夫一军皆哭。百姓闻之，知与不知，无老壮⑫，

"数奇"，中间多少英雄泪。

负气出兵，正埋下悲剧种子。

"不能复对刀笔之吏"，对法律条文失望至极。

自杀。

①上：指汉武帝。诫：告诫。
②数奇(jī)：运气不好，命相不好。
③公孙敖：卫青的好友，曾帮卫青脱离危难，其时公孙敖因军队的失误，被免为庶人。联系下文可知，卫青有意让他与自己一起，以便立功得侯，而排斥李广。长史：官名，负责文书。封书：封好军令。
④莫府：将军营帐。莫：通"幕"。
⑤诣：到。部：指右将军部。
⑥亡导：没有向导。
⑦南绝幕：南归度过沙漠。
⑧糒醪(bèi láo)：干粮美酒。遗(wèi)：致送，赠与。
⑨军曲折：军队失利的经过。
⑩对簿：回答质问。
⑪上簿：上去回答质问。
⑫无：无论。

皆为垂涕。而右将军独下吏，当死，赎为庶人。

太史公曰：《传》曰："其身正，不令而行；其身不正，虽令不从①。"其李将军之谓也？余睹李将军悛悛如鄙人②，口不能道辞。及死之日，天下知与不知，皆为尽哀，彼其忠实心诚信于士大夫也。谚曰："桃李不言，下自成蹊③。"此言虽小，可以谕大也④。

> 高度的赞誉，深刻的同情，尽在此寥寥数语中。

思考

1. 请分析一下李广不能封侯的原因是什么。
2. 请分析一下李广的人物形象。

赏析

《李将军列传》是《史记》中的著名篇章，记载了汉代"飞将军"李广的英勇事迹及生不逢时的人生际遇。匈奴问题一直是汉王朝的心腹大患，自从刘邦建立汉朝开始，他们就屡屡侵犯北部边疆。刘邦甚至被他们在白登围困了七天七夜。文帝、景帝期间，朝廷一直采取和亲政策，直到武帝时，国力强盛，朝廷才开始大规模地与匈奴作战。李广就是在这种大背景下出现的与匈奴作战的英雄人物。凭借他神奇的射技，超人的胆识和机智，他一次次深入敌军内部，使敌人闻风丧胆。但是由于汉代法律严苛，他的功绩往往与过错相抵，始终没有得到封侯的机会，最后自杀而死。在这篇文章里，司马迁热情赞颂了他的勇敢和斗争精神，并对他的遭遇深表同情。

---

① "其身正"：这句话出自《论语》。
② 悛(xún)悛：诚谨貌。鄙人：乡下人。
③ 蹊：小路。
④ 谕大：说明大道理。

鉴赏 叱咤风云篇

★ 材料

　　为了表现李广的射技高超和神勇，司马迁使用了大量事例，比如文帝感叹："如令子当高帝时，万户侯岂足道哉？"汉高祖刘邦时，以武力争夺天下，而文帝时天下休养生息，李广自然没有用武之地，但文帝的感叹证明了他技艺之高超。再比如抓匈奴射雕者、箭射入石、射虎、平时以射为游戏等细节，也都是为表现这一主题而服务的。文章要表述的另一个重要内容是李广"数奇"、"不遇时"，司马迁也使用了大量材料，比如疑兵之计、独身脱险等情节，虽然紧张激烈、扣人心弦，但若以汉代法律为准绳，李广都不应受封。军事天才与刻板文法之间总是难以契合，在李广一生中，这种事情多次发生，最终也是因为不愿面对"刀笔吏"而自杀。大量的材料与精心的组织安排，使得文章主题鲜明，具有说服力。

★ 人物性格

　　除了"善射"与"数奇"以外，文中还着重塑造了李广受人爱戴的将领的形象。他和"谨于文法"的程不识不同，不拘泥于成法，善于因地制宜，随机应变，所以士兵都乐于跟随他。而且他爱护士兵，缺食少水的时候，"见水，士卒不尽饮，广不近水，士卒不尽食，广不尝食。宽缓不苛，士以此爱乐为用。"他高超的技艺与人格的魅力，都吸引了大批追随者。所以当他自杀的消息传来："一军皆哭"，"百姓闻之，知与不知，无老壮，皆为垂涕"。可见众人对这位优秀将领的爱戴。司马迁引用俗谚"桃李不言，下自成蹊"来评价他，是非常恰当的。

浩然正气篇

位卑未敢忘忧国
——陆游

浩然正气篇

苏武传

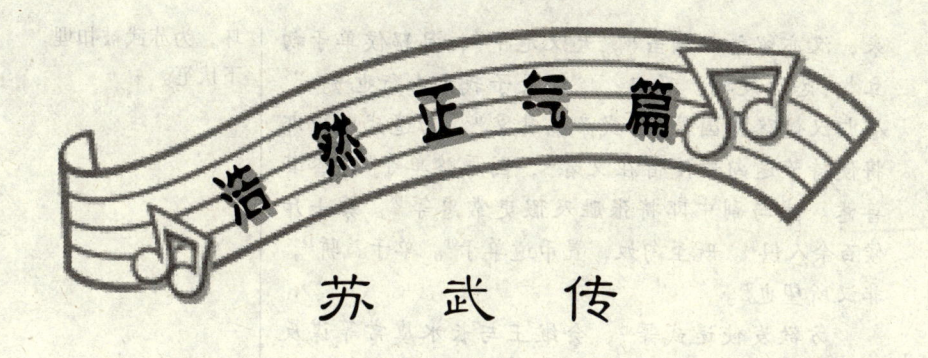

班 固

题解

班固,见前。

苏武,是西汉时期一位著名的爱国人士,他出使匈奴被扣留,拒绝了匈奴的威逼利诱,在羁留异国的十九年中,一直忠心不改,手持汉节,后来终于回到故国。苏武牧羊的故事一直广为流传,他也成为爱国者的典范受到历代人们的景仰。

正 文

武字子卿,少以父任①,兄弟并为郎②,稍迁至栘中厩监③。时汉连伐胡④,数通使相窥观⑤,匈奴留汉使郭吉、路充国等⑥,前后十余辈⑦。匈奴使

评 点

介绍苏武出使匈奴的政治背景:汉匈关系时好时

---

①以父任:因为父亲职位的关系而任官。汉制,年俸二千石以上的官员其子弟可为郎。苏武父亲苏建曾为代郡太守,苏武和兄苏嘉、弟苏贤,都因此得官。以:凭借。

②郎:官名,职掌守卫宫禁和侍从皇帝等。

③稍迁:逐渐升迁。栘(yí):指汉宫中的栘园。厩:马棚。栘中厩监:即此园中掌管鞍马鹰犬射猎用具的官。

④胡:中国古代对北方和西方各族的泛称。这里指匈奴。

⑤数通使:屡次派遣使者。窥观:窥探、观察对方的情况。

⑥留:扣留。

⑦辈:批,起。

83

鉴赏

来，汉亦留之以相当①。天汉元年②，且鞮侯单于初立③，恐汉袭之，乃曰："汉天子我丈人行也④。"尽归汉使路充国等⑤。武帝嘉其义⑥，乃遣武以中郎将使持节送匈奴使留在汉者⑦，因厚赂单于⑧，答其善意。武与副中郎将张胜及假吏常惠等⑨，募士斥候百余人俱⑩。既至匈奴，置币遗单于⑪。单于益骄⑫，非汉所望也⑬。

方欲发使送武等⑭，会缑王与长水虞常等谋反匈奴中⑮。缑王者，昆邪王姊子也⑯，与昆邪王俱降

坏，为苏武被扣埋下伏笔。

①当：抵。以相当：以相抵偿。
②天汉：汉武帝年号。前100年为天汉元年。
③且(jū)鞮(dī)侯：匈奴首领，天汉元年继位。
④丈人：长辈。行(háng)：行辈。这句话是说，汉朝的皇帝乃是我的长辈。
⑤归：使……归，送还。尽归：全部送回。
⑥嘉：赞许。嘉其义：赞许他懂得道理。
⑦中郎将：官名。节：使臣所持的信物，亦称旄节，用竹做成，柄长八尺，上面缀以牦牛尾的装饰品，共三层。这句话意思是说，于是派遣苏武出使，假以中郎将的位号，持着旄节，护送扣留在汉的匈奴使者回国。
⑧赂：馈送。赂单于：给单于以财货。
⑨假吏：本不是官吏而临时充任为官吏者。
⑩斥候：军中侦察人员，此处指在路途中担任侦察工作的人。这句话是说，招募人充当士卒和斥候，共百余人，同往匈奴。
⑪置：准备，安排。遗(wèi)：赠送。这句话意思是，准备了礼物赠给且鞮侯。
⑫骄：骄傲。
⑬望：想象，希望。非汉所望：并不是汉朝廷所期望的那种友好态度。
⑭方：正。
⑮会：适逢，恰值。缑(gōu)王：匈奴的一个贵族。长水：在今陕西省蓝田县，汉派遣"胡骑"(归化的胡人组成的骑兵)屯聚在这里。虞常：应当是长水的一名"胡骑"，后投降匈奴。
⑯昆(hún)邪(yé)王：匈奴贵族，统率所部居于匈奴西方，于武帝元狩二年(前121年)降汉。

鉴赏 浩然正气篇

汉，后随浞野侯没胡中①。及卫律所将降者②，阴相与谋劫单于母阏氏归汉③。会武等至匈奴，虞常在汉时素与副张胜相知④，私候胜曰："闻汉天子甚怨卫律，常能为汉伏弩射杀之⑤。吾母与弟在汉，幸蒙其赏赐⑥。"张胜许之，以货物与常。后月余，单于出猎，独阏氏、子弟在⑦。虞常等七十余人欲发⑧，其一人夜亡⑨，告之⑩。单于子弟发兵与战。缑王等皆死，虞常生得⑪。

单于使卫律治其事⑫。张胜闻之，恐前语发⑬，以状语武⑭。武曰："事如此，此必及我⑮。见犯乃

使不辱命，是苏武的追求。

---

①浞(zhuó)野侯：汉将赵破奴。太初元年(前104年)，匈奴左大都尉欲杀单于降汉，武帝于太初二年遣赵破奴领兵前去接应，事被单于发觉，杀死左大都尉，发兵袭击赵破奴。破奴被俘，其军皆没于匈奴。缑王当时隶属于破奴军，亦投降匈奴。

②及：等到。将：带领。卫律：他的父亲是长水胡人，他生长于汉朝，与协律都尉李延年关系很好。因为李延年的推荐，被遣出使匈奴。卫律从匈奴返回时，李延年因罪全家被捕。于是，卫律逃至匈奴，被封为丁灵王。虞常当时属于卫律统辖。

③阴：暗地里。阏(yān)氏(zhī)：匈奴王后的称号。这句及上句是说，缑王、虞常以及卫律所带来投降匈奴的人们在暗中策划，打算把单于的母亲阏氏劫掠到汉朝去请功。

④私：这里指不公开。候：访。私候：偷偷地拜访。

⑤伏：暗中。弩：用机关发射的弓箭。这句是说，我虞常能替汉朝用暗藏的弩弓射死卫律。

⑥幸蒙：希望受到。

⑦阏氏子弟：阏氏及其侍从。

⑧发：发动。欲发：想发难起事。

⑨夜亡：夜间逃亡。指逃离其同党。

⑩告之：告发此事。

⑪生得：等于说活捉。

⑫治：审理。治其事：审理这个案件。

⑬发：泄露。

⑭状：情况。语：告诉。

⑮及：连及。这句是说：虞常这件事既牵涉张胜，必然因而连及自己。

85

死①，重负国②。"欲自杀，胜、惠共止之③。虞常果引张胜④。单于怒，召诸贵人议，欲杀汉使者。左伊秩訾曰⑤："即谋单于，何以复加⑥？宜皆降之⑦。"单于使卫律召武受辞⑧，武谓惠等："屈节辱命⑨，虽生，何面目以归汉！"引佩刀自刺。卫律惊，自抱持武，驰召医⑩。凿地为坎⑪，置煴火⑫，覆武其上，蹈其背以出血⑬。武气绝，半日复息。惠等哭，舆归营⑭。单于壮其节⑮，朝夕遣人候问武⑯，而收系张胜⑰。

多次求死，可见视死如归。

武益愈⑱，单于使使晓武⑲，会论虞常⑳，欲因

①见犯：被侵犯，被凌辱。指事情发作后匈奴对他所必然采取的侮辱性措施。

②重：更加。这句及上句大意是说，自己奉命出使，不能申明约束，致使副使张胜有此错误行为，已经辜负了国家；如果不乘此时自杀，以致日后受到匈奴凌辱，那就更对不起国家了。

③共：一起。

④引：牵引。指供出张胜的事情。

⑤左伊秩訾(zī)：匈奴王号。王号有左、右之分。

⑥何以复加：怎么来加重对他们的处分呢？这两句意思是说，即使他们想谋害单于，也不过判处死罪罢了。意谓处分过重。

⑦宜皆降之：应该让他们全部归降。

⑧辞：指口供。受辞：受审，取口供。

⑨屈：屈辱。命：使命。

⑩驰：急忙。

⑪坎：坑。

⑫煴(yūn)火：没有火焰的火。

⑬蹈：同"掐"，轻轻地敲。这里指用手叩击使伤口出血，以防体内淤血。

⑭舆：这里作动词用。舆归营：用车载苏武回营幕。

⑮壮其节：赞许他的气节。壮，在这里有佩服赞许的意思。

⑯朝夕：早晚。候问：即问候。

⑰收：捕。收系：逮捕而收于狱中。

⑱益愈：越来越好。

⑲使使：派遣使者。前一个使字为动词，后一个使字为名词。晓：告白、通知之意。

⑳会：共同。论：判决罪犯。

86

鉴赏　浩然正气篇

此时降武①。剑斩虞常已②，律曰："汉使张胜谋杀单于近臣③，当死，单于募降者赦罪④。"举剑欲击之，胜请降。律谓武曰："副有罪，当相坐⑤。"武曰："本无谋，又非亲属，何谓相坐？"复举剑拟之⑥，武不动⑦。律曰："苏君，律前负汉归匈奴，幸蒙大恩，赐号称王，拥众数万，马畜弥山⑧，富贵如此。苏君今日降，明日复然⑨。空以身膏草野⑩，谁复知之！"武不应，律曰："君因我降⑪，与君为兄弟，今不听吾计，后虽欲复见我，尚可得乎？"武骂律曰："女为人臣子⑫，不顾恩义，畔主背亲⑬，为降虏于蛮夷，何以女为见⑭？且单于信女，使决人死生，不平心持正，反欲斗两主⑮，观祸败⑯。南越杀汉使者，屠为九郡⑰；宛王杀汉使

民不畏死，奈何以死畏之？
威逼。

利诱。

义正辞严。

①因：趁。降武：使苏武投降。"单于"至"降武"这几句意思是说，单于派人通知苏武，要苏武和卫律一起来判决虞常。使苏武目睹虞常判罪，乘机威胁苏武，使他投降。
②已：止，完毕。
③单于近臣：指卫律自己。近臣：亲近之臣。
④募：招求。这句是说：单于招求降者，赦免降者之罪。
⑤相坐：相连坐。古代法律，凡一个犯法，其他人连带受罚，称为连坐。
⑥拟之：做出杀的样子。
⑦不动：指内心不动摇。
⑧弥：满。弥山：充满山野。
⑨复然：也是这个样子。
⑩膏：肥沃，这里用作动词。这句是说，徒然以身体来润泽草野，使之肥沃。
⑪因：依靠。因我降：依靠我的引荐而投降。
⑫女：即汝，你。
⑬畔：同"叛"。
⑭何以女为见：见你做什么。
⑮斗两主：使单于和汉天子相争斗。意指通过此次事件而使两国关系恶化，发生战争。
⑯观祸败：坐观祸败。
⑰屠：平定。此事是指汉武帝元鼎五年(前112年)，南越王相吕嘉杀死南越王、王太后及汉使者，武帝派将讨伐。六年，南越降，吕嘉被获。汉王朝在南越设置了儋耳、珠崖、南海、苍梧、桂林、合浦、交趾、九真、日南九郡。

者，头悬北阙①；朝鲜杀汉使者，即时诛灭②。独匈奴未耳③。若知我不降明④，欲令两国相攻，匈奴之祸从我始矣⑤。"

律知武终不可胁，白单于⑥。单于愈益欲降之，乃幽武置大窖中⑦，绝不饮食⑧。天雨雪，武卧啮雪与旃毛并咽之⑨，数日不死，匈奴以为神。乃徙武北海上无人处⑩，使牧羝⑪，羝乳乃得归⑫。别其官属常惠等，各置他所。

武既至海上，廪食不至⑬，掘野鼠去草实而食之⑭。杖汉节牧羊⑮，卧起操持⑯，节旄尽落。积五六年⑰，单于弟於靬王弋射海上⑱。武能网纺

| 卧雪吞旃，其节可嘉。
| 隔绝幽禁。

| 汉节，是使者身份的象征。

①宛王：大宛国王。（大宛：西域国名）。北阙：汉宫的北阙。汉武帝曾经派遣使者往大宛求良马，大宛不给，汉使者发怒，骂宛王。其国中贵人令其东边之郁成王攻杀汉使。太初六年，汉武帝派遣李广利率兵征大宛。太初四年，大宛遭到汉兵围攻，国中贵人杀死国王毋寡，汉军立亲近汉朝的贵人昧蔡为王。
②朝鲜两句：元封二年（前109年），武帝遣涉何出使朝鲜。涉何派遣御者刺死伴送自己的朝鲜人，假装说杀死朝鲜领将。武帝封涉何为辽东东部都尉。朝鲜发兵袭击涉何，杀死了他。汉武帝将遣攻打朝鲜，到第二年，朝鲜尼溪相参杀死朝鲜王右渠，归降汉朝。
③独：只有。
④若：你。若知我不降明：你明知我不会投降。
⑤从我始：从杀我开始。
⑥白：告诉，告知。
⑦幽：幽禁。大窖：收藏粮食、物品的地窖。
⑧饮(yìn)食(shì)：都用作动词。绝不饮食：断绝其生活供应，不给饮食。
⑨啮：咬。旃(zhān)：通"毡"，毛织的毡毯。
⑩北海：今俄罗斯贝加尔湖，是当时匈奴的北方边境。
⑪羝(dī)：公羊。
⑫乳：生育，这里指生小羊。羝乳乃得归：公羊生羊羔喂奶时才能回来。
⑬廪(lǐn)食：公家所给的粮食，这里指匈奴当局供给苏武的粮食。
⑭去：通"弆"。弆(jǔ)：藏。这句话是说苏武掘取野鼠所储藏的草食来吃。
⑮杖汉节：拄着代表汉朝廷的节去牧羊。
⑯卧：睡、躺。
⑰积：过了。
⑱於(wū)靬(qián)王：单于被封王的弟弟。弋射：用绳系箭而射。海上：指贝加尔湖。

缴①，檠弓弩②，於靬王爱之③，给其衣食。三岁余，王病，赐武马畜服匿穹庐④。王死后，人众徙去。其冬⑤，丁令盗武牛羊⑥，武复穷厄⑦。

初⑧，武与李陵俱为侍中⑨，武使匈奴明年⑩，陵降，不敢求武⑪。久之，单于使陵至海上，为武置酒设乐，因谓武曰："单于闻陵与子卿素厚⑫，故使陵来说足下，虚心欲相待⑬。终不得归汉，空自苦亡人之地，信义安所见乎⑭？前长君为奉车⑮，从至雍棫阳宫⑯，扶辇下除⑰，触柱折辕⑱，劾大不

李陵劝降。

----

①武能网纺缴：《太平御览》引这句话，"能"下有"结"字。结网：编织狩猎所用的网。缴(zhuó)：箭的尾部所系的丝绳。

②檠：矫正弓弩的器具，这里用作动词，指用檠矫正弓弩。

③爱：怜惜。

④服匿：盛酒酪的瓦器。穹庐：大型的圆顶帐篷。

⑤其冬：那年冬天。

⑥丁令(líng)：即丁灵，匈奴族的一支。当时卫律为丁灵王，丁灵盗苏武牛羊，应该是卫律主使的。

⑦厄：穷困。穷厄：贫穷困难。

⑧初：当初。多用于追述往事时。

⑨李陵：李广孙，字少卿。武帝时为骑都尉，统兵五千，与匈奴作战，杀伤很多匈奴兵，因无人接应，力尽而降。侍中：官名，汉时是加官（即由他官兼任者），掌管"乘舆服物"。

⑩明年：第二年。

⑪求：访求。李陵因自己投降，感到羞愧，所以不敢探访苏武。

⑫素厚：往常交情深厚。

⑬相待：以礼相待。

⑭空自苦两句是说：空自受苦于无人之地，你的信义又如何能显见于世呢？亡：通"无"。

⑮长君：指苏武兄苏嘉。奉车：奉车都尉，官名，掌管皇帝所乘的车马。

⑯雍：地名，春秋时秦国都城，在今陕西省凤翔县南。汉设雍县。棫(yù)阳宫，宫名，在雍东北。这句话是说，随从武帝至雍的棫阳宫。

⑰除：宫殿台阶。

⑱辕：车辕子，车前驾牲口的直木。

敬①，伏剑自刎，赐钱二百万以葬。孺卿从祠河东后土②，宦骑与黄门驸马争船③，推堕驸马河中溺死。宦骑亡④，诏使孺卿逐捕不得，惶恐饮药而死⑤。来时⑥，大夫人已不幸⑦，陵遂葬至阳陵⑧。子卿妇年少，闻已更嫁矣⑨。独有女弟二人⑩，两女一男，今复十余年，存亡不可知。人生如朝露⑪，何久自苦如此！陵始降时，忽忽如狂⑫，自痛负汉⑬，加以老母系保宫⑭，子卿不欲降，何以过陵？且陛下春秋高⑮，法令亡常⑯，大臣亡罪夷灭者数十家，安危不可知，子卿尚复谁为乎？愿听陵计，勿复有云⑰。"

武曰："武父子亡功德，皆为陛下所成就⑱，位

家门不幸，私人恩怨，本来最能打动人，但苏武不为所动。

李陵现身说法。

---

①劾：弹劾。这句是说，被弹劾为大不敬。
②孺卿：苏武弟苏贤的字。祠：这里做动词，祭祀的意思。河东：地名，今山西省夏县一带。后土：地神，"后"是尊称。
③宦骑：充当骑从的宦官。黄门驸马：皇帝的骑侍。争船：抢渡船。
④亡：逃跑。
⑤饮药：服毒。
⑥来时：指李陵离开长安时。
⑦大夫人：指苏武母亲。大：通"太"。不幸：指死亡。
⑧阳陵：地名，汉时有阳陵县，在今陕西省咸阳市东。苏氏墓地应当在阳陵。
⑨更嫁：改嫁。
⑩独：只。女弟：指妹妹。
⑪朝露：早晨的露水。朝露见太阳即被晒干，存在的时间很短。这句意思是说，人生短促，和朝露相似。
⑫忽忽：失意的样子。
⑬负：背叛。
⑭保宫：汉代官署名。大臣待罪之地。李陵投降后，汉逮捕李陵家属，其母系于保宫。
⑮春秋：指年龄。春秋高：指年老。
⑯亡：通"无"。常：一定。
⑰勿复有云：不要再说什么。李陵请求苏武听从自己的意见，不再进行反驳。
⑱成就：栽培，提拔。

列将①，爵通侯②，兄弟亲近③，常愿肝脑涂地。今得杀身自效④，虽蒙斧钺汤镬⑤，诚甘乐之⑥。臣事君，犹子事父也，子为父死亡所恨⑦。愿勿复再言。"

陵与武饮数日，复曰："子卿壹听陵言⑧。"武曰："自分已死久矣⑨！王必欲降武⑩，请毕今日之欢，效死于前⑪！"陵见其至诚，喟然叹曰："嗟乎，义士！陵与卫律之罪，上通于天。"因泣下沾衿⑫，与武决去⑬。

陵恶自赐武⑭，使其妻赐武牛羊数十头。后陵复至北海上，语武："区脱捕得云中生口⑮，言太守以下吏民皆白服⑯，曰上崩⑰。"武闻之，南向号

> **鉴赏** 浩然正气篇
>
> 借李陵之口表彰苏武。

---

①位列将：指苏武父亲苏建曾为右将军，苏武为中郎将，兄苏嘉为奉车都尉，弟贤为骑都尉。

②爵通侯：指建封平陵侯。

③亲近：指被武帝所亲近。

④效：贡献。

⑤蒙：受到。钺(yuè)：大斧。镬(huò)：大锅。钺、镬都是古代刑具。蒙斧钺汤镬：指被处以极刑。

⑥诚甘乐之：的确心甘情愿，乐意这样。

⑦恨：遗憾。

⑧壹听吾言：等于说听一听我李陵的话吧。

⑨分：认定，料定。这句是说，我自己定是早已死去的人了。

⑩王：指李陵。匈奴封李陵为右校王。降武：使我投降。

⑪"请毕今日之欢"两句意思是，请让我在今日和你尽情欢乐一天，然后死在你面前。

⑫衿：衣襟。

⑬决：诀别。决去：别去。

⑭恶(wù)：羞愧。赐：赏赐，送东西。

⑮区(ōu)脱：边地的匈奴部落。云中：汉郡，治今内蒙古托克东北。生口：活口，即俘虏。

⑯白服：指为汉武帝穿孝。

⑰崩：天子死讳曰崩。

哭①，欧血②，旦夕临数月③。

　　昭帝即位数年④，匈奴与汉和亲。汉求武等，匈奴诡言武死⑤。后汉使复至匈奴，常惠请其守者与俱⑥，得夜见汉使，具自陈道⑦。教使者谓单于，言天子射上林中⑧，得雁，足有系帛书，言武等在某泽中。使者大喜，如惠语以让单于⑨。单于视左右而惊，谢汉使曰："武等实在⑩。"于是李陵置酒贺武曰："今足下还归，扬名于匈奴，功显于汉室，虽古竹帛所载，丹青所画⑪，何以过子卿！陵虽驽怯⑫，令汉且贳陵罪⑬，全其老母⑭，使得奋大辱之积志⑮，庶几乎曹柯之盟⑯，此陵宿昔之所不忘

"鸿雁传书"典故源此。

李陵心声，令人百感交集。

①南向：向着南方。
②欧：通"呕"。呕血：吐血。
③临(lìn)：哭，专用于哭奠死者。这句是说，苏武听到武帝死去的消息之后，每天早晚哀哭，一直持续了好几个月。
④昭帝：汉武帝的儿子弗陵，于前87年即位。即位：就皇帝位。
⑤诡言：假称，诈言。
⑥俱：一起。这句意思是说，常惠请求其看守者与自己一起去见汉使。
⑦具：完全。陈道：陈述。这句是说，陈述事情的整个经过。
⑧上林：即上林苑，秦及汉皇帝射猎处。在长安西边，本是秦时旧苑，汉武帝时扩建。南傍终南山，北滨渭水，周围三百里，内有离宫七十所。
⑨让：责备。这句是说，使者按常惠所教的话来责备单于欺骗汉朝。
⑩谢：谢罪。
⑪丹青：指图画。丹：丹砂；青：青䨼，二者都是绘画用的颜料，所以称图画为丹青。丹青所画：指古代丹青所画的杰出人物。
⑫驽怯：无能和胆怯。驽：劣马，比喻才能低下。怯：懦弱胆怯。
⑬令：假令。贳(shì)：宽恕。
⑭全：保全。"全其老母"意思是，不杀其(李陵)老母。
⑮奋：奋起、奋发。积志：积蓄已久的志向。奋大辱之积志：实现其在此奇耻大辱的处境中所蓄积已久的志向。
⑯庶几：差不多。曹柯之盟：指曹沫劫齐桓公之事。曹沫，春秋时鲁人，为鲁庄公将。齐军讨伐鲁国，曹沫三战皆败，庄公献遂邑之地以求和，与齐在柯会盟。曹沫在会盟的时候，持匕首劫持齐桓公，迫使齐桓公归还所侵之地。这句是说，希望做出曹沫劫齐桓公一类折服敌国的事。

鉴赏 浩然正气篇

也①。收族陵家②，为世大戮③，陵尚复何顾乎④？已矣！令子卿知吾心耳。异域之人，壹别长绝⑤！"陵起舞，歌曰："径万里兮度沙幕⑥，为君将兮奋匈奴⑦。路穷绝兮矢刃摧⑧，士众灭兮名已隤⑨。老母已死，虽欲报恩将安归⑩！"陵泣下数行，因与武决⑪。单于召会武官属⑫，前以降及物故⑬，凡随武还者九人⑭。

武以始元六年春至京师⑮。诏武奉一太牢谒武帝园庙⑯，拜为典属国⑰，秩中二千石⑱，赐钱二百万，公田二顷，宅一区⑲。常惠、徐圣、赵终根皆

"老母已死，虽欲报恩将安归！"催人泪下。

向武帝复命，物是人非，可叹。

---

①宿昔：宿，通"夙"，昔，通"夕"，等于说"早晚"。李陵投降匈奴之初，汉并未诛杀其家属。后因讹传李陵为匈奴训练军队，以与汉为敌，武帝遂将李陵母亲、妻子、兄弟全都处死。这句是说：这是我一天从早到晚都无法忘记的想法。

②族：族灭。

③大戮：大耻辱。

④顾：留恋。这句是说，我还有什么可留恋的呢？

⑤壹别长绝：这次分别就要永远隔绝了。

⑥径：这里用作动词，行经，穿过。幕：漠。

⑦奋：奋击，奋战。

⑧路穷绝：指李陵及其军队被困在峡谷中。矢刃摧：说兵器都被损坏。

⑨隤(tuí)：坠落，下落。名已隤：指声名已经败坏。

⑩安归：回哪里去？安：疑问代词，哪，哪里。

⑪决：诀别。

⑫会：集聚。召会：召集。

⑬物：通"殁"(mò)。物故：死亡。这句是说，除前已投降匈奴及死亡者外。

⑭凡：一共，总共。

⑮始元：汉昭帝年号。始元六年：前81年。京师：指京城长安。

⑯太牢：以一牛、一豕、一羊为祭品。园：陵寝，帝后的葬所。庙：古代祭祀祖先处所。

⑰典属国：官名，掌管少数民族事务。

⑱秩：官秩。汉代官吏，按照俸禄大小，分为中二千石、二千石、比二千石等不同的等级。

⑲宅一区：住宅一所。

拜为中郎①,赐帛各二百匹。其余六人老归家,赐钱人十万,复终身②。常惠后至右将军,封列侯,自有传。武留匈奴凡十九岁,始以强壮出,及还③,须发尽白④。

　　武来归明年,上官桀、子安与桑弘羊及燕王、盖主谋反⑤。武子男元与有谋,坐死⑥。初桀、安与大将军霍光争权,数疏光过失予燕王⑦,令上书告之。又言苏武使匈奴二十年不降⑧,还乃为典属国⑨,大将军长史无功劳⑩,为搜粟都尉⑪,光颛权自恣⑫。及燕王等反诛,穷治党与⑬,武素与桀、弘羊有旧⑭,数为燕王所讼⑮,子又在谋中,廷尉奏请逮捕武⑯。

辛弃疾《破阵子》:"了却君王天下事,赢得生前身后名。可怜白发生。"

又见《霍光传》

①徐圣、赵终根:都是随苏武出使的官吏。中郎:官名,掌宿卫侍值的。
②复:免除徭役。复终身:终身免除徭役。
③及:等到。及还:等到回来时。
④须发:胡须头发。
⑤上官桀:武帝末拜左将军,与霍光、金日(mì)䃅(dī)同受武帝遗诏,辅佐昭帝。其子安,昭帝时拜车骑将军。桑弘羊,武帝末为御史大夫。燕王:名旦,武帝第三子,谋反事败自杀。盖主:武帝长女,昭帝姐姐,因其夫封为盖侯,故称盖长公主,也称盖主。
⑥坐:因罪而受处罚。坐死:以参与谋反被判罪处死。
⑦数(shuò):屡次。疏:分条记录。
⑧二十年:不是确数,仅举成数之言。
⑨乃:只,仅仅。
⑩大将军长史:大将军的辅佐之官,这里指杨敞。当时霍光为大将军,杨敞是他的属官。
⑪搜粟都尉:官名,也称治粟都尉。属于大司农(大司农是掌管财政经济的长官)。
⑫颛(zhuān):通"专"。自恣:自己放肆胡为。
⑬穷治:极力追究、治罪。党:集团。
⑭旧:老交情。
⑮讼:指上书为人申雪冤屈。数为燕王所讼:指燕王数次上书,言苏武官位太低,朝廷待遇不公。
⑯廷尉:主管司法的官。

霍光寝其奏①，免武官②。

数年，昭帝崩，武以故二千石与计谋立宣帝③，赐爵关内侯④，食邑三百户。久之，卫将军张安世荐武明习故事⑤，奉使不辱命，先帝以为遗言⑥。宣帝即时召武待诏宦者署⑦，数进见，复为右曹典属国⑧。以武著节老臣⑨，令朝朔望⑩，号称祭酒⑪，甚优宠之⑫。

武所得赏赐，尽以施予昆弟故人⑬，家不余财。皇后父平恩侯、帝舅平昌侯、乐昌侯、车骑将军韩增、丞相魏相、御史大夫丙吉皆敬重武⑭。武年老，子前坐事死，上闵之⑮，问左右："武在匈奴久，岂有子乎？"武因平恩侯自白⑯："前发匈奴

以旷世之功故。

"家不余财"，淡淡一笔，又画苏武人格。

---

①寝其奏：不将这一奏章发下。寝，搁罢。指霍光不按照廷尉的意见而去逮捕苏武。
②免：罢免。
③故：过去的。宣帝：汉武帝曾孙刘询。昭帝死后，昌邑王贺即位为帝，后因为贺荒淫，霍光等就废贺而立宣帝。这句是说，苏武以前任"二千石"官的身份，参与谋立宣帝的计划。
④关内侯：秦汉的一种封爵。关内侯虽有侯的封号，但无统辖的土地。
⑤明习：熟悉。故事：指朝章典故。
⑥先帝：指昭帝。这句是说，昭帝遗言曾述及苏武的"明习故事，奉使不辱命"。
⑦待诏：等待皇帝宣诏。宦者署：官署名，宦者令的衙署。
⑧右曹：官名，是一种加官(即由担任其他职务的官员兼任者)。
⑨著节：节操卓著。著：显明。这句是说，因为苏武是人所共知的有节操的老臣。
⑩朝：上朝晋见。朔：初一日。望：十五日。令朝朔望：令他只在初一和十五前去朝见皇帝，其余时间皆免其朝见。
⑪祭酒：指年高望重者。古代大宴会或大祭享时，必推一年高之人先举酒以祭，称为祭酒。所以，以祭酒称年高望重者。
⑫甚：很，非常。优：优厚，优待。宠：尊崇。
⑬施予：给予。昆：兄。
⑭平恩侯：宣帝皇后的父亲许广汉。平昌侯：宣帝母王夫人的哥哥王无故。乐昌侯：王武，王无故的弟弟。
⑮闵：同"悯"，怜悯。
⑯因：凭，通过。

95

鉴赏

整整十九年。直到一个偶然的机会，汉使者知道了他的下落，与匈奴交涉，他才得以返回故国。去时尚在壮年，回来时已是白发苍苍。而当初派他出使的汉武帝也早已驾崩，苏武只能到陵园中复命。此情此景，令人感动。苏武的苦节得到了众人的钦佩，也获得了朝廷的褒扬。汉宣帝把他列入麒麟阁功臣，图画形象，流芳百世。

★ 技 法

为了突出苏武坚贞不屈、忠心爱国的光辉形象，传中写了一系列人物和他进行对比。比如跟随他出使的张胜，背着苏武参与了反对单于的阴谋，为汉使者招来无穷麻烦，事发后却又不敢承担责任；而事先并不知情的苏武挺身而出，欲以死谢罪。这两个人物形成了鲜明的对比。被扣留后，卫律、李陵相继来劝降。卫律向苏武炫耀自己投降匈奴后得到的荣华富贵，企图以此打动苏武，完全一副小人嘴脸，结果只得到一阵迎头痛骂。李陵又有所不同，他的投降有不得已、值得同情的因素，他的说辞也更为沉痛婉转，说到苏武家庭在汉朝的种种不幸遭遇，任是铁石人也动心，但是苏武依然不为所动，坚守气节，冷淡地回绝了李陵。作为苏武陪衬的这几个人物，身份、性格、思想各有不同，苏武在同他们接触时的表现也各不相同，但是每一种表现都从一个角度丰富了他的人物形象，使他的性格更为丰满更为鲜明。

★ 材 料

为了体现苏武羁留匈奴十九年所经受的磨难，作者使用了许多令人难忘的细节："幽武置大窖中，绝不饮食，天雨雪，武卧啮雪与旃毛并咽之，数日不死，匈奴以为神。"这样富于传奇色彩的经历连敌人都感到震惊。"武既至海上，廪食不至，掘野鼠去草实而食之。杖汉节牧羊，卧起操持，节旄尽落。"其艰苦程度可以想见。好容易有所改善，不久牲畜又被偷走，"复穷厄"。就是在这种艰苦卓绝的环境中，苏武不改初衷，坚持了十九年，谱写了一曲惊天地、泣鬼神的爱国主义之歌。

鉴赏 浩然正气篇

范滂传

范晔

题解

范晔(389—445),字蔚宗,顺阳(今河南淅川县)人,是南朝宋代著名的史学家、文学家。他怀才不得志,被贬为宣城太守时,博采各家东汉史书之长,撰写《后汉书》。他写完纪、传部分,便被告参与谋弑文帝事,处死,时年四十八岁。《后汉书》是继《汉书》之后,记载自东汉光武帝刘秀到献帝刘协近两百年历史的一部重要史书,共一百二十卷,包括本纪十卷,列传八十卷,志三十卷。《后汉书》继承了《史记》、《汉书》的传统,在体制上又有所突破,新创了"党锢"、"文苑"、"方术"、"列女"诸传。

书中的《范滂传》,是古代传记文学的名篇。

正文

范滂,字孟博,汝南征羌人也①。少厉清节,为州里所服,举孝廉,光禄四行②。时冀州饥荒③,盗贼群起,乃以滂为清诏使案察之④。滂登车揽辔,慨然有澄清天下之志。及至州境,守令自知臧污⑤,望风解印绶去。其所举奏,莫不厌塞众议⑥。

评点

贪官望风而去,可见范滂威名。

----

①汝南:郡名,治所在今河南省汝南县东南。征羌:县名,治所在今河南省偃城县东南。

②举孝廉:汉武帝时各郡国每年推举孝廉各一人,以"孝"和"廉"为选拔标准。光禄四行:汉时宫廷禁中官署名,按照敦厚、质朴、逊让、节俭四种品行考察人材。

③冀州:东汉郡名,治所在今河北省境内。

④清诏使:官名,秉承皇帝诏旨巡查各地。案察:巡察纠举。

⑤臧污:贪污受贿。臧,同"赃"。

⑥厌塞众议:满足众人的议论要求。厌,同"餍",满足。

99

鉴赏

迁光禄勋主事。时陈蕃为光禄勋①，滂执公仪诣蕃②，蕃不止之。滂怀恨，投版弃官而去③。郭林宗闻而让蕃曰："若范孟博者，岂宜以公礼格之④？今成其去就之名⑤，得无自取不优之议邪⑥！"蕃乃谢焉。

因未受礼遇而辞官，可见范滂清高。

复为太尉黄琼所辟⑦。后诏三府掾属举谣言⑧，滂奏刺史、二千石权豪之党二十余人。尚书责滂所劾猥多⑨，疑有私故。滂对曰："臣之所举，自非叨秽奸暴⑩，深为民害，岂以汙简札哉⑪！间以会日迫促，故先举所急，其未审者，方更参实⑫。臣闻农夫去草，嘉谷必茂，忠臣除奸，王道以清。若臣言有贰，甘受显戮。"吏不能诘。

以郭泰、陈蕃衬托范滂。

无私。

滂睹时方艰，知意不行，因投劾去。太守宗资先闻其名，请署功曹⑬，委任政事。滂在职严整疾恶，其有行违孝悌，不轨仁义者，皆扫迹斥逐⑭，

①陈蕃：字仲举，官至太傅，是当时名士的首领，后被宦官所杀。光禄勋：官名，光禄勋主事是它的从官。
②公仪：属下官员见上司时的通常礼节。
③版：笏板，一名手板。以象牙或木板制成。古代官员朝见或拜会时拿在手里，作记事用。
④郭林宗：名泰，字林宗，当时太学生的首领，有名气，不愿做官。格之：对待他，要求他。
⑤去就之名：指弃官而去的清高名声。
⑥得无：难道不是。不优之议：指不好的指责、评议。
⑦辟：任用、征召。
⑧三府：太尉府、司徒府和司空府。举谣言：将采集的反映官吏好坏及民间疾苦的歌谣，向皇帝陈奏。谣言：歌谣。
⑨猥多：众多。
⑩叨秽：贪赃枉法。叨，同"饕"，贪。
⑪汙简札：玷污竹简，意为浪费笔墨。汙，同"污"。
⑫会日迫促：朝会陈奏民谣的日期迫近。审：明白。参实：证实。
⑬功曹：官名，郡守属下的官员。
⑭扫迹：扫除足迹，形容彻底清除贪官暴吏。

鉴赏 浩然正气篇

不与共朝。显荐异节，抽拔幽陋①。滂外甥西平李颂，公族子孙，而为乡曲所弃②，中常侍唐衡以颂请资③。资用为吏，滂以非其人，寝而不召。资迁怒，捶书佐朱零④。零仰曰："范滂清裁，犹以利刃齿腐朽，今日宁受笞死，而滂不可违。"资乃止。郡中中人以下莫不归怨⑤。乃指滂之所用，以为范党。

后牢修诬言钩党⑥。滂坐系黄门北寺狱⑦。狱吏谓曰："凡坐系皆祭皋陶⑧。"滂曰："皋陶贤者，古之直臣，知滂无罪，将理之于帝⑨，如其有罪，祭之何益！"众人由此亦止。狱吏将加掠考⑩，滂以同囚多婴病⑪，乃请先就格⑫。遂与同郡袁忠争受楚毒⑬。桓帝使中常侍王甫以次辨诘⑭，滂等皆三木囊头，暴于阶下⑮。馀人在前，或对或否。滂、忠于后越次而进。王甫诘曰："君为人臣，不惟忠

| 不循私情，外甥也不例外。 |
| 以朱零衬托范滂。 |
| 真知卓见。 |

① "显荐"二句：推荐有特殊节操的人，提拔退隐的人和地位卑下的人。
② 为乡曲所弃：被乡里的人们所唾弃。因为李颂依附宦官，所以同乡人不理他。
③ 以颂请资：将李颂推荐给宗资。
④ "资迁怒"二句：宗资将怒气转到部下主管文书的小吏朱零身上，就用大棒责打他。
⑤ 中人：指显著而有权势的人。归怨：把怨怒都归到范滂身上。
⑥ "牢修"句：交结宦官的张成，他的儿子杀了人，河南尹李膺将张成的儿子处死。张成的弟子牢修就上书诬告李膺、范滂等结党诽谤朝廷，皇帝震怒，逮捕李、范等二百多人，构成冤狱。
⑦ 黄门北寺狱：当时宦官掌握的监狱。
⑧ 皋陶(gāo yáo)：尧舜时的大臣，主管狱法。
⑨ 理之于帝：向天帝讲明道理。
⑩ 掠考：拷打。考，同"拷"。
⑪ 婴病：得病。
⑫ 就格：受刑拷打。
⑬ 楚毒：毒打。
⑭ 以次：按顺序。辨诘：辨别、追问，指审讯。
⑮ 三木囊头：颈、手、足都加有木制的刑具。囊头，用物蒙住头。暴：暴露。

101

国①，而共造部党②，自相褒举③，评论朝廷，虚构无端，诸所谋结，并欲何为？皆以情对，不得隐饰！"滂对曰："臣闻仲尼之言：'见善如不及，见恶如探汤'④，欲使善善同其清，恶恶同其汙，谓王政之所愿闻，不悟更以为党。"甫曰："卿更相拔举⑤，迭为唇齿⑥，有不合者，见则排斥，其意如何？"滂乃慷慨仰天曰："古之循善⑦，自求多福；今之循善，身陷大戮，身死之日，愿埋滂于首阳山侧⑧，上不负皇天，下不愧夷、齐！"甫愍然为之改容⑨，乃得并解桎梏⑩。

辩诘一段，义正辞严。

滂后事释，南归。始发京师⑪，汝南、南阳士大夫迎之者数千两⑫。同囚乡人殷陶、黄穆亦免俱归，并卫侍于滂，应对宾客。滂顾谓陶等曰："今子相随，是重吾祸也⑬。"遂遁还乡里。

初，滂等系狱，尚书霍谞理之⑭。及得免，到京师，往候谞而不为谢。或有让滂者，对曰："昔

自信无罪，故不谢，非不近人情。

---

①不惟忠国：不考虑忠于国家，对国家不忠。惟：思虑，考虑。
②部党：结党。
③自相褒举：自己人互相表扬、荐举。
④"见善"二句：语出《论语·季子》。范滂引用时个别字有变动。意思是：看见善良的行为，好像赶不上似的；碰见邪恶的行为，好像手探沸水，赶紧离开。
⑤更相拔举：互相推荐提拔。
⑥迭为唇齿：互为唇齿，互相依靠。
⑦循善：作"修善"。作善事，追求完美人格。
⑧首阳山：山名，位于洛阳东北。周武王灭殷时，伯夷，叔齐不吃周食，饿死在这山上，范滂借来比喻自己清白。
⑨愍：哀怜。
⑩桎梏：古代拘禁犯人的刑具，在脚上的叫"桎"，在手上的叫"梏"。
⑪京师：洛阳。
⑫两：同"辆"。这句是以车辆数表示欢迎范滂的士大夫很多。
⑬重吾祸：使我的祸患加重。
⑭霍谞：字叔智，官至少府廷尉。当范滂等被诬告入狱后，霍谞和城门校尉窦武一起，向皇帝申理。皇帝息怒，赦范滂等归乡里。

叔向婴罪，祁奚救之，未闻羊舌有谢恩之辞，祁老有自伐之色①。"竟无所言。

建宁二年②，遂大诛党人。诏下，急捕滂等。督邮吴导至县，抱诏书、闭传舍③，伏床而泣。滂闻之曰："必为我也！"即自诣狱。县令郭揖大惊，出解印绶，引与俱亡④，曰："天下大矣，子何为在此？"滂曰："滂死则祸塞⑤，何敢以罪累君，又令老母流离乎！"其母就与之诀，滂白母曰⑥："仲博孝敬，足以供养，滂从龙舒君归黄泉⑦，存亡各得其所。惟大人割不可忍之恩，勿增感戚。"母曰："汝今得与李、杜齐名⑧，死亦何恨！既有令名，复求寿考⑨，可兼得乎？"滂跪受教，再拜而辞。顾谓其子曰："吾欲使汝为恶，则恶不可为。使汝为善，则我不为恶。"行路闻之⑩，莫不流涕。时年三十二。

论曰：李膺振拔污险之中⑪，蕴义生风⑫，以鼓

以督邮县令衬托范滂。

以老母弱子衬托范滂。

① "昔叔向"四句：从前，叔向因弟犯罪被囚，祁奚救了他，没有听说羊舌（即叔向）有谢恩的话，祁老有自夸功劳的神色。这件事载《左传·襄公二十一年》。叔向（羊舌肸），晋国的贤臣。他的弟弟叫羊舌虎。

② 建宁二年：公元169年。建宁，是东汉灵帝刘宏的年号。

③ 督邮：官名，是郡守的佐吏，督察郡内属员的过错，兼司狱讼、捕亡等。传(zhuàn)舍：即驿舍，官员、客商出行时休息的地方。

④ 解印绶：解下印绶，表示弃官出走的意思。引与俱亡：请求与范滂一起逃走。

⑤ 祸塞：祸患堵塞、止住。

⑥ 就：指到狱中来。白母：禀告母亲。

⑦ 仲博：范滂的弟弟。龙舒君：范滂的父亲范显，曾为龙舒侯相，故称。

⑧ 李、杜：李膺、杜密。李膺，字元礼，官至司隶校尉，执法严明，专惩贪官恶吏，后被诬告，下狱而死。杜密，字周甫，官至尚书令，后转为太仆，因得罪宦官被罢官，后被杀。

⑨ "既有"二句：已经有好名声，又求长寿。

⑩ 行路：路上的行人。

⑪ 振拔：振奋自励。

⑫ 蕴义生风：蕴蓄道德仁义，成为风气。

动流俗，激素行以耻威权①，立廉尚以振贵埶②，使天下之士，奋迅感概③，波荡而从之，幽深牢、破室族而不顾。至于子伏其死，而母欢其义，壮矣哉！子曰："道之将废也与？命也④！"

子伏其死，母欢其义，母子俱为人中豪杰。

思考

1. 通过文章记载的事件，你认为范滂是一位什么样的人？
2. 文章使用哪些手法塑造范滂的人物性格？

赏析

本文选自范晔《后汉书·党锢传》-，《党锢传》反映了宦官对于当时名士的迫害，以及士人与宦官的激烈的斗争。在斗争中，涌现了不少可歌可泣的人物与事迹，范滂就是其中具有代表性的一位。范滂"少厉清节"，志在"澄清天下"，但是在黑暗的政治统治下，屡遭迫害。面对强加给自己的种种不实之辞，他没有逆来顺受，而是奋起反击，甚至不惜以死相争。他最终也没有逃脱党人之祸，最后在狱中母子诀别的场面非常感人。这一段故事对苏轼的影响很大。据说苏轼读到《范滂传》，立志仿效，他的母亲说："如果你能做范滂，难道我不能做范母吗？"虽然已经过去了近两千年，但范滂的气节风骨仍对我们不无激励。

材料

本文是收入正史的人物传记，所以在写法上有一定章法可循：开篇介绍人物姓名、籍贯，而后依次叙述一生大事，最后再加上史官评

---

①素行：清白的行为。以耻威权：使有威权的人感到羞耻。
②廉尚：廉洁的风尚。以振贵埶：使地位显贵的人受到振动。埶，同"势"。
③感概：感慨。概，"慨"的假借字。
④"道之将废"二句：原文出于《论语·宪问》。意思是：我的主张将不能实现吗？听之于命运。

论。本文基本上是依照这个路子写的，但在选材方面特别注意典型和精炼。范滂只活了三十二岁，就被迫害致死，但在他不长的一生中，一直坚持和权贵作斗争，不屈不挠，死而后已。有不少惊心动魄的精彩场合，作者有的一笔带过，如"其所举奏，莫不厌塞众意"，"奏刺史、二千石权豪之党二十余人"，"其有行违孝悌、不轨仁义者，皆扫迹斥逐，不与共朝"等；有的则浓笔重墨，比如拒绝接受自己依附宦官的外甥做官，在黄门北寺狱为自己及同志抗言辩护等。详写和略写有机结合，多侧面多角度地刻画了范滂的人物性格和精神风貌。可以说，范滂的形象如此鲜明，和作者精心选材、精心构思是分不开的。

★ 人物描写

衡量一篇传记文章的好坏，人物描写成功与否是重要标准。本文就是一篇成功的人物传记。文中多处浓笔重彩地正面描写人物，比如：当别人怀疑自己弹劾别人"有私"时，当敌人诬陷自己有罪时，作者都大段引用主人公自己的辩护词，义正辞严地给予反驳，让对方哑口无言，心服口服。这是正面描写。文中还大量使用了衬托法，即利用别人的言行，来衬托范滂的形象。范滂生活于东汉后期，宦官专权，朋党相争，他不可避免地一次又一次卷入政治斗争的漩涡中，卷入各种错综复杂的关系之中。和社会的关系，和其他人的关系，也都是他人物形象的重要组成部分。郭泰、陈蕃都是当时名士，文章第一段通过郭泰对陈蕃的批评，陈蕃的道歉来衬托范滂的清高自许和不同凡响。范滂拒绝宦官安排的人选，上司迁怒于朱零，朱零说："范滂清裁，犹以利刃齿腐朽，今日宁受笞死，而滂不可违。"同僚这种誓死维护范滂决定的行为，也衬托出了范滂的公正无私、深得人心。当逮捕范滂的诏书下达时，负责传达诏书的官员怀抱诏书，紧闭传舍大门，趴在床上痛哭流涕。为了不连累别人，范滂自首，县令主动提出要弃官和他一起出逃。他身边人的这些举动，也正说明了范滂平日里深孚众望，很受众人爱戴。就是这样一位清正廉明，刚正不阿，一心为公的仁人志士，竟遭杀身之祸，可见当时朝廷昏庸，政治黑暗。最感人的场景应当是母子、父子诀别的一段。儿子即将赴死，母亲因为

鉴 赏

他"得与李杜齐名"而备感欣慰,史官用"壮哉"二字作评,可见钦仰之情。总之,在这篇文章中,人物形象生动丰满,作者用如椽的史笔为我们塑造了这位正气浩然、铁骨铮铮的名士形象。

鉴赏 浩然正气篇

张中丞传后叙

韩 愈

题解

韩愈(768—824)，字退之，河南河阳(今河南孟县)人。自称郡望昌黎，世称韩昌黎。早孤，刻苦自学，贞元八年(792)考中进士。曾任国子博士、刑部侍郎等职。元和十四年(819)因谏阻宪宗迎佛骨，贬为潮州刺史。后官至吏部侍郎。卒谥文，世又称韩文公。

韩愈是唐代著名散文家和诗人，是古文运动的主将之一，"唐宋八大家"之首。他主张散文要有独创精神，要写得通达顺畅，他的散文在中国文学史上具有重要影响，苏轼曾以"文起八代之衰"来赞美他。有《韩昌黎集》。

本文是元和二年(807)韩愈读《张巡传》后，认为有所不足，然后补写的，文章中补充记载了许远、南霁云等人的事迹。

正 文

元和二年四月十三日夜①，愈与吴郡张籍阅家中旧书②，得李翰所为《张巡传》③。翰以文章自

评点

说明写作缘起。

---

①张中丞：即张巡(709—757)，邓州南阳(今河南南阳)人，开元末进士。安禄山叛唐时，张巡任真源县(今河南省鹿邑县)令，起兵抗敌，大小百战，卓有战功。至德二年(757)正月，安庆绪的部将尹子奇率大军十三万攻睢阳，太守许远请张巡入城主持防务，张巡便带着三千士兵入城，和许远共守睢阳。自正月至十月，粮尽援绝，睢阳终于失守，他和部下南霁云、雷万春等三十六位将领同时殉国。中丞：御史中丞的简称，张巡守睢阳时，朝廷授此职。元和：唐宪宗年号。元和二年为公元807年。

②吴郡：治所在今江苏苏州。 张籍(约768—约830)，字文昌，和州乌江(今安徽省和县)人，原籍是吴郡。贞元十四年(798)进士，曾任太常寺太祝、水部员外郎、国子司业等职，世称张水部或张司业。张籍曾跟韩愈学习古文，是韩愈的学生。

③李翰：字子羽，赵州赞皇(今河北赞皇)人，他是张巡的朋友，曾到过张巡、许远二人坚守的睢阳县，亲见战守事迹。张巡殉难后，有人诬陷他投降叛贼，李翰因此写了《张巡传》，上给唐肃宗，以伸张正义。《张巡传》在宋代时还有，今已失传。

107

名①，为此传颇详密。然尚恨有缺者②：不为许远立传③，又不载雷万春事首尾④。

远虽材若不及巡者⑤，开门纳巡⑥，位本在巡上⑦，授之柄而处其下⑧，无所疑忌，竟与巡俱守死，成功名⑨。城陷而虏⑩，与巡死先后异耳⑪。两家子弟材智下⑫，不能通知二父志⑬，以为巡死而远

为许远辩护，入情入理。

---

①自名：自许，自负。《旧唐书·李翰传》："(翰)为文精密，用思苦涩。"

②缺者：遗漏的地方。

③许远(709—758)：字令威，杭州盐官(今浙江海宁县)人。安禄山叛唐时，许远任睢阳太守，与张巡坚守睢阳，城破被俘，囚往洛阳，途中不屈被杀。事迹见旧、新《唐书·许远传》。

④雷万春：张巡部将。张巡在入睢阳以前，和他一起守雍丘(今河南杞县)。敌将令狐潮包围雍丘，张巡派他站在城墙上和令狐潮对话，他脸上连中敌人六箭，依然挺立城头。雷万春和文中叙到的南霁云，同是张巡的两员勇将。韩愈在文中两次叙到南霁云事迹，却没有再谈及雷万春，可能是雷万春的事迹在当时已不可考，因而韩愈追恨李翰《张巡传》中"又不载雷万春事首尾"。《新唐书·雷万春传》记载也很简略：雷万春者，不详所来，事巡为偏将……万春用兵，方略不及(南)霁云而强毅用命。每战，巡任之与霁云均。一说，此外"雷万春"三字，当是"南霁云"之误。

⑤材：才能。

⑥纳：接纳，容纳。开门纳巡，开城门接纳张巡。

⑦位本在巡上：许远的职位本在张巡之上。许远当时是睢阳太守，是一郡行政的最高长官；张巡当时是真源县令，是一县的行政长官。

⑧授：给与。　柄：权柄。这句说：许远把指挥作战的大权交给张巡，而自己处在张巡之下。

⑨成功名：成就一番功勋事业的意思。

⑩城陷而虏：城被攻破而成为俘虏。

⑪与巡死先后异耳：和张巡一样不屈而死。只是死的时间先后不同罢了。睢阳陷后，敌将尹子奇残酷地杀害了张巡、雷万春、南霁云等三十六人，把许远送往敌酋安庆绪所在地洛阳邀功请赏，行至偃师(今河南洛阳城东)，安庆绪兵溃，许远遂被害。

⑫两家子弟：指许远和张巡的儿子。　材智下：才能智力低下。

⑬通知：完全了解。二父志：两家父亲的志向。据《新唐书·许远传》载：唐代宗大历(766—779)中，张巡的儿子张去疾曾上书给皇帝，说城陷时，张巡及将校三十余人都壮烈牺牲，而许远独生，有降贼的嫌疑，并且还说张巡临死时对许远的背叛行为十分痛恨，请求皇帝追夺许远的官爵。朝廷则以为许远、张巡二人同为忠烈；而且许远、张巡死时，张去疾年纪尚幼，并不了解详情，降贼之说不足为据，而许远的儿子许岘在这样的诬陷面前，竟也无力为自己的父亲一洗沉冤，所以韩愈在文中说："两家子弟材智下。"

就戮,疑畏死而辞服于贼①。远诚畏死②,何苦守尺寸之地③,食其所爱之肉④,以与贼抗而不降乎?当其围守时,外无蚍蜉蚁子之援⑤,所欲忠者,国与主耳⑥。而贼语以国亡主灭⑦,远见救援不至,而贼来益众⑧,必以其言为信⑨。外无待而犹死守⑩,人相食且尽⑪,虽愚人亦能数日而知死处矣⑫,远之不畏死亦明矣⑬。乌有城坏其徒俱死⑭,独蒙愧耻求活,虽至愚者不忍为,呜呼⑮,而谓远之贤而为之

反问。

又反问。可见作者胸中愤懑。

---

①辞服:请降的意思。
②诚:此作"如果真的是"解。
③尺寸之地:形容睢阳城地方很小。
④食其所爱之肉:据《资治通鉴》唐纪十三六,尹子奇久围睢阳,城中粮尽,先食茶、纸,"茶纸既尽,遂食马;马尽,罗雀掘鼠;雀鼠又尽,巡出爱妾,杀以食士,远亦杀其奴;然后括城中妇人食之,继以男子老弱。人知必死,莫有叛者"。
⑤蚍蜉蚁子之援:形容极微小的援助。 蚍蜉,一种黑色大蚂蚁。蚁子,蚂蚁。
⑥主:这里指皇帝,即唐玄宗。
⑦贼语以国亡主灭:据《新唐书·张巡传》安史之乱爆发后,唐玄宗逃往四川,西都长安和东都洛阳相继陷于贼手,唐将令狐潮叛唐后,又带兵围攻雍丘,并以"天下事去矣,足下以羸兵守危堞,忠无所立"等话来诱降张巡,部将中也有人以"上(唐玄宗)存亡莫知"为由,劝张巡投降,张巡引诸人入大堂,在皇帝的画像下,宣布了六个劝降将领的罪状,立时斩决,仍旧坚守雍丘。
⑧益众:越来越多。
⑨必以其言为信:必定以为"国亡主灭"等话为可信的。
⑩外无待而犹死守:外面已没有援救的希望而仍然死守睢阳。据《新唐书·张巡传》载:当贼军围攻睢阳城时,河南节度使贺兰进明屯兵于临淮(今江苏盱眙),其部将许叔冀、尚衡驻于谯郡、彭城(今安徽亳州、江苏铜山)一带,都抱观望态度,不肯相救。贼军知道没有外援,围攻愈急。
⑪且尽:将完。唐史载睢阳本有人口六万,城破时只剩四百,为张巡部下吃掉了三万人。
⑫数日而知死处:计算着日期而知道要死在这里了。
⑬这两句说:即使是笨人也能计算着日期知道哪一天就要死了。许远并不怕死,是很明显的事。
⑭乌有:哪里会。 其徒:这里指一同守城的人。
⑮呜呼:感叹词。

鉴赏

耶①？

说者又谓②：远与巡分城而守③，城之陷，自远所分始④。以此诟远⑤，此又与儿童之见无异。人之将死，其脏腑必有先受其病者⑥；引绳而绝之⑦，其绝必有处⑧。观者见其然⑨，从而尤之⑩，其亦不达于理矣！小人之好议论，不乐成人之美⑪，如是哉！如巡、远之所成就，如此卓卓，犹不得免，其他则又何说⑫！

当二公之初守也，宁能知人之卒不救⑬？弃城而逆遁⑭，苟此不能守⑮，虽避之他处何益？及其无救而且穷也⑯，将其创残饿羸之余⑰，虽欲去，必不

批驳一种貌似有理的责难。忧愤之情溢于言表。

又反问。

①这句说：难道说许远这样贤明的人会做这样的事吗？

②说者：议论的人。

③远与巡分城而守：许远和张巡各守睢阳城的一方。许远守西南，张巡守东北。

④城之陷，自远所分始：睢阳的陷落，是在许远所分守的西南地段首先被突破。

⑤诟：责骂，这里是诬蔑、毁谤的意思。

⑥脏腑：人体内部的器官。　先受其病：先得病的地方。

⑦引：拉。　绝：断。

⑧其绝必有处：绳子断裂也有一定的地方。韩愈在这两句里用人死和绳子被拉断打了两个比方，用来说明任何事物的破坏或毁灭，主要由于事物的全体都已朽坏，至于从那一个局部开始，是无关紧要的事。以此说明睢阳城的陷落，也是这样，不能责怪许远守城不力。

⑨观者：旁观的人，这里指诬陷、毁谤许远的人。　见其然：看见这样的情况，指"城之陷，自远所分始"。

⑩尤：过，用作动词，这里是责难的意思。

⑪不乐成人之美：不乐意成全别人的好事。语出于《论语·颜渊》："君子成人之美，不成人之恶，小人反是。"

⑫这几句说：像张巡、许远这样功勋超群的人，还无法逃避小人们的诬陷，那么其他的人，还有什么好说的呢？

⑬宁：岂。　卒不救：最终没有救援。

⑭逆：预测。　遁：逃走，这里是转移的意思。逆遁，预测到吉凶而事先转移。

⑮苟：假使，如果。　此：指睢阳城。

⑯无救：没有救援。　穷：这里指境遇困难到极点。

⑰将：率领。　创：伤。　羸：瘦弱。　余：指残余下来的士卒。

达①。二公之贤，其讲之精矣②。守一城，捍天下③，以千百就尽之卒④，战百万日滋之师⑤，蔽遮江、淮⑥，沮遏其势⑦，天下之不亡，其谁之功也！当是时，弃城而图存者，不可一二数⑧；擅强兵坐而观者，相环也⑨。不追议此⑩，而责二公以死守，亦见其自比于逆乱⑪，设淫辞而助之攻也⑫。

愈尝从事于汴、徐二府⑬，屡道于两府间⑭，亲

继续为二公辩护。

①虽欲去，必不达：虽然想弃城逃走，也必定达不到目的。
②讲：筹划，计谋。　精：精细周密。
③守一城，捍天下：睢阳是唐军与叛军争战的交通枢纽，是唐朝的战略后方和经济基地，江、淮的屏障，守住了睢阳，可以保证江淮地区的物资不断地供应唐军平叛，因此说"守一城，捍天下"。
④就尽：将完，这里是"越来越少"的意思。
⑤日滋：日益增多。百万日滋之师，此处是夸大语句。
⑥蔽遮江、淮：成为江淮地区的屏障。当时洛阳开封一线都已为叛军占领，叛军欲南下江淮，首先必须经过睢阳。
⑦沮遏：阻止。
⑧这两句说：当时，企图放弃城池而保存自己的，不能用一个或两个来计算。安禄山反叛后，谯郡太守杨万石，雍丘县令令狐潮都先后叛唐降贼；山南东道节度使鲁炅弃南阳奔襄阳，灵昌(今河南省滑县)太守许叔冀奔彭城，皆弃城而保存自己。
⑨擅强兵坐而观者，相环也：拥有强大的兵力而坐视不救的人，都在睢阳的周围。擅，拥有。此指睢阳城危急时，谯郡、彭城、临淮的守将贺兰进明、许叔冀、闾丘晓、尚衡等都按兵不动，这几个地方都在睢阳周围，所以说"相环也"。
⑩追议：追究议论。此：指上文提到的"弃城而图存者"及"擅强兵而坐观者"。
⑪比：并列。　逆乱：叛逆作乱，指安史叛军。这三句说：不追究议论"弃城而图存"和"擅强兵而坐观"者，反而去谴责张巡、许远不应该死守睢阳城，也可以看出他们把自己和作乱的安史叛军并列在一起。当时也有人指责张巡与其吃人，不如放弃睢阳保全人命。所以韩愈加以抨击。
⑫淫辞：歪曲事实的流言。　助之攻：帮助叛逆作乱的人来攻击张巡、许远。
⑬尝：曾经。　从事：唐代对幕僚的通称，这时作动词用，服务的意思。　汴：汴州，今河南省开封市。韩愈曾在宣武节度使董晋部下担任观察推官，驻在汴州。　徐：徐州，今江苏省徐州市。董晋死后，韩愈到徐州武宁节度使张建封部下担任节度推官。
⑭屡道：多次经过。　两府间：指汴州和徐州两州的幕府。

鉴赏

祭于其所谓双庙者①，其老人往往说巡、远时事，云：南霁云之乞救于贺兰也②，贺兰嫉巡、远之声威功绩出己上，不肯出师救。爱霁云之勇且壮，不听其语，强留之③。具食与乐④，延霁云坐⑤。霁云慷慨语曰⑥："云来时，睢阳之人不食月余日矣⑦，云虽欲独食，义不忍⑧！虽食，且不下咽！"因拔所佩刀断一指，血淋漓，以示贺兰。一座大惊，皆感激为云泣下⑨。云知贺兰终无为云出师意，即驰去；将出城，抽矢射佛寺浮图⑩，矢着其上砖半箭⑪，曰："吾归破贼，必灭贺兰，此矢所以志也。"⑫愈贞元中过泗州⑬，船上人犹指以相语。城陷，贼以刃胁降巡，巡不屈，即牵去，将斩之。又降霁云⑭，云未应。巡呼云曰："南八⑮，男儿死耳，不可为不义屈⑯！"云笑曰："欲将以有为

增补南霁云事。

贺兰小人。

断指明志，诚为壮士。

射佛塔明誓，诚为壮士。

视死如归，诚为壮士。

①双庙：当时下诏追赠张巡为扬州大都督，许远为荆州大都督，皆立庙睢阳，岁时致祭，称为"双庙"。

②南霁云：魏州顿丘（今河南省清丰县西南）人，张巡的部将，《新唐书》有传。　贺兰：指贺兰进明，当时任河南节度使，拥重兵，驻兵临淮。

③强：强迫。　之：代词，指南霁云。

④具食与乐：准备了酒食与歌舞。

⑤延：引而进之，这里是"邀请"的意思。

⑥慷慨：情绪激动。

⑦云：南霁云自称。　不食月余日矣：没有饭吃已经一个月有余了。

⑧义不忍：道义上不忍心。

⑨感激：感动。

⑩浮图：佛塔。

⑪矢着其上砖半箭：箭射中了佛塔上的砖，陷进去半截。　着，射中。

⑫此矢所以志也：用这枝箭作为证明。　志，标记。后南霁云又驰至宁陵，请得援兵三千，突围入城，死伤之外，只剩千余人。城中人知外援已绝，皆痛哭。

⑬贞元：唐德宗年号。　泗州：唐朝时州治在临淮。

⑭这句说：又威胁南霁云投降。

⑮南八：南霁云排行第八。

⑯男儿死耳，不可为不义屈：男子汉一死罢了，不可为不义的事所屈服。

也①，公有言②，云敢不死！③"即不屈。

张籍曰：有于嵩者④，少依于巡⑤，及巡起事⑥，嵩常在围中⑦。籍大历中⑧，于和州乌江县见嵩⑨，嵩时年六十余矣。以巡初尝得临涣县尉⑩。好学，无所不读。籍时尚小，粗问巡、远事，不能细也⑪。云⑫：巡长七尺余，须髯若神⑬，尝见嵩读《汉书》⑭，谓嵩曰："何为久读此？"嵩曰："未熟也。"巡曰："吾于书，读不过三遍，终身不忘也。"因诵嵩所读书，尽卷不错一字。嵩惊，以为巡偶熟此卷，因乱抽他帙以试⑮，无不尽然。嵩又取架上诸书试以问巡，巡应口诵无疑⑯。嵩从巡久，亦不见巡常读书也。为文章，操纸笔立书⑰，未尝起草。初守睢阳时，士卒仅万人，城中居人户亦且数万，巡因一见问姓名，其后无不识者。巡怒，须髯辄

增补张巡事。

才智过人。

过目成诵。

――――――
①欲将以有为：想打算有所作为。　将，打算。
②公：对人的尊称，这里指张巡。
③敢：有"岂敢"、"怎敢"的意思。
④于嵩：人名，事迹不详。
⑤少依于巡：年少时就跟随着张巡。
⑥起事：指起兵讨伐安史叛军。
⑦常在围中：常常被包围在部队（张巡的部队）中。
⑧大历：唐代宗年号。
⑨和州乌江县：即今安徽和县，张籍的故乡。
⑩以巡初尝得临涣县尉：（在张巡死难后）因为曾经跟张巡的缘故，朝廷推恩而得临涣县尉之官。　临涣，今安徽宿县西南的临涣集。
⑪细：详细，具体。
⑫云：讲说，这里是张籍根据小时候从于嵩那里了解到的情况，告诉韩愈说。
⑬须髯若神：胡须长得美若神仙。
⑭《汉书》：我国第一部纪传体断代史，也是后汉著名的历史散文。班彪创撰，儿子班固、女儿班昭续成。
⑮帙：装书的布套，每若干卷轴合装为一帙，这里借指书。
⑯无疑：没有迟疑。这句是说：张巡随着提问而背诵，没有迟疑。
⑰操纸笔立书：拿起纸笔来立即就写。

113

张。及城陷，贼缚巡等数十人坐，且将戮，巡起旋①，其众见巡起，或起或泣。巡曰："汝勿怖！死，命也。"众泣不能仰视。巡就戮时，颜色不乱，阳阳如平常②。远宽厚长者，貌如其心。与巡同年生，月日后于巡，呼巡为兄。死时年四十九。

嵩贞元初死于亳、宋间③。或传嵩有田在亳、宋间，武人夺而有之，嵩将诣州讼理④，为所杀。嵩无子。张籍云。

视死如归。

于嵩后事。

思考

1. 韩愈为什么要写作这篇《张中丞传后叙》？
2. 韩愈是如何驳斥某些人对于许远的诬陷的？

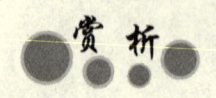

赏析

这篇《张中丞传后叙》是为了补充李翰《张巡传》的不足，并驳斥当时社会上的一些流言而写的。所以文章本身的结构、行文有一些独特的地方。文章开始就说李翰《张巡传》的不足：没有兼及其他人的事迹。韩愈这样说是有特定的背景的，当时社会上对于许远有些微词，认为他可能有投降行为，而许远的后代又没有能力为自己的父亲洗白，韩愈张籍认为自己有澄清事实，以正天下视听的责任，就写了这篇文章。文章列举了大量事例，并反复论说，认为许远应该同张巡一样是死守睢阳、抗击敌人的英雄，应当受到褒扬。同时还记录了南霁云、张巡的一些逸事。文章本身看似没有结构，实际上都是为恢复志士声名而作，所以仍是有机的整体。

①起旋：站起来环顾四周。旋，转。一说，旋即小便。《左传·定公三年》："夷射姑旋焉。"杜预注："旋，小便。"
②阳阳：神态自若，镇定安详。
③宋：宋州，即睢阳。
④诣：到。　讼理：起诉。

鉴赏

浩然正气篇

★ 立意

本文用了相当篇幅来驳斥当时的流言，为张巡、许远等人辩护，这在传记文章中是一种独特的写法。在这部分辩护文字中，韩愈——罗列当时人横加于许远等人身上的不实之词，有理有据、义正辞严地进行了驳斥，多使用反问句，如"远诚畏死，何苦守尺寸之地，食其所爱之肉，以与贼抗而不降乎？""乌有城外其徒俱死，独蒙愧死求活？"等等，忧愤之情，溢于言表。对于这些议论，韩愈并没有仅仅就事论事，而是更进一步揭露制造传播这些流言的人的险恶用心和丑陋嘴脸："小人之好议论，不乐成人之美，如是哉！如巡远之所成就，如此卓卓，犹不得免，其他则又何说？""不追议此，而责二公以死守，亦见其自比于逆乱，设淫辞而助之攻也。"笔端犀利，直刺世道人心。

★ 人物描写

这篇文章中的南霁云是一位顶天立地的硬汉英雄，当他到贺兰处搬救兵时，贺兰没有发兵的打算，并想挽留他，设宴招待，南霁云断指明志，一座皆惊。得知贺兰无出兵之意，立即驰归，出城前箭射浮图，立志报仇。城陷以后，慷慨赴死。这些情节都很好地体现了他的人物性格。

段太尉逸事状

柳宗元

题解

柳宗元(773—819)，字子厚，河东(今山西永济)人。唐德宗贞元九年(793)进士。顺宗时参加以王叔文为首的政治革新集团，失败后被贬为永州司马，十年后又迁为柳州刺史。后人称他为柳河东或柳柳州。他是"唐宋八大家"之一，与韩愈并称"韩柳"，是古文运动的发起者和主要作家。有《柳河东集》。

柳宗元的游记散文非常有名，传记散文也同样出色，这篇《段太尉逸事状》就是其中的代表作。"状"是记录死者"世系、名字、爵里、行止、寿年"等生平事迹的文字，以备史官采用，所谓"逸事状"，就是把死者鲜为人知的、散佚未被记录的事迹记录下来，以作补充。本文就通过记录段太尉的三件逸事，体现了他关心人民、不畏强暴、胆识过人的性格特点。

正文

太尉始为泾州刺史时①，汾阳王以副元帅居蒲②，王子晞为尚书③，领行营节度使，寓军邠州④，

评点

郭家威权，军人横暴，节度使不

---

①太尉：段秀实(719—783)，字成公，汧阳(今陕西汧阳)人。官至司农卿。德宗建中四年(783)，朱泚反叛，遇害，唐王朝追赠为太尉。泾州：唐时属关内道，治所在今甘肃省泾川县北。刺史：州行政长官。

②汾阳王：指郭子仪。子仪以平安史之乱功，进封汾阳郡王。蒲：州名，治所在今山西永济。

③晞：指郭晞，子仪的第三子。尚书：官名，中央政府六部的行政长官。此时郭晞为殿中监，加御史中丞，未曾任尚书。当是误记。

④寓军：在管辖地区之外驻军。邠州：今陕西邠县。

116

鉴赏 浩然正气篇

纵士卒无赖①。邠人偷嗜暴恶者②，率以货窜名军伍中③，则肆志④，吏不得问。日群行丐取于市，不嗛⑤，辄奋击，折人手足，椎釜鬲瓮盎盈道上⑥，袒臂徐去⑦，至撞杀孕妇人。邠宁节度使白孝德以王故，戚不敢言⑧。

太尉自州以状白府，愿计事⑨。至则曰："天子以生人付公理⑩，公见人被暴害，因恬然；且大乱，若何？"孝德曰："愿奉教。"太尉曰："某为泾州甚适，少事，今不忍人无寇暴死，以乱天子边事，公诚以都虞候命某者，能为公已乱，使公之人不得害。"⑪孝德曰："幸甚！"如太尉请。

既署一月⑫，晞军士十七人入市取酒，又以刃刺酒翁，坏酿器，酒流沟中。太尉列卒取十七人，皆断头注槊上，植市门外⑬。晞一营大噪，尽甲。孝德震恐，召太尉曰："将奈何？"太尉曰："无伤也，请辞于军。"⑭孝德使数十人从太尉，太尉尽

敢言，愈发表现出段秀实胆识过人。

主动请缨。

"既署一月"，可见等待时机。

杀十七人，乱

①纵：放纵。无赖：强暴作恶。
②偷嗜暴恶：狡猾贪婪残暴凶恶。
③率：大抵。货：财物，指贿赂。窜：厕列、隐藏。军伍：军队。
④肆志：为所欲为。
⑤嗛(qiè)：满足。
⑥椎：砸破。釜鬲：皆烹饪器。瓮盎：皆盛物陶器。盈：满。
⑦袒臂徐去：裸着胳膊，泰然自若地离去。
⑧邠宁：今甘肃宁县。白孝德：安西(今新疆库车)人，李光弼部将。以王故：因为邠阳王郭子仪的缘故。当时白孝德归郭子仪节制。戚：忧虑。
⑨状：官文书的一种，用于下级对上级陈述某种事实。白：禀告。计事：商议事情。
⑩生人：生民、老百姓，唐人避唐太宗李世民讳，改"民"为"人"。理：治。唐人避唐高宗李治讳改"治"为"理"。下文"治事堂"之"治"字恐系宋人臆改。
⑪都虞候：军队中的执法官。命：任命。某：我。已乱：制止暴乱。
⑫署：代理或暂任某官。
⑬注：附着，这儿有置放的意思。槊：长矛。植：竖立。
⑭无伤：不碍事。辞于军：向军队解释。

117

辞去，解佩刀，选老躄者一人持马，①至晞门下。甲者出，太尉笑且入曰："杀一老卒，何甲也？吾戴吾头来矣！"甲者愕。因谕曰："尚书固负若属邪？副元帅固负若属耶？奈何欲以乱败郭氏？为白尚书，出听我言。"

晞出，见太尉。太尉曰："副元帅勋塞天地，当务始终，今尚书恣卒为暴，暴且乱。乱天子边，欲谁归罪？罪且及副元帅。今邠人恶子弟以货窜名军籍中，杀害人，如是不止，几日不大乱？大乱由尚书出，人皆曰尚书倚副元帅，不戢士②。然则郭氏功名，其与存者几何？"言未毕，晞再拜曰："公幸教晞以道，恩甚大，愿奉军以从。"顾叱左右曰："皆解甲，散还火伍中③，敢哗者死。"太尉曰："吾未晡食④，请假设草具⑤。"既食，曰："吾疾作，愿留宿门下。"命持马者去，旦日来。遂卧军中，晞不解衣，戒候卒击柝卫太尉。旦，俱至孝德所，谢不能，请改过，邠州由是无祸。

先是，太尉在泾州，为营田官⑥。泾大将焦令谌取人田，自占数十顷，给与农，曰："且熟，归我半。"是岁大旱，野无草，农以告谌。谌曰："我知入数而已，不知旱也。"督责益急，且饥死，无以偿，即告太尉。太尉判状，辞甚巽⑦，使人求谕谌。谌盛怒，召农者曰："我畏段某耶？何敢言我！"取判铺背上，以大杖击二十，垂死，舆

世重典。

一方剑拔弩张，一方若无其事，可见太尉胆识。

言众人欲"败郭氏"，此言大奇。

以"郭氏功名"，家族安危为说辞，直击郭晞心事。

在营中食宿，文章又生波澜。

为民请命，关心民生。

---

①老躄：年老而跛者。
②戢：约束。
③火伍：古代军队编制，十人为火，五人为伍。
④晡食：晚餐。
⑤假且。设：置。草具：粗糙的饭食。
⑥营田官：掌握军队屯垦的官。
⑦巽：谦逊。

来庭中①。太尉大泣曰："乃我困汝。"即自取水洗去血，裂裳衣疮②，手注善药，旦夕自哺农者，然后食。取骑马卖，市谷代偿，使勿知。

淮西寓军帅尹少荣，刚直士也。入见谌，大骂曰："汝诚人耶？泾州野如赭③，人且饥死，而必得谷，又用大杖击无罪者。段公，仁信大人也，而汝不知敬。今段公唯一马，贱卖市谷入汝，汝又取不耻。凡为人傲天灾，犯大人，击无罪者，又取仁者谷，使主人出无马，汝将何以视天地④，尚不愧奴隶耶！"谌虽暴抗，然闻言则大愧流汗，不能食，曰："吾终不可以见段公。"一夕自恨死⑤。

及太尉自泾州以司农征⑥，戒其族："过岐⑦，朱泚幸致货币，慎勿纳⑧。"及过，泚固致大绫三百匹，太尉婿韦晤坚拒，不得命⑨。至都，太尉怒曰："果不用吾言！"晤谢曰："处贱⑩，无以拒也。"太尉曰："然终不以在吾第。"以如司农治事堂⑪，栖之梁木上。泚反，太尉终，吏以告泚，

> 借旁人语，看出公道自在人心。

> 拒朱泚礼物，可见远见之明，有知人之明。

①判：段秀实的判词。舆：抬，通"舁"。
②裂：撕破。衣：包扎。疮：伤口。
③野如赭：田野像赤土，指一片枯焦景象。
④视天地：仰视天，俯视地，意指存活在人世间。
⑤自恨死：自己悔恨而死。此处所言与史实不符，焦令谌于代宗大历八年(773)犹在，任泾原兵马使。
⑥司农：指司农卿，是司农寺长官，掌管"仓储委职之事"。征：征召。段秀实被征召为司农卿，在德宗建中元年(780)二月。
⑦岐：州名。州治在今陕西凤翔。
⑧朱泚：昌平人，原任卢龙节度使，此时正在岐州镇守。建中四年(783)十月，泾原节度使姚令言所部兵在京师哗变，拥朱泚为帝，国号"大秦"。下文所谓"泚反"，即指此事。致：送。货币：礼物。纳：接受。
⑨不得命：得到不允许。
⑩处贱：所处的地位卑下。
⑪如：送。司农治事堂：司农寺的办公厅。

泚取视，其故封识具存①。

太尉逸事如右。

元和九年月日②，永州司马员外置同正员柳宗元谨上史馆。今之称太尉大节者，出入以为武人一时奋不虑死，以取名天下③，不知太尉之所立如是。宗元尝出入岐、周、邠、邰间④，过真定，北上马岭⑤，历亭障堡戍⑥，窃好问老校退卒，能言其事。太尉为人姁姁⑦，常低首拱手行步，言气卑弱，未尝以色待物⑧，人视之儒者也。遇不可，必达其志，决非偶然者。会州刺史崔公来⑨，言信行直，备得太尉遗事，复校无疑。或恐尚逸坠，未集太史氏⑩，敢以状私于执事⑪。谨状。

说明本文写作缘起。

思考

1. 郭晞为什么会被段秀实的一席话说得口服心服？段秀实是如何击中郭晞心理要害的？

2. 柳宗元写作这篇逸事状的目的是什么？你认为段秀实这个人具

---

①太尉终：朱泚被拥立为大秦皇帝后，召段秀实议事，段大骂朱，又夺象笏击朱泚的脑袋，朱泚头破血流，狼狈逃走。段遇害。故：旧。封识：封裹的标记。

②元和九年：公元814年。

③出入：有差错。

④岐、周、邠、邰(tái)：泛指今陕西西部岐山、彬县、武功一带。

⑤真定：在今河北省，但与所论事不相及，疑"定"为"宁"之误。真宁，今甘肃正宁县。马岭：山名，在今甘肃庆阳县西北。

⑥亭障堡戍：古代在边地所建筑的军事设施和驻兵处所。

⑦姁姁(xū xū)：表情很温和的样子。

⑧以色待物：以严厉态度待人。

⑨刺史崔公：指当时任永州刺史的崔能。

⑩太史氏：指史官。

⑪敢：表示恭敬的词。私于执事：以私人的名义呈送给您这位负责修史的人。这里的"执事"，实指史官韩愈。

有哪些性格特点？

赏析

段秀实最壮烈感人的事迹当然是用象牙笏击破叛贼朱泚的脑袋，文天祥把这件事写进了脍炙人口的《正气歌》："或为击贼笏，逆竖头破裂"。千载之下，犹能令人想见当时惨烈与激昂。仅此一事，足以使太尉的浩然正气长存人间。但柳宗元却不满足于此，因为可能会有人认为太尉只是一名武将，是出于一时激愤才会奋不顾身，这就降低了太尉的人格。所以柳宗元细心搜求太尉的逸事，并写成文章呈送给史官。可以说，柳宗元的愿望实现了，从这篇文章中，我们看到了一位胆识超人、不畏强暴的英雄，看到了一位同情人民、关心百姓的长者，看到了一位审时度世、有先见之明的智者，同时理解了他在人生最后关头奋不顾身、流芳千古的一击，正是他平生立身处世的必然结果。

★ 构思

本文共记载了段太尉的三件逸事，作者在材料的组织安排上煞费苦心。如果按时间顺序，这三件事应当依次是：担任营田官时为民请命，担任泾州刺史时制止军队横暴，担任司农时拒收朱泚的礼物。但作者有意打破了时间先后顺序，以"太尉始为泾州刺史时"、"先是，太尉在泾州为营田官"、"及太尉自泾州以司农征"三句揭示事件发生时间，把诛杀郭晞军士十七人，为邠州除害、只身入军营、一席话解释危机放在最开始。了解段太尉的这一事迹之后，就会对他超群的胆识勇气留下深刻印象。因此回过头来再看发生在此前的一件事：为受剥削的农民写判状，"词甚巽"。在焦令谌大发淫威之后，自己亲自为农民疗伤，并变卖了自己的马为农民还租。做这件事情他没有张扬。通过开篇所述的第一件事，我们可以想见，他这样做并不是因为怯懦，而是心地仁厚。随后记载的尹少荣谴责焦令谌事，体现了公道自在人心，至于说到焦"自恨死"，虽然不尽符合事实，但"多行不义必自毙"的思想倾向是明显的。最后一件事和叛贼朱泚有

关，人人皆知太尉击贼骂贼，但他和朱泚之间的这一次交往却未必知悉。太尉料到朱泚会向自己送礼，但鄙薄他的为人，所以告诫家人不要收取。家人不得已收下后，太尉大怒，最后把东西扔到房梁木，不加理睬。他的这个态度说明他对朱泚的行为野心早有察觉，道不同不相为谋，说明他有知人之明，他最后骂贼击贼也就不显得突兀，不是一时的意气用事，而是出于必然。经过如此裁接，段太尉的形象更加丰满鲜明，别人对他的些许疑虑："出入以为武人，一时奋不虑身，以取名天下"，也就自然消释了。

★ 人物形象

在文章中，柳宗元指出自己的一个重要写作意图是破除人们对于段太尉英勇行为的疑虑："今之称太尉大节者，出入以为武人，一时奋不虑身，以取名天下，不知太尉之所立如是。"作者追随太尉的足迹，向老兵故卒询察，向知情者验证，收集了大量第一手材料，为我们刻画了一位全面完整清晰的英雄形象：外表很谦逊，言气卑弱，从不发脾气，仿佛儒者，但遇到原则性、立场性的问题，则坚决不退让。最后以笏击贼的可歌可泣的壮举，决非出于偶然，也决非一时意气用事，而是素日思想行为的必然结果。为了说明这一点，作者列举了三件逸事，从不同侧面体现太尉的性格特点，使人坚信，太尉人生最后时刻的举动是有深厚的基础的，从而增强了这个人物的可信度和感人力量。

鉴赏 浩然正气篇

李姬传

侯方域

题解

侯方域(1618—1655)，字朝宗，号雪苑。河南商丘(今属河南)人。明末诸生，少负才名，参加复社，与方以智、冒襄、陈贞慧齐名，时人称为"四公子"。曾在扬州为史可法幕府。入清以后，于顺治八年(1651)被迫应河南乡试，中副榜，不久病死。侯方域擅长散文，提倡学习韩愈、欧阳修，推崇唐宋八大家，文章气势酣畅，纵横恣肆，甚具特色。著有《壮悔堂文集》等。

李姬是明朝末年秦淮名妓，曾经与侯方域有过一段交往。这篇《李姬传》就是侯方域回忆这段生活写成的。李姬虽然只是一名歌妓，但在聪慧美丽的外表下，还有一颗深明大义、忠贞不渝的美好心灵。清代著名戏剧家孔尚任曾根据侯李的这段爱情故事创作了脍炙人口的戏剧《桃花扇》。

正文

李姬者，名香，母曰贞丽①。贞丽有侠气，尝一夜博②，输千金立尽③；所交接皆当世豪杰，尤与阳羡陈贞慧善也④。姬为其养女，亦侠而慧，略知书，能辨别士大夫贤否⑤，张学士溥、夏吏部允彝

评点

出淤泥而不染。

侠而慧，品评李姬极当。

---

①母：这里是指养母。
②博：赌博。
③立尽：很快就输光了。
④阳羡：地名，在今江苏宜兴。陈贞慧：(1604—1656)，字定生，与侯方域、冒襄、方以智同称为四公子，明末爱国社团复社领导人之一，明朝灭亡以后，隐居不出。善：关系好。
⑤贤否：好坏。

123

鉴赏

巫称之①。少，风调皎爽不群②。十三岁，从吴人周如松受歌玉茗堂四传奇③，皆能尽其音节④。尤工《琵琶》词⑤，然不轻发也⑥。

雪苑侯生⑦，己卯来金陵⑧，与相识。姬尝邀侯生为诗，而自歌以偿之⑨。初，皖人阮大铖者⑩，以阿附魏忠贤论城旦⑪，屏居金陵⑫，为清议所斥⑬。阳羡陈贞慧、贵池吴应箕实首其事⑭，持之力⑮。大铖不得已，欲侯生为解之，乃假所善王将军日载酒食

> 诗酒年华、如歌岁月，奈何正值家国多事之秋。

---

①张学士溥：张溥(1602—1641)，字天如，江苏太仓人。复社建立者之一。曾授庶吉士，故称学士。夏吏部允彝：夏允彝(?—1646)，字彝仲，江苏松江人，与陈子龙等创建几社，与复社呼应。曾在吏部供职，故称"吏部"。亟(qì)：屡次。称：称许、赞美。

②风调：风姿、气质。皎爽不群：光明洁白，坦荡爽朗，不同于一般人。

③吴：指苏州。周如松：艺名苏昆生，明末著名曲艺家。玉茗堂：明代戏曲家汤显祖在江西临川的书室。四传奇：汤显祖的四部著作《牡丹亭》、《南柯记》、《邯郸记》、《紫钗记》。

④尽其音节：完全掌握这些曲目中音乐节奏难度很大的唱腔。

⑤《琵琶》：指明代戏曲家高明(字则诚)的戏曲《琵琶记》，内容是写蔡中郎与妻子赵五娘的悲欢离合故事。

⑥不轻发：不轻易开口唱。

⑦雪苑：侯方域的号，取"雪满梁苑"之意，梁苑是西汉梁孝王的名园，在侯方域的家乡河南商丘，所以侯经常借此来表示自己的籍贯。

⑧己卯：崇祯十二年(1639)。

⑨偿：回报。

⑩阮大铖：(1587—1646)，安徽怀宁人。曾依附魏忠贤，残害忠良，魏忠贤死后被废为民。后又依附马士英，拥立南明王朝，最后投降清兵。他一直被复社视为敌人。

⑪阿(ē)附：谄媚地、依附。论：判罪。城旦：本来是秦汉时的苦役名称，白天防寇，夜间筑城，这里用作"苦役"的代称。

⑫屏(bǐng)居：退居。

⑬清议：公正的舆论。这里指当时阮大铖被废为民后，退居金陵，但他不甘寂寞，企图加入复社，被人识破，由吴应箕、顾杲等人领头，发表《留都防乱公揭》，揭露阮的真面目。

⑭吴应箕：(1594—1645)，字次尾，安徽贵池人，复社领导人之一。曾起兵抗清，兵败被杀。首其事：首先发起这件事情。

⑮持之力：竭力坚持这件事情。

与侯生游①。姬曰："王将军贫，非结客者②，公子盍叩之？③"侯生三问④，将军乃屏人述大铖意⑤。姬私语侯生曰："妾少从假母识阳羡君，其人有高义，闻吴君尤铮铮，今皆与公子善，奈何以阮公负至交乎？且以公子之世望⑥，安事阮公！公子读万卷书，所见岂后于贱妾耶？⑦"侯生大呼称善，醉而卧。王将军者殊怏怏⑧，因辞去，不复通⑨。

未几，侯生下第⑩。姬置酒桃叶渡，歌《琵琶》词以送之。曰："公子才名文藻，雅不减中郎⑪。中郎学不补行⑫，今《琵琶》所传词固妄⑬，然尝昵董卓⑭，不可掩也⑮。公子豪迈不羁，又失意，此去相见未可期，愿终自爱，无忘妾所歌《琵琶》词也！妾亦不复歌矣！"

呼应上文"能辨别士大夫贤否"。

前文"不轻发"，此处"歌《琵琶》"，可见二人情深意重。

①假：委托，通过。
②结客：结交朋友宾客。
③盍叩之：为什么不询问他一下呢？
④三：虚数，表示多次。
⑤屏(bǐng)人：让别人离开，屏退外人。
⑥世望：家世声望。
⑦后：落后。
⑧殊怏怏：相当不高兴。
⑨通：来往。
⑩下第：指崇祯十五年(1642)乡试，侯方域没有考中。
⑪雅：向来。中郎：指《琵琶记》中的男主角蔡邕。蔡邕，字伯喈，东汉著名学者，曾任左中郎将。《琵琶记》的故事大多出于虚构。
⑫学不补行：学问很大，但仍不能遮掩品行上的缺憾。《琵琶记》中有蔡邕抛别父母、舍弃妻子赴京赶考，考中后入赘相府的情节。
⑬固妄：固然虚诞。
⑭尝昵董卓：曾经和董卓关系密切。董卓(?—192)，东汉末年执掌朝政，祸国殃民，被王允、吕布等人杀死。董卓曾经重用过蔡邕，他被杀后众人都喜形于色，互相庆祝，只有蔡邕悲哀叹息，王允因此将他下狱杀死。
⑮掩：掩饰、掩盖。

侯生去后，而故开府田仰者①，以金三百锾②，邀姬一见，姬固却之，开府惭且怒，且有以中伤姬。姬叹曰："田公宁异于阮公乎？吾向之所赞于侯公子者谓何？③今乃利其金而赴之，是妾卖公子矣！④"卒不往。⑤

李姬识人。

戛然而止。

思考

1. 通过文中所叙述的几件事情，可以看出李姬是一个什么样的人？有哪些性格特点？
2. 课外阅读《桃花扇》，请比较一下二文中的李姬形象有什么异同。

赏析

本文是侯方域为自己曾经结识交往过一段时间的秦淮名妓李姬所作的小传。当时正值明末清初之际，政治局势错综复杂，士大夫良莠不齐，李姬以一名弱女子，能够清醒认识时局，辨别忠奸善恶，而且坚持气节不肯随人俯仰，许多饱读诗书的须眉男子都比不上她，的确令人赞叹。本文通过劝公子拒阮大铖说客、桃叶渡送别，却田开府金几件事情，充分表现了李姬的这种高贵品德。李姬是我国文学史上一个光彩照人的女性形象。

★ 选材

李姬是秦淮名妓，色艺双全，与侯方域的交往也是才子佳人、风

---

①开府：明清时指督抚、漕抚。田仰：字百源，贵州贵阳人，南明权臣马士英的亲戚，曾任淮扬巡抚。
②三百锾：即三百两。锾是古代计量单位。
③赞：陈说。
④卖：辜负。
⑤卒：最后，终究。

情万千。但是由于他们生活在国家民族存亡之秋，个人的命运必然和国家民族的命运紧密联接。在险恶的政治环境中，侯李二人的爱情经受住了考验，李姬高贵洁白的人格也充分表现出来。二人的爱情与国事共浮沉。为了更好地突出李姬深明大义，以国事为重的形象，作者没有写李姬的容貌，没有写二人的儿女私情，而是选择最能体现李姬见识与思想境界的几件事进行描写。在封建社会，政治本是男人的事情，但李姬作为一名女子，对当时错综复杂的人物事件，能有清醒的认识、敏锐的感触和过人的见识，可以说胜过许多男子，尤其在坚持气节这一点上更令许多男子汗颜。就是侯方域本人，在清朝建立以后，也不得不违心参加了乡试，可以说当初李姬没有辜负侯生，侯生却辜负了李姬！

★ 人物形象

歌妓，在封建时代，是地位低下被侮辱的群体，即使其中的佼佼者，也经常难以逃脱被玩弄、被抛弃的命运。侯方域笔下的李姬，也正是这样一位被侮辱者，但她却凭借自己的才能，自己的智慧和侠骨柔肠，赢得了当时以及后人的钦敬，留名青史。作为一名名妓，她当然色艺双全，作者没有刻画她的容貌，我们可以理解为李姬早已超出了以貌悦人的层次，可以和诸多士大夫进行精神层面的交流。侯生和她交往，也早已不是以貌取人，而是折服于她的才艺德识。作者用"侠而慧"三个字概括李姬的特点，可以说十分准确，因为"慧"，所以洞察世事，明辨是非；因为"侠"，所以爱憎分明，气骨铮铮。张溥和夏允彝都是当时知名的学者、士大夫，屡次在人前称赞她，可见她超凡脱俗。在一个男尊女卑的社会中，一名风尘女子，能够获得士大夫的首肯佳评，是非常难得的。虽然堕入烟花，李姬仍然持重自守，凛然难犯，就连最拿手的《琵琶记》的唱词，也不轻易开口唱。通过劝侯生拒阮、桃叶渡送别、却田开府金等几件事，李姬的形象更为生动丰满。正是：其人虽已逝，留有侠骨香。

文采风流篇

> 业精于勤荒于嬉
> ——韩愈

文采风流篇

张衡传

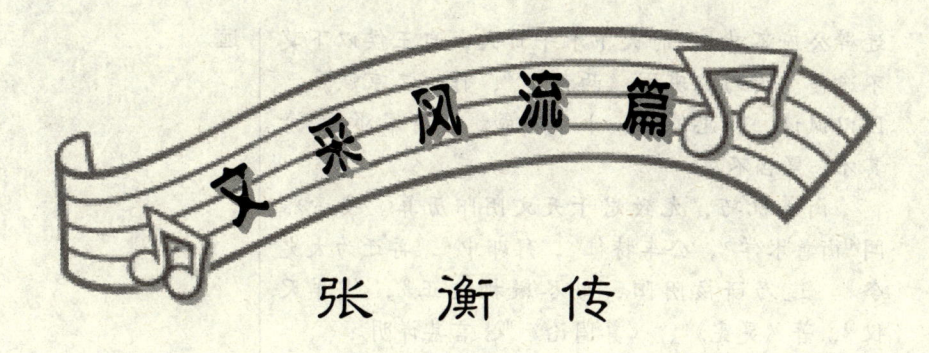

范晔

题解

范晔，见前。

张衡是我国东汉时期著名的文学家和科学家，他除了留下众多优美文学作品外，更重要的是一系列科学发明和发现：浑天仪、地动仪等等。本文选自《后汉书》，是正史中张衡的传记，全面而翔实地介绍了张衡一生的成就和业绩。本文省略了原文中引用的张衡作品等段落，但不会损害文意。

正文

张衡，字平子，南阳西鄂人也①。衡少善属文②，游于三辅③，因入京师，观太学，遂通五经④，贯六艺⑤。虽才高于世，而无骄尚之情。常从容淡静，不好交接俗人。永元中⑥，举孝廉不行⑦，

评点

"从容淡静"，是张衡性格。非淡泊无以明志，非宁静无以致

---

①南阳西鄂：南阳郡的西鄂县，在今河南省南阳县。
②属(zhǔ)文：写文章。属：连缀。
③三辅：汉代以京兆尹、左冯翊、右扶风三地为三辅。三地在今陕西省中部一带。
④五经：易、书、诗、礼、春秋。
⑤贯：通晓。六艺：礼、乐、射、御、书、数。
⑥永元：汉和帝年号(89—105)。
⑦举孝廉不行：被推选为孝廉，没有去。孝廉：汉代选拔人才的科目之一。

连辟公府不就①。时天下承平日久，自王侯以下莫不逾侈。衡乃拟班固《两都》②，作《二京赋》，因以讽谏，精思傅会，十年乃成。大将军邓骘③奇其才，累召不应。

衡善机巧，尤致思于天文阴阳历算。安帝雅闻④衡善术学⑤，公车特征⑥，拜郎中⑦，再迁为太史令⑧。遂乃研核阴阳，妙尽璇机之正⑨，作浑天仪⑩，著《灵宪》、《算罔论》⑪，言甚详明。

顺帝初，再转复为太史令。衡不慕当世，所居之官，辄积年不徙⑫。自去史职，五载复还。

阳嘉元年⑬，复造候风地动仪⑭，，以精铜铸成，员径八尺，合盖隆起，形似酒尊，饰以篆文、山龟鸟兽之形。中有都柱⑮，傍行八道，施关发机，外有八龙，首衔铜丸，下有蟾蜍，张口承之。

远。

"不慕当世"，不是追名逐利之辈。

①连辟公府：屡次被征召。公府：三公的官署。东汉时以太尉、司徒、司空合称三公，是负责军政的最高长官。
②班固《两都》：班固作的《两都赋》。两都指西汉都城长安和东汉都城洛阳。下面的"二京"亦指此。
③邓骘(zhì)：汉和帝邓皇后兄，任大将军，执掌朝政。
④雅闻：经常听说。
⑤术学：关于术数的学问，指天文、阴阳、历算等。
⑥公车特征：(派)公家的车子特意去征召。
⑦郎中：官名。在皇帝身边管理车骑门户，担任侍卫工作。
⑧太史令：官名。掌管起草文书，策命诸侯卿大夫，记载史事，编写史书，兼管国家典籍、天文历法、祭祀等。
⑨璇机：以玉装饰的古代测天文的仪器。
⑩浑天仪：古代的一种天文仪器，相当于现代的天球仪。
⑪《灵宪》：为历法书。《算罔论》：为算术书。
⑫徙：升职，调动。
⑬阳嘉元年：公元132年。阳嘉，汉顺帝年号。
⑭候风地动仪：一种测地震的仪器。
⑮都柱：大铜柱。都：大。

132

其牙机巧制，皆隐在尊中，覆盖周密无际。如有地动，尊则振龙，机发吐丸，而蟾蜍衔之。振声激扬，伺者因此觉知。虽一龙发机，而七首不动，寻其方面，乃知震之所在。验之以事，合契若神。自书典所记，未之有也。尝一龙机发而地不觉动，京师学者咸怪其无征①。后数日驿至，果地震陇西。于是皆服其妙。自此以后，乃令史官记地动所从方起。

此情节传神。

时政事渐损，权移于下，衡因上疏陈事。后迁侍中②，帝引在帷幄③，讽议左右。尝问衡天下所疾恶者。宦官惧其毁己，皆共目之。衡乃诡对而出④。阉竖终恐为其患，遂共谗之。衡常思图身之事，以为吉凶倚伏，幽微难明，乃作《思玄赋》以宣寄情志。

身处乱世，明哲保身。

永和初，出为河间相⑤。时国王骄奢，不遵典宪⑥，又多豪右⑦，共为不轨。衡下车⑧，治威严，整法度，阴知奸党名姓，一时收禽⑨，上下肃然，称为政理⑩。视事三年，上书乞骸骨⑪，征拜尚书。年六十二，永和四年卒。

有政绩。

---

①无征：没有征验。
②侍中：官名。是皇帝的亲信顾问，代表皇帝与公卿辩论朝政。
③帷幄：一般指军帐，这里指宫廷。
④诡对：不正面回答，用语言支吾。
⑤出为河间相：出京做河间王刘政的相。相：诸侯国中地位类似太守的官，负责管理民事。
⑥典宪：典章制度。
⑦豪右：豪族，权贵。
⑧下车：初到任。
⑨收禽：逮捕。禽：通"擒"。
⑩政理：政治清明、治理有方。
⑪乞骸骨：请求退休。

古代传记文学精品   鉴 赏

思 考

1. 张衡在文学、科学、政治诸方面各有哪些建树？
2. 在为人处世方面，张衡和范滂有哪些不同之处？为什么？

赏 析

这是一篇结构整齐，行文严谨的人物传记。张衡是我国东汉一位著名的文学家，科学家，他的传记为我们保存了大量文学、科学资料，为我们研究当时的文学情况、科学研究情况乃至社会状况都有重要参考价值。而且这篇传记本身层次分明，用语讲究，也堪称是人物传记的典范之作。很多文章选本都选录了这篇文章，可见人们对它的喜爱，也可见它影响之深。

★ **技 法**

由于本文是为一位文学家兼科学家作传，因此在介绍他的文学成就的同时，还要介绍他的科学成果。所以叙事之中夹杂着一些说明文字。科学成果的介绍要求客观真实、严谨翔尽，同时通俗易懂、浅显明了，文章中关于候风地动仪的介绍正是达到了这一要求。尽管这一仪器早已失传，后人仍然根据这一段记载造出了复制品，而且获得了几乎同样的神奇效验。仔细阅读并揣摩这一段说明文字，会有助于提高我们写作说明文的能力。

★ **人物形象**

这篇传记为我们塑造的人物形象是立体的，多方位的，他是一位饱学之士，"通五经，贯六艺"，几乎掌握了当时社会生活中必需的一切知识，但"才高于世，而无骄尚之情"，他并没有利用自己的才学去谋取世俗的高官厚禄等利益，而是潜心向学，在学术、科学领域内作出了卓越贡献。"非宁静无以致远"，正是这种"从容淡静"、"不慕当世"的个性，才使他取得如此成就。他没有像同时代的有些

鉴赏 文采风流篇

人那样，把学问和成就作为通向仕途的捷径和敲门砖，所以才屡召不应，直到皇帝自征召，才出来作官，作官的同时，仍然利用职务之便，继续潜心学问，重要发明与著作相继问世。这样一位大科学家也并非完全两耳不闻窗外事，他也时时刻刻关注着政治时局，看到"天下承平日久，自王侯以下莫不逾侈"，就花费十年功夫，模仿班固《两都赋》写作《二京赋》进行讽谏。晚年担任河间相时，也能做到"上下肃然，称为政理"。但是时值东汉后期，宦官专权，政治黑暗，不少名士惨遭杀戮，对于国事，张衡虽然忧心如焚，但力不从心，终于受到宦官的排挤。在杀机四伏的环境中，他采取了更为明智的全身而退的策略。这种做法更增加了这个人物性格的复杂性。

鉴赏

李贺小传

李商隐

题解

李商隐(约813—约858),字义山,号玉溪生,又号樊南生。原籍怀州河内(今河南沁阳)开成二年(837)进士。因卷入牛李党争中,一生郁郁不得志。为诗文采华美,抒情细致深刻,在艺术上很有特色。但使用典故太多,有时流于晦涩。散文也颇有成就,《新唐书》本传评为"瑰迈奇古"。著作有《李义山诗集》、《李义山文集》。

这篇《李贺小传》是他为早逝的诗人李贺所作的传记,只选取和文学创作有关的两件逸事作为题材,表达了对诗人勤奋写作的钦佩以及英年早逝的同情。

正文

京兆杜牧为李长吉集序①,状长吉之奇甚尽②,世传之③。长吉姊嫁王氏者,语长吉之事尤备④。

长吉细瘦,通眉⑤,长指爪,能苦吟疾书⑥。最先为昌黎韩愈所知⑦。所与游者⑧:王参元、杨敬

评点

讲明材料来源可靠。

苦吟,是李贺

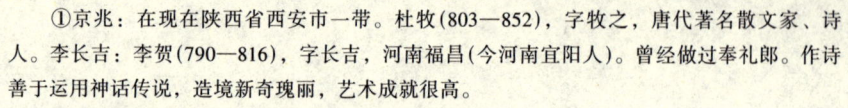

---

①京兆:在现在陕西省西安市一带。杜牧(803—852),字牧之,唐代著名散文家、诗人。李长吉:李贺(790—816),字长吉,河南福昌(今河南宜阳人)。曾经做过奉礼郎。作诗善于运用神话传说,造境新奇瑰丽,艺术成就很高。

②状:描写。甚尽:很完备。

③世传之:社会上传诵那篇文章。

④语:谈。尤备:更加完备。

⑤通眉:两眉相连。

⑥苦吟:写诗反复推敲。疾书:写得很快。

⑦韩愈:字退之,世称韩昌黎,唐代著名散文家、诗人。

⑧所与游者:他往来交游的人。

136

鉴赏 文采风流篇

之、权璩、崔植为密①。每旦日出与诸公游②，未尝得题然后为诗③，如他人思量牵合④，以及程限为意⑤。恒从小奚奴⑥，骑距驉⑦，背一古破锦囊，遇有所得，即书投囊中。及暮归，太夫人使婢受囊出之⑧，见所书多，辄曰⑨："是儿要当呕出心始已耳⑩！"上灯与食⑪。长吉从婢取书，研墨叠纸足成之⑫，投他囊中。非大醉及吊丧日，率如此⑬。过亦不复省⑭，王、杨辈时复来探取写去⑮。长吉往往独骑往还京、洛⑯，所至或时有著⑰，随弃之⑱，故沈子明家所余⑲，四卷而已。

"呕心"，可见创作之勤奋。

没有文人"敝帚自珍"的习气。

---

①王参元：进士，有才学，和柳宗元是朋友。杨敬之：字茂孝，文章曾受韩愈的称赞。权璩：字大圭，做过中书舍人等官。崔植：字公修，博学通经史，做过宰相。为密：算是最亲密。

②旦日：白天。

③得题然后为诗：依照人家出的题目做诗。

④思量牵合：想出些句子去凑合题意。

⑤程限为意：过分考虑体裁、韵脚等限制。

⑥恒：常常。小奚奴：小书僮。

⑦距驉(jù xū)：骡。

⑧受囊出之：接过锦囊，把诗稿取出。

⑨辄：就。

⑩始已耳：才罢休啊。

⑪上灯：点了灯。与食：给他东西吃。

⑫足成之：把它写成完整的作品。

⑬率：大致都是。

⑭过：事后。复省：再察看。

⑮王、杨辈：王参元、杨敬之等人。时复来：常来。

⑯京、洛：长安(今陕西西安)、洛阳(今河南洛阳)之间。

⑰著：写作。

⑱随弃：随手抛弃。

⑲沈子明：李贺的朋友，做过集贤殿学士。今存《李长吉歌诗》四卷，就是沈子明传写保存的。

鉴赏

　　长吉将死时，忽昼见一绯衣人①，驾赤虬②，持一版，书若太古篆或霹雳石文者③，云当召长吉。长吉了不能读④，欻下榻叩头⑤，言："阿嬭老且病⑥，贺不愿去。"绯衣人笑曰："帝成白玉楼，立召君为记⑦，天上差乐⑧，不苦也。"长吉独泣，边人尽见之⑨。少之⑩，长吉气绝。尝所居窗中⑪，勃勃有烟气⑫，闻行车嘒管之声⑬。太夫人急止人哭，待之，如炊五斗黍许时⑭，长吉竟死。王氏姊非能造作谓长吉者⑮，实所见如此。

　　呜呼⑯！天苍苍而高也，上果有帝耶！果有苑囿宫室观阁之玩耶⑰？苟信然⑱，则天之高邈⑲，帝之尊严，亦宜有人物文彩愈此世者⑳，何独眷眷㉑于长吉

小说家言，虽不足采信，但表达了人们对这位诗歌天才的美好祝愿。

一连七个追问，可见作者心中的痛惜与愤懑。

---

①绯：红色。
②驾赤虬：骑着赤龙。
③太古篆：远古的篆字。霹雳石文：雷击后石上留下的纹痕。
④了：完全。
⑤欻(xū)：忽然。
⑥阿嬭：同阿奶，这里指母亲。
⑦立召君为记：立刻请你去写一篇记。
⑧差乐：还算快乐。
⑨边人：在旁边的人。
⑩少之：过了一会。
⑪所居：住处。
⑫勃勃：旺盛的样子。
⑬嘒管：吹奏乐器。
⑭炊五斗黍许时：大约烧熟五斗小米的时间。
⑮造作：捏造。
⑯呜呼：感叹词。
⑰苑囿：养禽兽、种树木的园子。
⑱苟信然：如果当真是这样。
⑲邈：远。
⑳愈：超过。
㉑眷眷：注意。

鉴赏 文采风流篇

而使之不寿耶？噫，又岂世所谓才而奇者，不独地上少，即天上亦不多耶？长吉生二十四年①，位不过奉礼太常②，当世人亦多排摈毁斥之③，又岂才而奇者？帝独重之，而人反不重耶？又岂人见会胜帝耶④？

思考

1. "帝成白玉楼，立召君(李贺)为记"的故事作者明知不可信，为什么一再强调它的可信度？

2. 李贺的"苦吟"和他取得的艺术成就有必然联系吗？对我们今天的学习有什么启示？

赏析

　　这是一篇别具一格的、文学性很强的传记。它最大的一个与众不同之处是：诗人为诗人写传记。共同的身份，相近的艺术追求，使得作者对传主更多一层理解与同情。名为"小传"，而且前面已经有另一位诗人杜牧为李贺写作的传记流传于世，自己这篇文章只能另辟蹊径，更出新意。所以他只记录了和文学创作有关的两件逸事：一是呕心苦吟，一是死后升天为白玉楼作记。只有诗人才能最了解诗人的甘苦，李商隐敏锐地指出李贺不同于流俗所谓诗人的地方："未尝得题然后为诗，如他人思量牵合，以及程限为意。"他人写诗，先要规定了题目、字数、韵脚，然后苦思冥想，东拼西凑，这样写出来的东西是什么样子自然可以想见。李贺从来不屑于这样做，他只是有感而

---

①生：活了。这和一般所说二十七岁的说法不同。
②奉礼太常：奉礼郎属于太常寺，是从九品的小官。
③排摈：排挤。
④人见：世人的见解。会：恰巧。

发，"遇有所得，即书投囊中"。"为文而造情"，与"为情而造文"，这是两种完全不同的创作态度，李贺显然属于后者。他随写随弃、并不敝帚自珍地对待作品的态度也非常与众不同，很多诗作，都是依靠朋友才保存下来，这种非功利的态度，也注定了李贺是一个真正的诗人、纯粹的诗人。可以说这是一位诗人对另一位诗人的最高评价。至于白玉楼作记一事，明显带有浪漫想象色彩，可是作者对于早逝的诗人同情太深，所以宁信其有。通过这两件事情，我们可以看出李商隐对于李贺的钦慕与同情。

★ 技 法

天帝召李贺为白玉楼作记一节，虽事属子虚，但在作者的生花妙笔之下，使人如临其境：绯衣人，驾赤虬，手版上的文字是人不能识的太古篆或霹雳石文。召李贺，李贺以母老推辞，绯衣人力劝，长吉哭泣。此时，窗中烟霞蒸腾，可以听见鼓乐之声，就在这一派祥和气氛中，李贺气绝。也许是出于对朋友的深刻同情，他更愿意相信这美丽的说法是真实的，后世的人们也都倾向于这一种说法。人们称李贺为"诗鬼"，读着他的鬼斧神工的诗句，想起这个美丽的故事，文坛又添一则佳话。诗人可以引以为安慰了。

★ 人物描写

除了行为描写外，本文的人物外貌描写也别具特色，换言之，可以说李贺的相貌与众不同："细瘦、通眉、长指爪"，这些特征正是苦吟诗人的特征，因为苦吟，呕心沥血，所以必然清瘦。文章提到杜牧所作李贺传时称"状长吉之奇"，可见作者视李贺为"奇"人，不仅事"奇"，相貌也是一"奇"。这些"奇"组合起来，正好合成人们心目中"诗鬼"的形象。

鉴赏　文采风流篇

汤琵琶传

王猷定

题解

王猷定(1599—1661)，字于一，号轸石，江西南昌人。明末拔贡生。为人倜傥自豪，与侯方域齐名。史可法闻其贤名，曾征他为记室。入清后，绝意仕进，日以诗文自娱。晚年寓居于浙江西湖僧舍。工于诗文，又精于书法，名重一时。著有《四昭堂集》。

这篇《汤琵琶传》记载了一名普通艺人的不寻常的一生，对他高超的技艺表示赞叹，同时对他不幸的遭遇充满同情。

正文

汤应曾，邳州人①。善弹琵琶，故人呼为汤琵琶云。曾贫无妻，门前有石楠树一株，构茅屋②，奉母以居，事甚孝。幼好音律，闻歌声辄哭。已学歌，歌罢又哭，其母问曰："儿何悲？"曾曰："儿无所悲也，心自凄动耳。"

世庙间③，李东垣善琵琶，江对峰传之，名播京师。江死，陈州蒋山人独传其妙④。时周藩有女乐数十部⑤，咸习其技，罔有善者，王以为恨⑥。曾往学之，不期年而成⑦。闻于王，王召见，赐以碧

评点

人以琵琶为名，文章亦以琵琶贯穿首尾。

幼有异秉。

事母孝。"孝"字亦贯穿始终。

技艺超群。

---

① 邳(pī)州：治所在下邳，即今江苏睢宁县北。
② 构：筑。
③ 世庙：明崇祯帝(1628—1644)庙号。
④ 陈州：府名，治所在今河南淮阳。
⑤ 周藩：周王朱恭枵，万历十七年(1589)袭封，藩邸在开封府。　女乐：歌舞班子。
⑥ 咸：都。　罔：无。　恨：遗憾。
⑦ 不期年：不满一年。

141

镂牙嵌琵琶①，令着宫锦衣，殿上弹哀筘十八拍②，激楚动人。王深赏，岁给米百斛，以养其母。曾由是名著大梁间③，所至狭邪④，争慕其声，咸狎昵之。然曾颇自矜重，不妄为人奏。

　　后征西王将军招之幕中，随历嘉峪、张掖、酒泉诸地⑤。每猎及阅士⑥，令弹塞上之曲。戏下颜骨打者善战阵⑦，其临敌令曾为壮士声，乃上马杀贼。一日大雪，至榆关⑧，马上闻觱篥⑨，忽思母痛哭，遂别将军去。

　　是夜宿酒楼不寐，弹琵琶，作觱篥声，闻者莫不陨涕⑩。及旦，一邻妇诣楼上⑪，曰："君岂有所感乎？何声之悲也！妾孀居十载⑫，依于母而母亡，欲委身⑬，无可适者⑭。愿执箕帚为君妇⑮。"曾曰："若能为我事母乎？"妇许诺，遂载之归。

右侧批注：
以琵琶养母。
因觱篥思母。
以琵琶得妇奉母。

①碧镂牙嵌琵琶：带有碧玉雕镂、象牙镶嵌装饰的琵琶，非常精美名贵。
②哀筘十八拍：即胡笳十八拍，琴曲名。《乐府诗集》说蔡文姬归汉后，胡人思慕文姬所吹哀怨之曲，后来董祀以琴写胡笳声为十八拍。
③大梁：古城名，故址在今河南开封市西北。
④狭邪：妓女、歌妓所居住的地方。
⑤嘉峪：嘉峪关，在今甘肃嘉峪关市，明万里长城起于此，号称天下第一关。　张掖：县名，在甘肃省河西走廊中部。　酒泉：县名，在今甘肃省河西走廊西部。
⑥阅士：阅兵。
⑦戏下：麾下，帐下。　颜骨打：人名。
⑧榆关：古关名，故址即今河北秦皇岛市山海关。
⑨觱篥(bì lì)：古代管乐器名。
⑩陨涕：落泪。
⑪诣：至。
⑫孀居：守寡。
⑬委身：嫁人。
⑭适：嫁。
⑮箕：畚箕；帚：笤帚。此句说自己愿为汤妻，操持家务。

鉴赏 文采风流篇

　　襄王闻曾名①，使人聘之。居楚者三年。偶泛洞庭②，风涛大作，舟人惶扰失措，曾匡坐弹《洞庭秋思》③，稍定。舟泊岸，见一老猿，须眉甚古，自丛菁中跳入蓬窗④，哀号中夜。天明，忽抱琵琶跃水中，不知所在。曾自失故物，辄惆怅不复弹。

　　已归省母⑤，母尚健。索妇而妇已亡，惟居旁抔土在焉⑥。母告以妇亡之夕，有猿啼户外，启户不见。妇谓我曰："吾迟郎不至⑦。而闻猿啼，何也?吾殆死⑧，但吾死魂魄不即逝者，以久不闻郎琵琶声，与郎一诀耳!倘归，为我一奏于石楠之下。"曾闻母言，掩抑愁痛不自胜⑨。夕陈酒浆，弹琵琶于其墓而祭之。自是不复弹，猖狂自放，日荒酒色⑩。值寇乱，负母鬻食兵间⑪。

　　其生平所奏古调百十余曲，大而风雨雷霆战斗，与夫愁人思妇百虫之号，一草一木之吟，靡不于其声中传之⑫。而尤得意于楚汉一曲⑬。当其两军决战时，声动天地，屋瓦若飞坠；徐而察之，有金

失琵琶。

失知音。

此段抵得白居易一篇《琵琶行》。

---

①襄王：朱翊铭，万历二十三年(1595)嗣襄王位，藩邸在襄阳。崇祯十四年(1641)为张献忠所杀。
②泛：泛舟。
③匡坐：端坐。《洞庭秋思》：乐曲名。
④菁：水草。　蓬窗：船窗。
⑤省(xǐng)：探望。
⑥抔(póu)土：坟墓。
⑦迟(zhì)：等待。
⑧殆：将要。
⑨掩抑：掩面垂首而哭。
⑩日荒酒色：日日沉溺在酒色之中。
⑪鬻(yù)：卖。
⑫靡不：无不。　传：表现、再现。
⑬楚汉一曲：描写楚汉之争的曲子。

声、鼓声、剑弩声、人马辟易声①；俄而无声②，久之有怨而难明者，为楚歌声；凄而壮者，为项王悲歌慷慨之声、别姬声；陷大泽，有追骑声；至乌江，有项王自刎声，余骑蹂践争项王声③。使闻者始而奋，既而恐，终而涕泪之无从也④。其感人如此。曾年六十余，流落淮浦⑤，有桃源人见而怜之⑥，载其母同至桃源，后不知所终。

桃源本是幻境。不知所终，可叹。

䩞石王子曰⑦：戊子秋⑧，予乞食遇曾公淮浦，已不复见曾橐者衣宫锦之盛矣⑨。明年，复访曾，曾在土锉中作食⑩，奉匕筯于母⑪。人争贱之，予肃然加敬矣。曾仰天叹曰："世鲜知音⑫，吾事老母百年后，将投身黄河之岸矣！"予凄然许曾立传。越五年乃克为之⑬。呜呼！世之沦落不偶⑭，而叹息于知音之寡者，独曾也乎哉！

此段抵得杜甫一首《江南逢李龟年》。

思考

1. 读完这篇传记以后，你认为汤琵琶是一个什么样的人？作者在他

①辟易：退避。
②俄而：不久。
③争项王：争项羽尸体。
④涕泪之无从：涕泪无法控制地流下来。
⑤淮浦：淮水之滨。
⑥桃源：县名，在湖南省西北部，沅江下游。
⑦䩞石王子：作者自称，䩞石是他的号。
⑧戊子：公元1648年。
⑨曩者：从前。
⑩土锉：土锅。
⑪匕筯：勺子和筷子。
⑫鲜：少。
⑬克：能够。
⑭不偶：命运不好，遭际不幸。

身上寄寓了什么样的思想感情？

2. 传记中有些不甚可信的情节，比如老猿抱琵琶入水等等，作者写作这些段落，用意何在？

赏析

这是一篇稍嫌古怪的传记文章。作为现实人物的传记文章，应以真实、客观为主，但这篇文章中却有一些不足采信、有神秘化倾向的情节，比如传主小时候"闻歌声辄哭"，在大风涛中弹《洞庭秋思》，风波平定，老猿抱琵琶入水、妻子死亡之日也听见猿啼等等。当时人就已经注意到了这一点，说："《琵琶》《一足》荒唐甚，留补《齐谐》志怪书。"认为这篇传记情节荒唐，接近于志怪小说。我们认为作者这样写必然有自己不得已的理由。从文章最后一段可以知道：作者与汤应曾是故交，曾许诺为他立传，但直到五年后才了却心愿。在这篇传中，作者想表达这样的感慨："世之沦落不偶，而叹息于知音之寡者，独曾也乎哉？"这样就把自己也归入"沦落不偶，叹息知音之寡"者的行列中去了。王定猷本人经历了明清的朝代交替，经历了战乱与亡国，入清以后，绝意仕进，胸中当有许多磊落不平之气，他为汤琵琶这样的不同凡人的异人作传，并且有意写得怪异不群，正是为了抒发自己胸中的不平之气。

★ 立意

这篇传记主要围绕传主的三个特点展开：第一，技艺高超。小时候听到歌声就会"心自凄动"，说明他有音乐的天赋。对于别人很难掌握的名家指法，他在不到一年的时间里就精通了，也说明不同凡响。藩王宫廷的优渥待遇，简直成为他一生最为富贵繁华的人生经历的象征，与晚年"在土锉中作食"形成鲜明对照。汤应曾生活的急剧变化与国家兴亡不无关系，他个人命运的跌落与国家的灭亡可以说是同步的。作者在汤应曾的身世际遇中，无疑寄寓了自己的兴亡之感。随王将军游历边境、战场临敌时奏乐助阵的传奇性经历，丰富了他音乐的表现力，增加了历史厚重感和沧桑感，艺术源于生活，所以他所

弹奏的表现楚汉相争的曲子才会如此惊风雨、泣鬼神。第二个特点是"孝"。在他的一生中，对母亲一直"事甚孝"，平时"奉母以居"，出名后周王"岁给米百斛，以养其母"，在随王将军游历过程中，一天"忽思母痛哭，遂别将军去"，娶知音妇时也先询问"能为我事母乎？"，得到肯定的答复后，才同意结为夫妇。在战乱中，他"负母鬻食兵间"。作者见到他时，他"在土锉中作食，奉匕筋于母"。后来传说与母亲一道进入桃源。汤应曾恪尽孝道的行为令人感动，也令人心酸。在国破之际，尽忠不可能，惟有尽孝而已。第三个特点是渴求知音。他因琵琶得妇，妇死后"弹琵琶于其墓而祭之，自是不复弹。"就是这样一位技艺超群、恪守孝道的艺人，晚年沦落，"人争贱之"，令人充满同情。作者紧扣传主的这三个特点组织材料、人物形象生动而丰满。

★ 语　言

　　这篇文章从语言上来看，最精彩的一段当属描写汤应曾弹奏楚汉之争曲子的一段文字，使用生动形象的描写，把音乐的节奏音色和历史情境一一对应起来，使读者眼前仿佛再次出现了古战场，耳中仿佛再次听到了人马厮杀声，悲歌慷慨声。当日听众的反应完全可以移作今日读者的反应。总之，作者使用出神入化的文字，使得读者再次领略了汤应曾极其丰富的音乐表现力。

鉴赏 文采风流篇

徐文长传

袁宏道

题解

袁宏道(1568—1610)，字中郎，又字无学，号石公。公安(今属湖北)人。万历二十年(1592)进士。袁宏道年少能文，他性爱山水，漫游南北，为官不久，就退隐乡居。他为文反对摹拟古人，主张自抒性灵，不拘一格，与兄袁宗道、弟袁中道并称"三袁"，形成"公安派。"袁宏道是公安派的领袖，在明代文坛上占有重要地位。著有《袁中郎集》。这篇《徐文长传》一方面高度赞扬了徐渭的艺术造诣，同时对其不幸遭遇深表同情，另一方面表达了自己的艺术见解和文学主张。

正文

余少时过里肆中，见北杂剧有《四声猿》①，意气豪达，与近时书生所演传奇绝异，题曰"天池生"②，疑为元人作。后适越，见人家单幅上有署"田水月"者③，强心铁骨，与夫一种磊块不平之气④，字画之中，宛宛可见，意甚骇之⑤，而不知田水月为何人。

一夕，坐陶编修楼⑥，随意抽架上书，得《阙

评点

虽不知其人，但神交已久。

传奇如其人，字画如其人，诗又如其人，其人究竟何似？

---

①里肆：当地店铺。　北杂剧：元代北方的一种戏曲形式。《四声猿》：徐渭《狂鼓史》、《玉禅师》、《雌木兰》和《女状元》四个杂剧，总称《四声猿》。

②演：写作。天池生：徐渭的别号。

③适：往，到。　越：今浙江省东部的别称。　单幅：指一幅一幅的单页书画。　田水月：徐渭的别号。"田水月"三个字合起来，就是"渭"字。

④强心铁骨：形容书画的刚劲有力。　磊块：形容心中的不平之气。

⑤宛宛：仿佛。　骇：惊讶。

⑥陶编修：陶望龄，字周望，号石篑，会稽(今浙江绍兴)人，曾任翰林院编修，是作者的朋友。

鉴赏

编》诗一帙①。恶楮毛书，烟煤败黑②，微有字形，稍就灯间读之③，读未数首，不觉惊跃，急呼石篑："《阙编》何人作者？今耶，古耶？"石篑曰："此余乡先辈徐天池先生书也。先生名渭，字文长，嘉、隆间人，前五六年方卒④。今卷轴题额上有田水月者⑤，即其人也。"余始悟前后所疑，皆即文长一人。又当诗道荒秽之时，获此奇妙，如魇得醒⑥。两人跃起，灯影下，读复叫，叫复读，童仆睡者皆惊起。

"读复叫，叫复读，童仆睡者皆惊起"，相见恨晚。

余自是或向人，或作书，皆首称文长先生⑦。有来看余者，即出诗与之读。一时名公巨匠，浸浸知向慕云⑧。

言必称文长。

文长为山阴秀才⑨，大试辄不利⑩，豪荡不羁。总督胡梅林公知之，聘为幕客⑪。文长与胡公约："若欲客某者，当具宾礼，非时辄得出入⑫。"胡

"豪荡不羁"，是文长写照。

①帙：包书的布套子，这里用作量词。
②恶楮毛书：形容纸质很差，书装订得也很粗糙。楮树树皮的纤维可以造纸，所以古人把纸叫做楮。　烟煤败黑：形容印书的墨质不好。明代印书，多用烟煤和以面粉，代替黑汁，时间长了，烟煤易于脱落。
③微有字形：书上印的字模糊不清。　就：凑近。
④嘉、隆：嘉靖和隆庆。嘉靖是明世宗朱厚熜的年号(1522—1566)，隆庆是明穆宗朱载垕的年号(1567—1572)。　卒：逝世。
⑤卷轴：指裱好的带轴的书画。
⑥荒秽：荒芜，荒废。　魇：恶梦。
⑦作书：写信。　首称：首先赞扬。
⑧名公巨匠：指文学界著名人物。　浸浸：逐渐地。　向慕：向往爱慕。　云：语助词。
⑨山阴：县名，今浙江省绍兴县。
⑩大试：指乡试，即每三年一次在各省省城举行的考试，凡本省生员均可应考，考中的称为举人。　辄：总是。　不利：不顺利，指没有考中。
⑪胡梅林公：胡宗宪，字汝贞，号梅林，嘉靖三十四年(1555)任浙江巡按御史，后升总督。　幕客：指将帅幕府中的参谋、书记等。
⑫客某：以我为幕客。某是自称。　宾礼：对待宾客的礼节。　非时：不按正式规定的时间。

148

公皆许之①。文长乃葛衣乌巾，长揖就坐②，纵谈天下事，旁若无人，胡公大喜。是时，公督数边兵③，威振东南，介胄之士，膝语蛇行，不敢举头④。而文长以部下一诸生傲之，信心而行⑤，恣臆谈谑，了无忌惮⑥。会得白鹿，属文长代作表⑦。表上，永陵喜甚⑧。公以是益重之，一切疏记⑨，皆出其手。

文长自负才略，好奇计，谈兵多中⑩。凡公所以饵汪、徐诸虏者⑪，皆密相议，然后行。尝饮一酒楼，有数健儿亦饮其下，不肯留钱。文长密以数字驰公，公立命缚健儿至麾下⑫，皆斩之，一军股栗⑬。有沙门负资而秽，酒间偶言于公，公后以他事杖杀之⑭。其信任多此类。

> 长揖公卿，旁若无人，是文长写照。
>
> 好奇计，善谈兵，仗义行侠，徐文长又不仅是一文人矣。

---

①许：答应。
②葛衣乌巾：穿葛布的衣服，戴黑色的头巾。这都不是正式的官服。　长揖：自上而极下地行拱手礼。
③是时：这时。　督数边兵：统率着几个方面的军队。
④介胄之士：军人。介胄即军服。介指铠甲，胄是盔。　膝语：跪着说话。　蛇行：全身伏在地上，爬着向前行进。　举头：抬头。
⑤诸生：生员，即秀才。　信心：随心所欲地。
⑥恣臆谈谑：任意谈论和开玩笑。　了无：毫无。　忌惮：畏惧。
⑦会：恰巧，正好。　属(zhǔ)：同"嘱"，托。　表：写给皇帝的奏章。
⑧永陵：明穆宗朱载垕的代称，因为他的陵墓叫永陵。
⑨疏记：奏疏和书信、公文。
⑩自负才略：对自己在政治或军事上的能力和智谋看得很高。　谈兵多中：对军事问题所发表的意见大都很中肯。
⑪饵：引诱。　汪、徐：汪直、徐海。汪直(一作王直)，出身无赖，出海走私，勾结倭寇，焚掠沿海各地。徐海是汪直部下的大头目。胡宗宪设计诱降，汪直被擒获，斩于杭州，徐海投水而死。
⑫驰：急忙去报告。　麾下：指将帅的部下。麾是古代指挥军队的旗子。
⑬股栗：大腿颤抖，形容十分畏惧。
⑭沙门：出家修行的佛教徒，沙门本是梵语。　负资：依仗有钱。　秽：有肮脏的行为。　以他事：用其他的事情作为理由。

鉴赏

胡公既怜文长之才，哀其数困，时方省试①，凡入帘者，公密属曰②："徐子，天下才，若在本房，幸勿脱失③。"皆曰："如命④。"一知县以他羁后至⑤，至期方谒公⑥，偶忘属，卷适在其房，遂不偶⑦。文长既已不得志于有司，遂乃放浪麴蘖⑧，恣情山水，走齐鲁燕赵之地⑨，穷览朔漠⑩。其所见山奔海立，沙起云行，风鸣树偃⑪，幽谷大都⑫，人物鱼鸟，一切可惊可愕之状，一一皆达之于诗⑬。其胸中又有一段不可磨灭之气，英雄失路、托足无门之悲，故其为诗，如嗔如笑，如水鸣峡⑭，如种出土，如寡妇之夜哭，羁人之寒起⑮。当其放意，

数困，与李广"数奇"同意。

胸中有一段不可磨灭之气。

---

①数困：屡次参加考试而没有考中。　省试：指乡试。
②入帘：指担任帘官。明代乡试、会试时，有内帘官、外帘官之分。内帘官负责阅卷，分别去取，核定名次；外帘官管理考场事务。　密属：暗中嘱托。
③子：对有学问的人的敬称。　天下才：第一流的人才。　房：乡试、会试时，同考官（协同主考或总裁阅卷的官员）在考场中各占一房，又称房官。试卷由房官先阅，加上批语，再推荐给主考或总裁。　脱失：遗漏。
④如命：遵命。
⑤以他羁后至：由于其他事情在别处耽搁了，比旁人来得晚。
⑥至期：到了举行考试的日期。
⑦不偶：没有遇合的机会。偶同遇。
⑧有司：官吏。这里指试官。　放浪：行为放纵。　麴蘖(qū niè)：酿酒用的发酵剂。这里指酒。
⑨恣情山水：放纵地、尽情地游山玩水。　齐鲁燕赵：指今河北省、山东省、山西省一带地方。
⑩穷览：遍览。　朔漠：北方的沙漠地区。
⑪偃：仰面倒下。这三句写徐渭所见到的种种自然界的奇异景象。
⑫幽谷：深幽的山谷。　大都：大城市。　愕：惊讶。
⑬达：表达。
⑭水鸣峡：水流过峡谷而发出巨大的声响。
⑮羁人：在他乡滞留、一时不能返回家乡的人。　寒起：夜间感到孤单和寒冷，睡不着觉，因而起床。

鉴赏　文采风流篇

平畴千里，偶尔幽峭①，鬼语秋坟。②文长眼空千古，独立一时③。当时所谓达官贵人、骚士墨客，文长皆叱而奴之④，耻不与交，故其名不出于越⑤。悲夫！

一日，饮其乡大夫家⑥。乡大夫指筵上一小物求赋⑦，阴令童仆续纸丈余进⑧，欲以苦之⑨。文长援笔立成⑩，竟满其纸，气韵遒逸⑪，物无遁情⑫，一座大惊。

文长喜作书⑬，笔意奔放如其诗，苍劲中姿媚跃出⑭。余不能书，而谬谓文长书决当在王雅宜、文征仲之上⑮。不论书法⑯，而论书神⑰：先生者，

笔落惊风雨，
诗成泣鬼神。

诗。

赋。

书。
画。

①放意：心情放纵。　畴：田地。　幽峭：幽深峭拔。
②鬼语秋坟：形容风格的幽峭，像秋天坟地里的鬼魂在说话一样。
③眼空千古：眼界高，看不起古人。　独立一时：在当时诗坛上地位突出，无人可以相提并论。
④叱：大声斥责。　奴之：把他们当奴婢对待。意即看不起他们。
⑤名不出于越：名声没有流传到越地以外去。
⑥乡大夫：官名。春秋时各国设置乡大夫，掌管一乡的政教禁令。　这里指当地的县令。
⑦赋：写诗。
⑧阴：暗中。　续：连续。
⑨苦之：使他感到为难。
⑩援：取。
⑪气韵：意境，韵味。　遒逸：雄健高超。
⑫这句说：所描写东西的神态都表达得淋漓尽致，没有遗漏。　遁，逃避。
⑬作书：写字。
⑭苍劲：苍老挺拔。　姿媚：飘逸可爱。
⑮谬：错误地。这里谦词。　王雅宜：王宠，字履仁，后改字履吉，号雅宜山人，明代的书法家、画家。　文征仲：文征明，初名璧，以字行，又字征仲，明代著名的文学家、书法家、画家。
⑯书法：字的技法。
⑰书神：字的精神，笔意。

鉴赏

诚八法之散圣①，字林之侠客也②。间以其馀③，旁溢为花草竹石④，皆超逸有致⑤。

　　卒以疑杀其继室⑥，下狱论死⑦。张阳和力解⑧，乃得出⑨。既出，倔强如初。晚年，愤益深，佯狂益甚⑩。显者至门⑪，皆拒不纳⑫。当道官至⑬，求一字不可得⑭。时携钱至酒肆⑮，呼下隶与饮⑯。或自持斧击破其头，血流被面⑰，头骨皆折，揉之有声。或以利锥锥其两耳⑱，深入寸余，竟不得死。

　　石篑言：晚岁，诗文益奇，无刻本，集藏于家。余所见者，《徐文长集》、《阙编》二种而已。然文长竟以不得志于时，抱愤而卒。

　　石公曰⑲：先生数奇不已⑳，遂为狂疾；狂疾不

忧愤佯狂。

奇事、可与高更对看。

"不得志"。

"数奇"。

---

①诚：确实是。　八法：即永字八法，一种书法规则。　散圣：放旷不羁的有成就的人。

②字林：这里指书法界。　侠客：和上句的"散圣"一样，含有不合正统的意思。

③间：有时。　馀：馀力。

④旁溢：指在书法之外，又擅长绘画。

⑤超逸：高远，指不拘常格，远离庸俗。　有致：富有情趣。

⑥卒：终于。　以疑：因有疑心。

⑦论死：判处死刑。

⑧张阳和：张元忭，字子荩，号阳和，山阴人，曾任翰林院修撰。　力解：尽力解救。

⑨出：出狱。

⑩佯狂：这里是颠狂、狂放的意思。

⑪显者：有名声有地位的人。

⑫拒不纳：拒绝接待。

⑬当道官：掌权的官员。

⑭这句说：求他写字，连一个字也求不到。

⑮酒肆：酒店。

⑯下隶：地位低贱的人。

⑰被：覆盖。

⑱利锥：锐利的锥子。

⑲石公：作者号石公。

⑳数奇(jī)：命运不好。

152

鉴赏 文采风流篇

已,遂为囹圄①。古今文人,牢骚困苦②,未有若先生者也。虽然,胡公间世豪杰③,永陵英主④;幕中礼数异等⑤,是胡公知有先生矣;表上,人主悦⑥。是人主知有先生矣。独身未贵耳⑦。先生诗文崛起⑧,一扫近代芜秽之习⑨,百世而下⑩,自有定论,胡为不遇哉⑪!

梅客生尝寄余书曰⑫:"文长,吾老友,病奇于人,人奇于诗,诗奇于字,字奇于文,文奇于画。"余谓:文长,无之而不奇者也。无之而不奇,斯无之而不奇也哉⑬!悲夫!

无所不"奇"。

思 考

1. 徐文长在艺术方面取得了哪些成就?他的个人经历有什么不同寻常的地方?
2. 在文章中,作者表达了自己对徐文长怎样的思想感情?

---

①囹圄(líng yǔ):监狱。这句说:就此成为囹圄中人。
②牢骚:忧愁。
③间世:隔世。这里是不常见的意思。
④英主:杰出的君主。
⑤礼数:礼仪的等级。
⑥人主:皇帝。
⑦独:惟独。 未贵:没有官位。
⑧崛起:突出,形容不平凡。
⑨芜秽:荒芜。
⑩百世而下:几百年以后。
⑪胡为:为什么是。
⑫梅客生:梅国桢,字客生,作者的朋友。
⑬上一个"奇"字意为奇异,下一个"奇(jī)"字意为不顺利。

鉴赏

赏析

本文记叙了明代著名戏剧家、文学家、书画家徐渭的艺术成就及大概生平，对他卓越的艺术成就、豪荡不羁的人品表示推崇，对其不幸遭遇、坎坷人生表示同情，同时也在行文中表现了自己的艺术追求与见解。全文内容丰富，选材精当，语言明快流畅，感情充沛，是一篇优秀的人物传记文章。

★ 选 材

本文介绍了徐文长的艺术成就及生平事略，通过精心的选材，一位才华横溢、命运多艰的艺术家形象跃然纸上。作者选取的材料都围绕着一个"奇"字展开：他的戏剧《四声猿》，"意气豪达，与近时书生所演传奇绝异"；他的书画，"强心铁骨"，透露出"一种磊块不平之气"；他的诗歌，既描摹"一切可惊可愕之状"，又抒发胸中"一段不可磨灭之气，英雄失路，托足无门之悲"，或放意，或幽峭，惊风雨，泣鬼神。同时他"自负才略，好奇计，谈兵多中"，有一定政治军事才干，不仅是一介书生而已。但就是这样一位才情天纵的旷世奇才，却不能在科举考试中博取功名，结果一生中除了短暂的被胡总督赏识重用的时期外，其余大部分时间穷困潦倒，失意不遇。这种境遇对他的打击是沉重的，甚至晚年得了"狂疾"，被捕入狱，令人扼腕叹息。作者选取的这些材料，都是围绕"奇"字展开，文章最后，又特意借用友人的话，点出这一特色："病奇于人，人奇于诗，诗奇于字，字奇于文，文奇于画。"作者由此发出感慨："文长，无之而不奇者也。无之而不奇，斯无之而不奇也哉! 悲夫!"像徐渭这样的传奇性的天才人物，他悲剧性的人生根源何在呢? 作者没有正面回答，但其中缘由令人深思。

★ 构 思

本文是一篇人物传记，但却不同于一般人物传记的写法。因为传主是一位"无之而不奇"的天才式人物，悲剧性人物，又是作者深为

鉴赏 文采风流篇

推崇和同情的人物,所以一提笔就打破了传统的写法,并不介绍人物姓氏籍贯,相反先从"不知为何人"写起。看到"天池生"的杂剧,疑为元人;看到"田水月"的书画,大为倾倒,但也不知是何人。直到看到《阙编》诗集,才被知情者知,作者为徐渭,即"天池生",即"四水月"。这种写法犹如猜谜,层层破解,引人入胜。徐渭的艺术才能时而令人"疑为元人",时而令人"意甚骇之",时而令人"不觉惊跃",可见其超凡拔俗。但其才能不止于此,他还"自负才略","好奇计,谈兵多中",赢得了胡梅林总督的信任和重用。可以想象,假如给他机会,他必然能有一番大作为。但造化弄人,即使有人帮助打通关节,如此一个天才竟然屡屡落第,志不获骋。虽然在文章中作者一再为当朝统治者开脱,但最终造成徐渭的人生悲剧,当时的社会制度,科举制度难逃干系。文章以"悲哉"作结,体现了作者对徐渭深切的同情与感慨。

戴文进传

毛先舒

题解

毛先舒(1620—1688)，字稚黄；后更名骥，字驰黄，浙江钱塘(今浙江杭州)人。明末诸生，入清不仕。曾从事音韵学研究。能诗文，与毛奇龄、毛际可齐名，时称"浙中三毛，文中三豪"。著有《思古堂集》《潠书》等。

这篇《戴文进传》介绍了明代著名画家戴进的生平事迹。作者选取两件具有代表性的事例，勾画出传主一生的浮沉轨迹，文章虽短，意蕴深厚。

正文

明画手以戴进为第一①。进，字文进，钱唐人也②。

宣宗喜绘事③，御制天纵④。一时待诏有谢廷循、倪端、石锐、李在⑤，皆有名。进入京，众工妒之。一日，在仁智殿呈画，进进《秋江独钓图》⑥，画人红袍垂钓水次⑦。画惟红不易著⑧，进

评点

"第一"，点出戴进画坛身份地位。

"妒"，为下文进逸伏笔。

---

①画手：画家。
②钱唐：今浙江杭州。
③宣宗：指明宣宗朱瞻基。　绘事：绘画。
④御制：皇帝的作品，这里指宣宗的画。　天纵：具有天赋的才华。这句是说宣宗的绘画作品非常出色，超出凡尘。
⑤待诏：愿意为等候皇帝的命令，即有文辞、医卜、艺术等专长的人翰林院等处待诏召用。后成为官职名。谢廷循、倪端、石锐、李在：都是当时知名画家。
⑥进进：第一个"进"指戴进，第二个"进"意为进呈。
⑦水次：水边。
⑧著：着色。

鉴赏 文采风流篇

独得古法之妙。宣宗阅之。廷循从旁跪曰："进画极佳，但赤是朝廷品服①，奈何著此钓鱼②！"宣宗领之③，遂麾去余幅不视④。故进住京师，颇穷乏。

先是，进，锻工也⑤，为人物花鸟，肖状精奇⑥，直倍常工⑦。进亦自得，以为人且宝贵传之⑧。一日，于市见熔金者，观之，即进所造，抚然自失⑨。归语人曰："吾瘁吾心力为此⑩，岂徒得糈⑪？意将托此不朽吾名耳⑫。今人烁吾所造亡所爱⑬，此技不足为也。将安托吾指而后可⑭？"人曰："子巧托诸金⑮，金饰能为俗习玩爱及儿、妇人御耳⑯。彼惟煌煌是耽⑰，安知工苦⑱？能徙智于缣素⑲，斯必传矣⑳。"进喜，遂学画，名高一时。

皇帝不明，可叹。

"先是"，文章陡转。

"托此不朽"，可见戴进非等闲画师可比。

①品服：品官所穿的服色。
②著：穿。
③领之：点头，表示同意。
④麾(huī)去：挥去。麾同"挥"。
⑤锻工：锻造金属器皿首饰等的工匠。
⑥肖状精奇：指做出来的人物花鸟栩栩如生，像真的一样。
⑦直：同"值"，价格。 常工：其他普通工人。
⑧且：将。 宝贵：珍视。 传：流传后世。
⑨抚然自失：心里非常失落、难受。
⑩瘁：劳苦。为此：指制作这些物件首饰。
⑪徒：仅。 糈：口粮。
⑫意：希望。
⑬烁：熔化，同"铄"。无所爱，毫不爱惜，毫不在乎。
⑭安：哪里。吾指：我的希望，指不朽，流名千古。
⑮子巧托诸金：您的聪明才智依托这些金银器皿首饰来体现。
⑯俗习玩爱：社会习俗风气所喜爱的东西。 御：使用。
⑰彼：他们。指上句中的俗习。 儿：妇人。 惟煌煌是耽：只喜爱那金光闪闪的色泽。
⑱安：如何。
⑲徙智于缣素：把聪明才智转移到绘画上来。 徙：迁移。 缣素：绘画使用的绢。
⑳传：流传后世。

然进数奇①，虽得待诏，亦轗轲亡大遇②。其画疏而能密，著笔淡远。其画人尤佳。其真亦罕遇云③。予钦进④，锻工耳，而命意不朽，卒成其名⑤。

"数奇"，中间包含多少"英雄末路"的感慨！

思 考

1. 请通过戴进进呈《秋江独钓图》事，分析戴进、宣宗及众画工的人物形象。
2. 戴进为什么从锻工改行作画工？

赏 析

本文是为明代著名画家、浙派宗师戴进(1388—1462)作传，作者并没有把这位艺术家的生平琐事平铺直叙，一一道来，而是选取典型片段，巧妙裁剪拼接，并提炼出"意将托此不朽"作为全文纲领，将希望"不朽"的人生追求和"颇穷乏"、"轗轲亡大遇"的生活际遇对照描写，发人深思。总之，这是一篇文约意丰、言简意赅、耐人研读的精品短文。

★ 立 意

戴进是画坛一代宗师，作者为他作传，可以赞颂他高超的绘画造诣，可以记录他从事艺术的历程，也可以刻画他与师友宾朋的交往。可是作者这些都没有写，而是围绕"不朽"两个字，精心选材，认真组织，写成了这篇三百余字但思想深刻的短文，古人有"三不朽"之说，即"太上立德，其次立功，其次立言"。"立言"就是著书立说，流传后世。戴进最初作为一名锻工，是地位低下的下九流，虽然

---

①数奇(jī)：命运不好。这个词出自《史记·李将军列传》。
②轗轲(kǎn kē)：困厄，困顿。亡：无。 大遇：好机遇，超出常人的际遇。
③真：指真迹。
④钦：钦慕。
⑤卒：最后，最终。

鉴 赏　文采风流篇

技艺超群，但仍被人轻视。就是这样一个人，立意追求"不朽"，这就把他和其他普通人截然分开。他对自己的技艺是自负的，认为自己能够凭借那些栩栩如生的金银物品留名千古。但不久他就遇到了一次打击：别人毫不在意地熔化了他精心创作的作品。如果说戴进所追求的"不朽"是"毛"，这些器物就是载体"皮"，现在"皮之不存，毛将焉附？"于是有人劝告他改行绘画。他接受了建议，果然名高一时，作者也感慨他"命意不朽，卒成其名"。真的就皆大欢喜了吗？其实不然，我们再回头去看文章的前段。戴进成名后，被召入宫廷。当时的皇帝宣宗也酷爱绘画，并招揽了一大批画士。戴进是"第一"，想必应该备受瞩目和重用。但事实又不然。戴进向宣宗展示自己的得意之作《秋江独钓图》，画中人物穿着红袍。在绘画中，红色最难着色，这是戴进的拿手好戏，独门绝活，其他画工都做不到。懂绘画的宣宗当然懂得这一点。正当他细细欣赏时，旁边久怀嫉妒之心的画工却提醒他："红色是朝廷品服，怎么能穿着它钓鱼呢？"钓鱼在中国古代往往和归隐联系在一起，归隐则多少含有与朝廷不合作的意味。而且明代对于品级服色的规定非常严格，哪一品级穿哪一种服色，绝不能混淆。钓鱼的人当然不可能有什么品级，现在穿红，可以说犯了忌讳。宣宗是画家，但首先是皇帝，这句谗言正触动了他作为皇帝的心机。即使绘画技巧再高妙，触了皇帝的忌讳，就变得毫无可取了。于是皇帝不再看他的画，他一直"颇穷乏"，"辗轲亡大遇"。如果说当初俗人妇女不知道珍惜他的作品是因为"彼惟煌煌是耽"，只喜欢金银饰品金光闪闪的外表的话，那么我们可以说，这位皇帝和这些俗人没有什么区别，也是"彼惟煌煌是耽。"在他的眼里，绘画也不过和金银器皿一样，是一件玩物罢了。在这里可以看出，作者不无微辞，只不过这层意思表达得很委婉罢了。不被皇帝赏识，终身辗轲亡大遇，的确是人生际遇的不幸。但这并没有妨碍戴进的"不朽"，艺术的生命是永恒的，多少帝王将相都已经成为过眼云烟，但戴进凭借他"疏而能密，著笔淡远"的鬼斧神工的绘画，在历史的艺术长廊里为自己占据了永久的一席之地。

鉴赏

★ 选 材

　　作为明代画家第一，浙派宗师，戴进一生值得记录的事情很多，但作者并没有面面俱到，而是精心选取了两件改变戴进一生生活方向的事件，为我们勾画出他的人生轨迹与人生追求。按时间顺序，第一件应该是由锻工改而学画。这是他人生的第一次大转折，也是"不朽"事业的新开端。这次转折显然是卓有成效的，因为很快"名高一时"，而且被召进宫廷。但他的命运不久就急转直下，其转折点就是作者所选取的第二个事例：进呈《秋江独钓图》被谗。此后，戴进一生不得志。作者在写作时，有意不按时间先后顺序来写，而是把两件事情颠倒一下，先写献画受谗，再写改行学画，然后再归结到"亡大遇"上，这样就避免了平铺直叙，也避免了直接批评皇帝之嫌，使得文章更加一波三折，委婉温厚。

鉴赏 文采风流篇

马伶传

侯方域

题解 侯方域，见前。
这篇《马伶传》讲述了明代著名艺人马伶学艺的故事，内涵丰富，富于启迪性。

正 文

马伶者①，金陵梨园部也②。金陵为明之留都③，社稷百官皆在④，而又当太平盛时，人易为乐。其士女之问桃叶渡⑤、游雨花台者⑥，趾相错也⑦。梨园以技鸣者⑧，无虑数十辈⑨，而其最著者二，曰：兴化部，曰华林部。

一日，新安贾合两部为大会⑩，遍征金陵之贵

评点

径呼马伶，而不叙其姓字家乡。由于当时演员地位之低下，作者似乎觉得没必要介绍那么清楚。

---

①马伶：姓马的戏剧演员。
②金陵：地名，今江苏南京。
③留都：明朝初年建都南京，明成祖时迁都北京，以南京为留都，各种建制都与北京一样。
④社稷：社为土神，稷为谷神，这里指古代帝王祭祀土神谷神的地方。
⑤问：探访、游览。 桃叶渡：南京名胜之一，在秦淮河与青溪合流的地方。
⑥雨花台：南京名胜之一，在今中华门外。
⑦趾相错：脚互相错杂，形容人极多。
⑧以技鸣：以技艺出名。
⑨无虑：大概，大约。
⑩新安：徽州的别名，今安徽歙县。 贾(gǔ)：商人。

161

客文人①，与夫妖姬静女②，莫不毕集③。列兴化于东肆④，华林于西肆，两肆皆奏《鸣凤》⑤，所谓椒山先生者⑥。迨半奏⑦，引商刻羽⑧，抗坠疾徐⑨，并称善也。当两相国论河套⑩，而西肆之为严嵩相国者曰李伶⑪，东肆则马伶。坐客乃西顾而叹⑫，或大呼命酒⑬，或移坐更近之⑭；首不复东⑮。未几更进⑯，则东肆不复能终曲。询其故，盖马伶耻出李伶下，已易衣遁矣⑰。

马伶者，金陵之善歌者也。既去，而兴化部又

兴化部、华林部齐名。

座中客神情如画。

知耻近乎勇。

①征：召，请。
②妖姬：漂亮的女子。　静女：语出《诗经·静女》，这里指有才华的女子。
③毕集：全都来到。
④东肆：东面的戏场。
⑤《鸣凤》：即明王世贞所作传奇《鸣凤记》，主要内容是讲杨继盛弹劾大奸臣严嵩并被迫害致死的故事。
⑥椒山先生：即杨继盛，字仲芳，号椒山，明容城（今河北容城）人，官至南京兵部右侍郎，因弹劾严嵩被迫害至死。
⑦迨：等到。　半奏：演出到中间时。
⑧引商刻羽：商、羽都是我国古代音乐五音之一。这句话的意思是讲究声律、合乎节拍。
⑨抗：高。坠：低。　疾：快。　徐：慢。这里指节奏音调高低快慢的变化。
⑩两相国论河套：明世宗时，总督陕西三边军务曾铣建议从北方少数民族鞑(dá)靼手中收复河套地区，当时宰相夏言赞成，严嵩反对，后来曾铣被严嵩害死。《鸣凤记》第六出《两相争朝》就是表现这一历史事件的。河套：在宁夏、陕西境内被黄河围成大半个圈的地区。
⑪严嵩：明代著名奸臣，分宜（今江西分宜）人，官至太子太师，明世宗很信任他，他权倾朝野，结党营私，残害忠良。后来他的儿子被弹劾处死刑，他也被罢免。
⑫西顾而叹：头转向西面，边看边赞叹。
⑬命酒：叫拿酒来。
⑭移坐：移动坐位。
⑮首不复东：头再也不向东边看。
⑯未几：不久。更进：继续演出。
⑰易衣：换衣服。　遁：逃走。

不肯辄以易之①，乃竟辍其技不奏②，而华林部独著。

去后且三年③，而马伶归，遍告其故侣④，请于新安贾曰："今日幸为开宴，招前日宾客，愿与华林部更奏《鸣凤》，奉一日欢。"既奏，已而论河套⑤，马伶复为严嵩相国以出，李伶忽失声⑥，匍匐称弟子⑦。兴化部是日遂凌出华林部远甚⑧。

其夜，华林部过马伶曰⑨："子，天下之善技也，然无以易李伶⑩。李伶之为严相国至矣⑪，子又安从授之而掩其上哉⑫？"马伶曰："固然⑬。天下无以易李伶，李伶即又不肯授我。我闻今相国昆山顾秉谦者⑭，严相国侪也⑮。我走京师，求为其门卒三年⑯，日侍昆山相国于朝房，察其举止，聆其言语，久乃得之。此吾之所为师也。"华林部相与罗拜而去⑰。

鉴赏 / 文采风流篇

华林部独著。

兴化部凌出华林部。二部之竞争胜负、层次分明。

正值位高权重之时，已被伶人视为奸臣，可叹可叹！

至此方郑重表

①辄以易之：随便用别人代替他。
②辍：停止，中止。 奏：演出。
③且：将近。
④故侣：旧日的同伴，这里指原来戏班中的人。
⑤已而：不久。
⑥失声：因惊讶而发出声音。
⑦匍匐：伏在地上跪拜。
⑧凌出：超出。
⑨过：拜访。
⑩易：胜过。
⑪至矣：极像，像极了。
⑫安从授之：从哪里学来的。掩其上：超过他。
⑬固然：确实如此。
⑭昆山顾秉谦：顾秉谦，昆山(今属江苏)人，依附掌权太监魏忠贤，曾任首相，后流放。
⑮侪：同类。
⑯门卒：门下差役。
⑰罗拜：环列而拜。

古代传记文学精品 鉴赏

马伶名锦,字云将,其先西域人,当时犹称马回回云①。

侯方域曰:异哉!马伶之自得师也。夫其以李伶为绝技②,无所于求③,乃走事昆山,见昆山犹之见分宜也④。以分宜教分宜,安得不工哉!呜乎!耻其技之不若⑤,而去数千里为厮三年,倘三年犹不得⑥,即犹不归尔。其志如此,技之工又须问耶?⑦

出马伶姓字家乡,可见作者钦佩之情,也可见文笔跌宕。

末段赞马伶求师心诚志坚,其刺顾秉谦之意不言可知。

思考

1. 马伶是如何提高自己的演技的?从他的学艺过程中你能得到什么启示?

2. 作者写作这篇文章的一个重要意图是讽刺奸臣顾秉谦,但并没有直接将矛头指向他,而是通过马伶学艺的故事来表现。这种写法好在哪里?

赏析

这是一篇富于戏剧色彩的人物传记。戏剧演员在当时地位很低,演戏是一种被人看不起的职业。侯方域当然也不可能完全摆脱这种偏见的影响。在这种情况下他为一位姓马的戏剧演员写传,人们当然有理由猜测他另有所指。实际情况也正是如此。在演出的过程中,马伶发现自己在特定类型人物形象塑造方面技不如人,含耻发愤,隐姓埋名,到当代

---

①回回:旧时对于回族及伊斯兰教徒的称呼。
②绝技:无人能及的技艺。
③无所于求:没有办法学到。
④昆山:指顾秉谦。 分宜:指严嵩。以籍贯称人是古代的一种习惯。
⑤不若:不如,比不上。
⑥犹:还,仍。
⑦又须问耶:又何须问呢,意思是不问可知。

奸臣家中做仆人，耳濡目染，三年后终于"学"成，可以模仿得惟妙惟肖。从这个故事中，我们可以说"功夫不负有心人"，也可以说"艺术源于生活"，但这件事情对于当事者顾秉谦的讽刺，更是一鞭一条痕，一捆一掌血。依附权贵、结党营私、损公肥私者见此，宁不愧死！

★ 立 意

这篇文章题目为《马伶传》，内容也是记载马伶学艺的过程，但其真实目的并不在此，可以说是"醉翁之意不在酒"。马伶在扮演大奸臣严嵩时，发现自己技不如人，在羞耻之心的激励下，他独辟蹊径，拜"师"学艺。这位老师不是别的艺术大师，而是活生生的当代"严嵩"——奸相顾秉谦。他不惜变换姓名身份，投靠顾门做仆人，从而获得接近顾秉谦的机会，留心观察他的一举一动、一言一笑，仔细摹仿，三年之后，终于胜过对手。这则故事接近于讽世寓言，一方是势焰熏天的当朝相国，一方是下九流的梨园伶工，但公道自在人心，忠奸冰炭分明，如果多行不义，不必等到盖棺论定，天下人的议论就是一座磨不掉字迹的耻辱碑。

★ 构 思

本文构思非常精巧，上面已经说过，作者要讽刺当朝权贵，却借伶人的经历来写。在写马伶的学艺经历时，也不是平铺直叙，而是层层剥笋，一波三折：先说当年太平盛时，梨园鼎盛，兴化、华林二班齐名，这就点出了事件发生的背景。不久一位好事的徽州商人让两个戏班打擂一般唱对台戏，结果马伶所在的兴化部落了下风。马伶不堪羞辱，离班出走，下落不明。文章至此一顿。三年之后，马伶突然回来，而且遍告诸友，并请求原来的徽州商人再组织一次类似于上次的演出。在演出进行到一半时，被马伶的演技惊得目瞪口呆的对手甘拜下风。文章至此设置了一组悬念：马伶在哪儿、师从谁、如何学得这样炉火纯青？谜底是这样揭开的：对手连夜来拜访马伶，提出了这些问题。马伶的答案更出人意料：来源于真实的生活。作者写作这篇文章的真实意图也浮出水面。在最后一段的议论中，作者表面虽然仍在强调称赞马伶的求学之"志"，但"见昆山犹之见分宜也"的论断，仍直刺奸佞。

165

谢南冈小传

恽 敬

题解　恽敬(1757—1817)，字子居，号简堂，江苏阳湖(今常州)人。乾隆四十八年(1783)举人，官至南昌同知。少喜骈文，后致力于古文，为阳湖派古文的开派者。他的文学主张与桐城派大同小异，喜欢韩非、李斯的文章，文风峻峭，雄健清刚。著作有《大云山房文稿初集》、《二集》等。这篇《谢南冈小传》，寥寥数语，就刻画了一位终生穷困潦倒的儒生形象，并蕴含了深深的喟叹。

正文

谢南冈，名枝仑，瑞金县学生①。贫甚，不能治生②，又喜与人忤③，人亦避去，常非笑之④。性独善诗，所居老屋数间，土垣皆颓倚⑤，时闭门，过者闻苦吟声而已⑥。会督学使者按部⑦，斥其诗，置四等。非笑者益大哗⑧。南冈遂盲，盲三十余年而卒，年八十三。

评点

贫，独，苦吟，盲，数字为谢南冈一生写照。

---

①瑞金县：今江苏省瑞金县。　学生：县学生员，即秀才。
②治生：谋生，维持生计。
③与人忤：与人顶撞，与人不合。
④非笑：讥笑，非议。
⑤土垣：土墙。　颓倚：倾斜破落。
⑥苦吟：指反复推敲、吟咏诗句。
⑦会：恰好。督学使者：管理教育，考试的学政，学官。　按：考察。　部：所辖地区。
⑧益：更加。　大哗：大肆嘲笑。

鉴赏　　文采风流篇

论曰：敬于嘉庆十一年自南昌回县①。十二月甲戌朔②，大风寒。越一日乙亥③，早起自扫除，蠹书一册堕于架④，取视之，则南冈诗也。有郎官为之序⑤，序言秽腐，已掷去。既念诗，未知如何，复取视之，高邈古涩，包孕深远。询其居，则近在城南，而南冈已于朔日死矣。南冈遇之穷不待言⑥。顾以余之好事为卑官⑦，于南冈所籍已二年⑧，南冈不能自通以死⑨，必死后而始知之，何以责居庙堂、拥麾节者不知天下士耶⑩？古之人，居下则自修而不求有闻⑪；居上则切切然恐士之失所⑫，有以也夫⑬！

"大风寒"三字可以令人想到谢南冈死于贫病饥寒之中。

由南冈遇穷推至知人之难，又推至古人立身处世之道，极有次第。

思　考

1. 谢南冈是一位什么样的读书人？你对这样的人物如何评价？
2. 文章题为《谢南冈小传》，但真正的传记文字不足百字，而作者发表自己看法的"论"却大大超过了它，作者这样写的意图是什么？

---

①嘉庆十一年：即公元1806年。自南昌回县：从南昌回到瑞金县。当时恽敬担任瑞金知县。
②十二月甲戌朔：十二月的初一是甲戌日。　朔：夏历每月的第一天。
③越一日：过了一天。　乙亥：古人干支记日，甲戌之后就是乙亥。
④蠹书：被虫子咬坏的书。
⑤郎官：在京都六部衙门作郎中或员外郎的人。
⑥遇：遭遇，际遇。　穷：困窘，不得志。　不待言：不必说。
⑦顾：但是。　好事：喜欢多管闲事。　卑官：小官，这里指自己担任的瑞金地方官。
⑧所籍：户口所在的地方。
⑨自通：自己登门求见，使别人知道，了解自己。
⑩居庙堂：指在朝廷内做高官。　拥麾节：指在朝廷外做高官。　麾：军队中的旗帜。节：使节，使者所持的节杖。
⑪不求有闻：不追求出名。
⑫切切然：恳切的样子。　失所：不得其所。
⑬有以也夫：的确是有原因的啊！　也夫：句末语气词，表感慨、慨叹。

古代传记文学精品　鉴赏

赏析

本文名为"小传",的确是小,对传主生平的介绍还不足百字。加上稍长一些的"论",也不过二百余字。但读后,却让读者觉得心头沉甸甸的,回味不已。文章是为一位又老又穷,终身潦倒不得志的儒生作传,他性情孤僻,不能治生,经常成为众人的笑料。他惟一的爱好是写诗,经常闭门苦吟,专心致志,殚精竭虑。但学政来考核众秀才时,他的诗又被列入差等,所以愈加成为众人的笑料。就在众人的诽笑声中,贫病交加的盲诗人活到八十三岁,在一个大风寒的日子里郁郁而终。作者由此引发无限感慨。言约意丰,以小见大是本文的重要特点。

★ 立 意

本文是为谢南冈作传,但又不仅限于此,作者更重要的意图是借谢南冈一生不幸的遭际来表达自己关于人生际遇,处世态度的看法。谢南冈的诗"高邃古涩,包孕深远",自己在他的家乡做官已经两年,居然毫无所知,直到他死之后才偶然发现他的才华。自己本来和谢南冈近在咫尺,就这样失之交臂。在深深的感愧之余,作者由此推去,自己一个地方小官,尚且不能了解治下的人才,那些居高位、握大权的人,又如何能够了解天下的人才并提拔他们,使他们各得其所、各尽其才呢?既如此,天下的人才很难被知遇也就是必然的了。就像谢南冈,虽然长寿,活到了八十三岁,仍然没有等到自己的机会。"何以责居庙堂、拥麾节者不知天下士耶?"看似为统治者开脱,实则蓄含着深切的遗憾和愤懑。最后,作者把文意又推进一层:古代的那些仁人君子,当老百姓时独善其身不求闻达,当官时兢兢业业、勤勤恳恳收罗人才,就是因为知人之难啊。这"古之人",也正是作者希望自己和世人仿效的楷模。

★ 技 法

本文构思巧妙,技法娴熟,尤其重视反差法的使用。比如谢南冈

168

鉴赏 文采风流篇

本来"善诗",而且时时闭门苦吟,但学官考试时,他却偏偏考了个差等。当地方官的作者刚刚领会他诗作的妙处,他却恰恰在前一天去世。他已经在贫病饥寒与世人的嘲笑中活了八十三年,却不能多活这一天。这些反差形成强烈对比,更增强了人物的悲剧性色彩。作者还有意强调了自己发现谢南冈诗的偶然性:农历十二月初二的早晨打扫房间时,不小心从书架上碰落了一本书,又破又旧,都让蠹虫蛀坏了,打开一看,原来是一本诗集,初读并没有什么好,再读才品出滋味,诗的作者就是谢南冈。这个偶然性与谢南冈对诗歌的一生执著也形成鲜明的对比。正是透过这些强烈的对比,作者关于知人之难、被知之难、"居下则自修而不求有闻,居上则切切然恐士之失所"的感慨才水到渠成。

遗世独立篇

> 田园将芜胡不归
> ——陶渊明

遗世独立篇

五柳先生传

陶渊明

题解

陶渊明(365—427)，一名潜，字元亮，私谥靖节。浔阳柴桑(今江西九江)人。陶渊明少有壮志，博学能文，曾任江州祭酒、镇军参军、彭泽县令等职，终因不满当时黑暗现实，厌恶官场污浊，毅然去职归隐。

陶渊明是我国文学史上第一个大力写作田园诗的诗人。他的田园诗冲淡自然，意韵悠长，成就之高，是前无古人、后无来者的。他的散文虽然留传下来的不多，但朴实而淳厚，澹泊而清新，具有较高的艺术成就。有《陶渊明集》。

这篇《五柳先生传》构思巧妙，描写传神，实际上是陶渊明的自传。阅读时要注意联系陶渊明的生平去理解。

正 文

先生不知何许人也①，亦不详其姓字②，宅边有五柳树，因以为号焉③。闲静少言，不慕荣利④。好

评 点

为人作传，而劈头便说"不知何许人，亦不详其姓

---

①何许人：什么地方的人。许，处，所。
②不详：不清楚。
③因以为号：因此就用("五柳")作为自己的号。
④慕：希慕，贪图。

读书，不求甚解①，每有会意②，便欣然忘食③。性嗜酒④，家贫不能常得。亲旧知其如此⑤，或置酒而招之⑥。造饮辄尽，期在必醉⑦，既醉而退，曾不吝情去留⑧。环堵萧然，不蔽风日⑩，短褐穿结⑪，箪瓢屡空⑫，晏如也⑬。常著文章自娱，颇示己志⑭。忘怀得失，以此自终⑮。

赞曰⑯：黔娄之妻有言："不戚戚于贫贱，不汲汲于富贵⑰。"其言兹若人之俦乎⑱？酣觞赋

字"，奇。

"不求甚解"，其中大有深意，不可被作者骗了。

篇末设问，意韵无穷。

---

①不求甚解：不死抠字眼，不拘泥于字面的呆板解释。
②会意：指领会文章的意图，读书的心得体会。
③欣然忘食：高兴得忘了吃饭。
④嗜酒：喜欢喝酒。
⑤亲旧：亲朋故旧。如此：指上文"嗜酒"但"家贫不能常得"的情形。
⑥或：有时。置酒：摆酒，设酒。
⑦造饮：到亲朋家去饮酒。造，到。　辄尽：就把酒都喝光。　期：希望。
⑧既醉：喝醉之后。　曾(zēng)：乃，则。　吝情：留恋，舍不得。　去留：偏义复词，这里指"去"，离开，告辞。意思是喝醉以后就立刻告辞回家，不会恋恋不舍。
⑨环堵：房屋的四面墙壁。　萧然：空荡荡的样子。形容家境贫寒。
⑩不蔽风日：不能遮蔽寒风和烈日。
⑪短：通"裋(shù)"，粗布衣裳。　褐：粗布衣裳。　穿：破洞。　结：补缀。指粗布衣服破烂不堪。
⑫箪(dān)：盛饭用的竹制器具。　瓢：水瓢。　屡空：经常是空的。指缺乏食物。
⑬晏如：安然自得的样子。
⑭颇示己志：略为表明自己的志趣。颇：略，稍稍。
⑮以此自终：就这样度过自己的一生。
⑯赞：在史传文章的最后，作者通常用"赞曰"来表达自己对传主的评价。陶渊明这里是摹仿史传的写法。
⑰黔娄：春秋时鲁国人，一说齐国人，著名隐士。鲁恭公和齐王都曾重金聘他担任卿相，但他拒绝了。黔娄死后，曾子去吊丧，问他的妻子给他一个什么谥号，他的妻子说谥"康"（"康"有安定，安乐的意思）。曾子说黔娄一生贫困，死后衣不遮体，不能谥"康"。他的妻子说："彼先生者，甘天下之淡味，安天下之卑位，不戚戚于贫贱，不忻(xīn，同'欣')忻于富贵，求仁而得仁，求义而得义，其谥为'康'，不亦宜乎？"戚戚：担忧，愁苦。汲汲：苦苦追求。
⑱其言：指黔娄之妻的话。　兹：乃。　若人：这个人，指五柳先生。　俦(chóu)：类。意思是说，她说的就是五柳先生这一类人吧？

174

诗①，以乐其志。无怀氏之民欤？②葛天氏之民欤③？

思 考

1. 五柳先生"好读书，不求甚解"，你是如何理解这句话的？
2. 文章结尾引用黔娄之妻的话，在结构上有什么作用？在表达文章思想内容方面又有什么作用？

赏 析

一般认为这篇文章写作于陶渊明晚年时期，当时他已经辞官归隐田园十几年了。陶渊明生活的时期正值东晋末年，政治腐败，官场污浊，战乱频仍。在这种社会环境中，一个人如果希图高官厚禄，希图荣华富贵，惟有奔走于权贵之门，驰逐于名利之场，牺牲个人名节，与世浮沉，同流合污。但陶渊明不愿这样做，他不肯为五斗米折腰，不愿为物质方面的一时舒适而放弃内心的追求。所以，他毅然辞官回乡，归隐田园，即使需要日夕劳作，即使经常衣食不周，为了心灵的安宁，也都在所不惜。这篇《五柳先生传》就是借五柳先生的形象自况，表达自己"不戚戚于贫贱，不汲汲于富贵"、安贫乐道的高贵品质。

★ 构 思

这篇不足二百字的短文，立意高远，选材精当，语气精炼，结构紧凑。尤其值得一提的，是文章巧妙的构思。在如此短小的篇幅内，要生动传神地刻画出传主的精神风貌，非常不容易。作者采用了常见

---

① 酣觞：指醉酒。觞：一种酒器，酒杯。
② 无怀氏：传说中上古太平盛世的帝王。传说他治理天下时"当世之人甘其食，乐其俗，安其居而重其生……鸡犬之音相闻而民至老死不相往来。
③ 葛天氏：也是传说中上古太平盛世的帝王。相传他治理天下时"不言而信，不化而自行"。这两句是说，五柳先生大概是无怀氏、葛天氏时候的人吧？因为他的人品作风都与上古时代人民的敦厚淳朴相似。

的史传形式，开头交待传主姓氏爵里，传末有"赞"，但在固定的格式之中又大胆采用变体，交待传主姓氏爵里时，偏说"不知"，"不详"，宅边有五棵柳树，所以称之为"五柳先生"。表面看来，作者仿佛没有为我们提供任何关于传主的实用信息，但因为传主本人是一位隐士，这些实用世俗信息的省略，恰恰传达了一种"只在此山中，云深不知处"的阅读效果，无声胜有声。文章也不遵循传记类文章介绍传主生平，仕宦、家世的传统套路，而是把笔墨集中在最能体现传主五柳先生精神风貌，内心世界的日常琐事上：家贫，好读书，嗜酒，常著文章等等，正是通过这些小节，一位忘怀得失、安贫乐道的隐者形象，一幅陶渊明的自画像，才栩栩如生，跃然纸上。

⭐ 人物描写

本文刻画的位一是安贫乐道，忘怀得失的隐士形象，作者成功地运用细节描写，选取典型事例等手法，使得这一人物形象饱满而生动。五柳先生的第一个特点是好读书。但这个"好读书"不是死读书，不是要成为只知背诵不知灵活理解和运用的"书橱"。他读书的时候往往"不求甚解"，当然这里的"不求甚解"不是我们今天所理解的带有贬义色彩的"不求甚解"，而是说，不必过分拘泥文字的表面含义，不必过分强求单个字的训诂索解，而要融会贯通。遇到不明白的地方，不妨暂时放过，过一段时间回头再看，也许就会豁然开朗。掌握了正确的读书方法，相信你也会经常有"每有会意，便欣然忘食"的快乐。五柳先生的第二个特点是"嗜酒"。古人曾说陶渊明的诗文"篇篇有酒"，但"其意不在酒，亦寄酒为迹者也"。五柳先生的"嗜酒"也是如此，他并不是醉烂酒徒，而是借酒浇愁，别有怀抱。曹操在《短歌行》中说："何以解忧？惟有杜康。"五柳先生虽然好酒，但家里很穷经常买不起酒，于是了解他的亲戚朋友们就经常设酒招待他。他逢请必到，逢到必醉，逢醉必归，竟然连"谢谢"也不说。这也正体现了作者不同于世俗常人的旷达放纵，任诞风流的性格。他的第三个特点是安贫乐道，虽然家中一贫如洗，四壁徒立，衣衫破烂，甚至衣食不周，但他"晏如也"，安然自得，全然不放在心上。第四个特点是"著文章自娱"，他写文章的目的不是名，不是

鉴赏　遗世独立篇

利，不是为稻粱谋，不是立德、立功、立言，而是"自娱"，是"示己志"，这种超然物外的著述心态，正是他的文章能够"不朽"的原因之一。在充分展示了五柳先生的上述四个特点之后，作者将之归结为四个字："忘怀得失"，又在"赞"中借用古人的一句话"不戚戚于贫贱，不汲汲于富贵"，将五柳先生与古之隐士黔娄引为同类，更将传主的人格升华了。总之，这篇文章篇幅虽然短小，却抓住了人物特点，人物描写非常成功。

方山子传

苏 轼

题解

苏轼(1037—1101),字子瞻,号东坡居士,眉山(今属四川)人。嘉祐进士,神宗时曾知密州等地,后因反对王安石变法,被贬谪黄州。哲宗时任翰林学士,官至礼部尚书。晚年又被贬海南。他是北宋时期著名文学家、政治家、豪放词派的开创者,对后世影响很大。这篇《方山子传》是他元丰年间贬谪黄州时为老朋友陈季常所作的小传。本文语言精炼,刻画传神,是一篇散文精品。

正文

方山子,光、黄间隐人也①。少时慕朱家、郭解为人②,闾里之侠皆宗之③。稍壮,折节读书④,欲以此驰骋当世⑤,然终不遇,晚乃遁于光、黄间,曰岐亭⑥。庵居蔬食,不与世相闻。弃车马,毁冠服,徒步往来,山中人莫识也。见其所著帽,方屋而高⑦,曰:"此岂古方山冠之遗像乎⑧!"因谓之方山子。

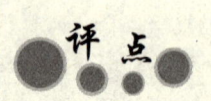

评点

点出得名由来。

---

①光:光州,治所在今河南省潢川县。黄:黄州,治所在今湖北黄冈。隐人:隐者。
②朱家、郭解:二人均是西汉时著名豪侠人物,事迹见司马迁《史记·游侠列传》。
③闾里:乡间。宗:崇拜、推崇。
④折节:改变过去的志趣行为。
⑤驰骋当世:在当世施展抱负,大展宏图。
⑥遁:隐居。岐亭:地名,在今湖北麻城西南。
⑦方屋而高:帽顶四方而高耸。
⑧方山冠:古代帽子的一种。祭祀典礼上奏乐者所戴。一说隐者所戴。遗像:遗留下来的样子、形制。

178

鉴赏 遗世独立篇

余谪居于黄,过岐亭,适见焉①,曰:"呜呼,此吾故人陈慥季常也,何为而在此?"方山子亦矍然问余所以至此者②。余告之故,俯而不答,仰而笑,呼余宿其家。环堵萧然,而妻子奴婢皆有自得之意。余既耸然异之。

独念方山子少时使酒好剑③,用财如粪土。前十有九年,余在岐下④,见方山子从两骑,挟二矢,游西山。鹊起于前,使骑逐而射之,不获。方山子怒马独出⑤,一发得之⑥。因与余马上论用兵及古今成败,自谓一世豪士。今几日耳,精悍之色,犹见于眉间,而岂山中之人哉!

然方山子世有勋阀⑦,当得官,使从事于其间⑧,今已显闻。而其家在洛阳,园宅壮丽与公侯等。河北有田,岁得帛千匹,亦足以富乐。皆弃不取,独来穷山中,此岂无得而然哉?

余闻光、黄间多异人,往往阳狂垢污⑨,不可得而见,方山子傥见之与⑩?

点出真实身份。

俯仰之间,神情毕现。

真乃一世豪士!

人之所羡,方山所弃,只因别有怀抱。

思 考

1. 方山子听说苏轼来到岐亭的原因后,"俯而不答,仰而笑",

①适:恰巧。
②矍然:惊讶的样子。
③使酒:纵酒。
④岐下:岐山之下,这里指陕西凤翔。
⑤怒马独出:乘着烈马猛冲在前。
⑥一发得之:射了一箭就射中了鹊鸟。
⑦世有勋阀:世代有功勋,可以荫补子弟做官。
⑧使:如果。
⑨阳狂:佯狂。垢污:涂抹污垢,不以真面目示人。
⑩傥:或许。

这一俯一仰之间,他的心理活动如何?试作分析。

2."一世豪士"的陈季常和"山中之人"的方山子二者之间有什么样的反差?同一个人身上为什么会出现这种反差?

赏析

这是一篇颇具特色的传记短文,在写法上有许多独到之处。陈季常本来是苏轼多年的好朋友,可是苏轼却像介绍一位陌生人那样描写他。这种人为的距离感,收到了意想不到的艺术效果。苏轼写这篇文章时,正是贬谪黄州期间,而方山子也是因为"终不遇"才隐居到这里,相近的处境使得二人精神交流、心灵对话丰富而活跃,甚至无须语言就已经会意于心。比如,"余告之故,俯而不答,仰而答",一俯一仰之间,有无数思绪言语,却都化作淡然一笑。无论作者还是读者,想必至此都会沉吟再三,玩味不已。作者在文中并没有直接抒发过对于人生、世事的感慨,但读者不难体会到,字里行间一直充溢着深深的慨叹。总之这是一篇经过了时光考验的优秀的短文,值得一读再读。

技法

这篇短文一个非常明显的特色是在人物形象描写时使用了对比法与衬托法。对比法是将少年陈季常与晚年方山子进行对比,一个是英姿勃勃,志在天下的少年英雄,一个是看破红尘,遁居山间的隐士,两种角色出人意料地在同一个人身上结合起来,其间关联耐人寻味,令人不由自主地要追问为什么。为了表现方山子隐士的风范,文中说:"环堵萧然,而妻子奴婢皆有自得之色。"这非常难得。可见方山子的行为思想早已感染了身边的人,使大家都认同了他的做法,这从正面烘托了他的隐者形象。这些手法的使用,使得人物形象刻画非常成功。

人物描写

本文作者苏轼与传主陈季常本来是多年的好友,可是作者在文章

鉴赏 遗世独立篇

开始并没有向读者透露这一信息，而是像一位全无关系的第三者那样冷静而客观地开始叙述，即使这叙述也不是完整的：一位人称"方山子"的隐士隐居在光黄之间，据说他少年时爱慕游侠，曾名重一时，壮志不能实现之后才隐居于此。大家不知道他叫什么，从哪里来，做过哪些事情，没有人认识他，只是见他戴着一顶奇怪的帽子，类似古代的方山帽，就用帽子的名字称呼他。此外所知甚少。在第一段叙述中，作者刻意营造这种陌生感，距离感。在做了如此充分的铺垫之后，当作者在岐亭巧遇方山子，惊呼："呜呼！此吾故人陈慥季常也"时，读者也自然随着心中凛然一惊：原来是他！因为交情匪浅，作者被招待住进家中，这是名副其实的隐士之家，虽然清贫，但妻子奴婢都自得其乐，安贫乐道。眼前的景象和自己记忆中的陈季常相去甚远，作者自然而然地回忆起往事：少年陈季常出身世家，使酒好剑，挥金如土，"怒马独出"、箭发鹊落的细节，使得一位胸怀大志的少年英雄形象跃然纸上。就是这位"精悍之色，犹见于眉间"的豪侠之士，怎么会成为隐士呢？是家道中落，不得已而为之吗？当然不是，作者紧接着告诉我们：如果他愿意，他现在完全有条件做高官，享厚禄，即使不做官，依靠富饶的家资，过一种富足闲适的生活也完全有可能。那么他为什么选择隐居呢？除了"终不遇"几个字，作者没有更多解释。作者此行，也是贬谪途中，两个经历、心境相似的人相逢一笑，该有多少感慨、彻悟与无奈。文章到这里本来可以结束了，作者又加上一句，"闻光黄间多异人……方山子傥见之与？"把方山子归入异人之列。这些异人，"阳狂垢污"，对统治者采取不合作态度，是不受羁绊的世外高士，不难看出作者对他们的追慕景仰，由此也可以窥见作者内心的隐痛，欲说不说，戛然而止。总之，本文的人物描写非常成功，既刻画了陈季常传奇式的一生，同时借他人之酒杯，浇自己之块垒，隐隐表达了自己遭贬后的郁闷的心情。

六一居士传

欧阳修

题解

欧阳修(1007—1072),字永叔,号醉翁、六一居士。吉州永丰(今江西永丰)人。宋仁宗天圣八年(1030)进士,庆历五年(1045),因支持"庆历新政"被贬滁州(今安徽滁县),晚年任枢密副使、参知政事等显职。死后谥号"文忠",故世称欧阳文忠公。

欧阳修在我国文学史上具有重要地位。他是继韩、柳之后古文革新运动的领袖,为"唐宋八大家"之一。他的散文具有很高的艺术成就。著有《欧阳文忠公集》。

《六一居士传》是欧阳修晚年写的一篇自传,表达了自己的生活情趣以及隐退的决心。

正文

六一居士初谪滁山①,自号醉翁②。既老而衰且病,将退休于颍水之上③,则又更号六一居士④。

客有问曰:"六一,何谓也?"居士曰:"吾家藏书一万卷,集录三代以来金石遗文一千卷⑤,有琴一张,有棋一局,而常置酒一壶。"客曰:"是为五一尔,奈何?"居士曰:"以吾一翁,老

评点

解释"六一"与客层层论辩。

---

①滁山:安徽滁州多山,故称滁山。
②自号醉翁:庆历六年(1046)欧阳修贬知滁州,于四十岁时自号"醉翁",有《醉翁亭记》记其事。
③将退休于颍水之上:熙宁元年,欧阳修在颍州(今安徽阜阳县)修建房屋,准备退居。早在皇祐元年欧阳修知颍州时,称赏颍州西湖的风景,就和梅尧臣相约,作为晚年退休之地。
④更:改。
⑤金石遗文:指作者于《集古录》中所收的金石拓本。

182

鉴赏 遗世独立篇

于此五物之间，是岂不为六一乎？"客笑曰："子欲逃名者乎①，而屡易其号？此庄生所诮畏影而走乎日中者也②，余将见子疾走大喘渴死，而名不得逃也。"居士曰："吾固知名之不可逃，然亦知夫不必逃也；吾为此名，聊以志我之乐尔。"客曰："其乐如何？"居士曰："吾之乐可胜道哉③！方其得意于五物也，太山在前而不见，疾雷破柱而不惊④；虽响九奏于洞庭之野⑤，阅大战于涿鹿之原⑥，未足喻其乐且适也。然常患不得极吾乐于其间者，世事之为吾累者众也。其大者有二焉，轩裳珪组劳吾形于外⑦，忧患思虑劳吾心于内，使吾形不病而已悴，心未老而先衰，尚何暇于五物哉⑧？虽然，吾自乞其身于朝者三年矣，一日天子恻然哀之，赐其骸骨⑨，使得与此五物偕返于田庐，庶几偿其夙愿焉⑩。此吾之所以志也。"客复笑曰："子知轩裳珪组之累其形，而不知五物之累其心

非逃名，乃志乐。

得意于五物之乐，与世事之累形成鲜明的对比。

①逃名：变易姓名，以求不为人知。
②庄生：庄子。畏影而走乎日中：《庄子·渔父》："人有畏影恶迹而去之走者，举足愈数而迹愈多，走愈疾而影不离身。自以为尚迟，疾走不休，绝力而死。不知处阴可以休影，处静可以自迹，愚亦甚矣。"
③可胜道哉：不能尽述。
④太山在前而不见，疾雷破柱而不惊：语本《鹖冠子·天则》："一叶蔽目，不见太山；两耳塞豆，不闻雷霆。"此稍化其意，表示心专注，不为外物所动。
⑤响九奏于洞庭之野：语出《庄子·至乐》："咸池九韶之乐，张之洞庭之野。"九奏，即九韶，传为虞舜时的音乐。
⑥阅大战于涿鹿之原：黄帝曾与蚩尤大战于涿鹿之野，事见《史记·五帝本纪》。涿鹿，地名，在今河北省。
⑦轩裳珪组：官员的车马、服饰、印信等，借指官场的事务。轩，有帷幕的高车。珪，官员参加朝会时手中所拿的一种玉制礼器。组，印绶。
⑧这句意为：还有什么空暇欣赏这五种物品呢？
⑨赐其骸骨：古代官员告老退休称"赐骸骨"，是归死故乡的意思。
⑩偿其夙愿：欧阳修一向主张做官不宜"老不知止"，故有此说。夙愿，意同下文"素志"，一向就有的志愿。

183

乎?"居士曰:"不然。累于彼者已劳矣,又多忧;累于此者既佚矣,幸无患。吾其何择哉?"于是与客俱起,握手大笑曰:"置之,区区不足较也。"

已而叹曰:"夫士少而仕,老而休,盖有不待七十者矣①。吾素慕之,宜去一也。吾尝用于时矣②,而讫无称焉③,宜去二也。壮犹如此,今既老且病矣,乃以难强之筋骸,贪过分之荣禄,是将违其素志而自食其言④,宜去三也。吾负三宜去⑤,虽无五物,其去宜矣,复何道哉!"

熙宁三年九月七日⑥,六一居士自传。

结束论辩。

又增"三宜去。"

思 考

1. 作者为什么自号"六一居士"?这表达了他什么样的人生志趣?
2. 作者是如何强调自己归隐的决心的?

赏 析

本篇传记不同于其他传记文章的介绍传主的生平事迹,而是着重介绍传主的生活志趣,所以文中抒情、议论居多,叙述性文字则较少。作者通过主客辩论的方式将自己希望摆脱名缰利锁、归真返璞的

---

①不待七十者矣:《礼记·檀弓》:"七十不俟朝。"欧阳修时年不满七十,故用他人也有不到七十就告退作为自解。
②用于时:指出仕官职并获得皇帝信任。
③讫:最终。无称:没有值得称道的政绩。
④作者于嘉祐初五十二岁官翰林学士时就和友人相约五十八岁退休,作此文时已六十三岁仍在仕途,故云"违其素志"、"自食其言"。
⑤负:具备。
⑥熙宁三年:公元1070年。

愿望表达得透彻而明晰。这是一篇了解欧阳修晚年思想的重要文章，因为写完这篇文章不久他就真正辞职归隐了，再过一年就去世了。

★ 立 意

这是一篇颇具特色的自传。一般的自传要介绍自己的生平身世，可是在这篇《六一居士传》中，作者更主要的意图是介绍自己的生活志趣，并通过客主辩论的形式把自己的思想情怀层层深入地表露出来。欧阳修原号"醉翁"，我们都很熟悉他的《醉翁亭记》，那是写于他四十岁时。现在他六十多岁了，又改号"六一居士"。"六一"是什么意思呢？他回答：藏书一万卷，金石遗文一千卷，琴一张，棋一局，酒一壶，加上自己老翁一人，故称"六一"。他把这几种事物视为生活所能达到的最高境界。他解释自己愿做"六一居士"，不是为了逃名，而是要得其真意，忘却外形，忘却外界事物带来的烦忧，尤其是公务的繁忙与内心的忧虑给精神带来的损害。在与客人的论辩结束时，他又进一步想到：即使没有自己希求的五物，自己也已经不应该继续留恋世俗的功名利禄了，应该转而希求内心的安宁。欧阳修的这种退隐思想不是故作姿态的清高，而是一个智者思维成熟之后作出的理性的选择。

★ 语 言

这篇文章体现了欧阳修文章中惯有的明白流畅的风格，多用排比句与对偶句，如描写自己进入"得意于五物"的境界时："太山在前而不见，疾雷破柱而不惊；虽响九奏于洞庭之野，阅大战于涿鹿之原，未足喻其乐且适也。"这种句式使思想感情表达得更为充分酣畅，淋漓尽致。最后一段使用排比，接连说出"三宜去"，更表示出自己归隐决心的坚定。总之，这些句式的运用，增强了文章的感染力。

古代传记文学精品　鉴赏

孟德传

苏 辙

题解

苏辙(1039—1112)，字子由，眉州眉山(今属四川)人。与父苏洵、兄苏轼合称"三苏"，均在"唐宋八大家"之列。仁宗嘉祐二年(1057)与苏轼一起中进士，嘉祐六年又与苏轼同中制举科。后因上书反对时政，被贬出知汝州、袁州等地。崇宁三年(1104)在颍川定居，过田园隐逸生活，筑室曰"遗老斋"，自号"颍滨遗老"。散文以记叙文最具特色。著有《栾城集》。这篇《孟德传》通过记叙一名普通隐居者的经历，抒发了自己的人生感受和顿悟。

正文

孟德者，神勇之退卒也①。少而好山林②。既为兵，不获如志③。嘉祐中，戍秦州④。秦中多名山，德出其妻，以其子予人，而逃至华山下⑤。以其衣易一刀十饼，携以入山⑥。自念⑦：吾禁军也，今至此⑧。擒亦死，无食亦死，遇虎狼毒蛇亦死。此

评点

"少而好山林"。

不顾死。

①神勇：即下文所说的禁军。　退卒：退役的士卒。
②少：年少。　好山林：喜爱山林生活。
③既：已。　如志：满足自己的志愿。
④嘉祐：宋仁宗年号(1056—1063)。　戍：戍守。　秦州，州名，宋时治所在今甘肃天水市。
⑤出其妻：遗弃自己妻子。　予：给与。　华山：山名，在陕西省东部。
⑥易：交换。　携以入山：指携带一刀十饼进入山中。
⑦自念：自思。
⑧禁军：本指皇帝的亲兵。北宋时境内正规军为禁军，由朝廷直接掌握，除防守京师外，并分番调戍各地。至此：谓逃入深山之中。

186

鉴赏　遗世独立篇

三死者，吾不复恤矣，惟山之深者往焉①。食其饼，既尽，取草根木实食之②。一日十病十愈，吐利胀懑，无所不至③。既数月安之，如食五谷④。以此入山二年而不饥。然遇猛兽者数矣，亦辄不死⑤。德之言曰："凡猛兽类能识人气⑥。未至百步，辄伏而号⑦，其声震山谷。德以不顾死，未尝为动⑧。须臾奋跃，如将搏焉⑨。不至十数步，则止而坐，逡巡弭耳而去⑩。试之前后如一⑪。"

猛兽不伤。

后至商州，不知其商州也，为候者所执⑫。德自分死矣⑬。知商州宋孝孙谓之曰⑭："吾视汝非恶人也，类有道者⑮。"德具道本末⑯。乃使为自告者，置之秦州⑰。张公安道适知秦州⑱，德称病，得除兵籍为民。至今往来诸山中，亦无它异能。

无它异能。

①不复恤：不再忧虑。惟：只有。此句意谓：只有向深山走去。
②木实：树木的果实。
③吐：呕吐。利：通"痢"，泄泻。胀：腹胀。懑：气闷不舒。无所不至：指上述病症没有不曾患过的。
④安之：指食草根木实平安无事。五谷：五种谷物。古时曾作为粮食的通称。
⑤数：多次。辄：即。
⑥类：大抵。识人气：识别人的气势。
⑦伏：趴伏。
⑧以：因。未尝为动：未曾被虎的吼声所惊动。
⑨须臾：片刻。奋跃：奋力跳跃。搏：搏斗，抓取。
⑩逡巡：徘徊迟疑的样子。弭耳：耷拉着耳朵，畏服的样子。
⑪前后如一：意谓每次都是这样。
⑫商州：州名，治所在今陕西省商县。为候者所执：被巡逻的士兵捉住。
⑬自分死矣：孟德自己料想被捉之后必死。分：料定。
⑭知商州：作商州的知州。
⑮类有道者：像是个有道德修养的人。
⑯具道本末：详尽地说出自己始末的经历。
⑰自告：自我揭发，即主动投案的意思。置：安置。
⑱张安道：名方平，仁宗朝曾以工部尚书知秦州。

187

鉴赏

夫孟德可谓有道者也。世之君子皆有所顾，故有所慕，有所畏①。慕与畏交于胸中，未必用也，而其色见于面颜，人望而知之②。故弱者见侮，强者见笑，未有特立于世者也③。今孟德其中无所顾④，其浩然之气发越于外不自见，而物见之矣。推此道也，虽列于天地可也，曾何猛兽之足道哉！

可谓有道者。

中无所顾，其浩然之气发越于外。

思考

1. 孟德是一个什么样的人？
2. 从孟德的经历中，作者悟出了什么道理？

赏析

这篇短文记载了一位名不见经传的小人物的生平事迹：一位名叫孟德的禁军士兵，因为厌倦军队生活，不惜抛妻弃子，逃离军队，遁迹深山。在隐居生活中，他克服了生理上的困难，渐渐习惯了吃草根野果的生活。这些都算不上什么大波澜，如果一定要找出一些富有传奇性、刺激性的事情的话，那么隐居山中多年、多次遭遇猛兽、却没有受到伤害，也许可以算上一件。但就是这件称不上奇迹的奇迹，触动了苏辙，使他从中悟出了一些人生的道理。孟德的经验是这样的：猛兽发现人后，尚有一段距离时，咆哮怒号，声震山谷，气势逼人。然后突然腾跃进前，好像要扑上人身。但由于自己不躲不避，丝毫没有惧怕逃跑的表示，猛兽反倒不知所措，在十来步远的地方就停下来观察，再过一会儿，就蔫头耷脑地离开了。孟德本人虽然"类有道者"，但"亦无它异能"，并没有什么特异功能。为什么会不受猛兽

---

① 顾：顾惜。 慕：仰慕。 畏：恐惧。
② 见：显现。 知之：谓看出其或慕或畏的心理。
③ 见：被。 特立：卓然树立。
④ 中：心中。

侵害呢？苏辙认为，其秘密就在于孟德的不怕死，"中无所顾，其浩然之气发越于外不自见，而物见之矣。"就是说，由于孟德心中无任何牵挂，生死早已置之度外，所以身体中自然就有一种浩然之气，这种气概自己可能看不到，但猛兽之类的东西则可以感受到。有了这种浩然之气，完全可以与天地并列，区区猛兽当然不在话下。不难看出，苏辙写作这篇文章的用意就在于劝诫世人心中不要"有所顾"，否则就不能"特立于世"。

★ 立 意

本文名为《孟德传》，其实本意并不是为孟德作传，而是借孟德经历阐发自己的人生见解，文章最末一段议论正是为此，可以说是"卒章显其志"。《孟德传》不过是作者发议论的引子而已。作者认为："世之君子皆有所顾，故有所慕，有所畏。慕与畏交于胸中，未必用也，而其色见于面颜，人望而知之。故弱者见侮，强者见笑，未有特立于世者也。"世人之人心中都有太多牵挂，或慕名逐利，或畏权惧势。名缰利锁，妻子亲情，心中有如许牵挂羁绊，当立身处世之时，不由地就会受到牵制，不能特立独行，臻于道境。苏辙在文章中指出了求"道"的道路——"中无所顾"，但世上有几人能够做到呢？

★ 语 言

本文篇幅短小，但含义深刻，这得益于精练准确的语言。如开头用"少而好山林"一句，就把孟德冒着生命危险当逃兵，甚至抛妻别子，斩断情缘的令人费解的行为解释清楚了。又如进入深山后，"擒亦死，无食亦死，遇虎狼毒蛇亦死。"短短几句，就写出了处境的险恶。但作者至此笔锋一转："此三死者，吾不复恤矣，惟山之深者往焉。"一个"中无所顾"，周身充溢着浩然之气的得道者形象已经呼之欲出了。至于描写遭遇猛兽的场面，则更将猛兽的神态动作的前后变化描写的惟妙惟肖，令人如同身临其境。正是因为文章的语言简洁生动，富有表现力，读者才不会觉得文章末段的议论枯燥无味。

自为墓志铭

张 岱

题解

张岱(1597—1689),字宗子,又字石公,号陶庵,浙江山阴(今浙江绍兴)人。他前半生生活优裕安逸,纵情诗酒,后半生遭逢国破家亡,贫困不堪,于是避居山里,以著书为业,保持了民族气节。他的文章多写山水景物日常琐事,文笔清新,自成一格。有的作品流露出浓厚的故国之思。著有《琅环文集》、《陶庵梦忆》、《西湖梦寻》等。这篇《自为墓志铭》写作于他去世前不久,表现了不忧生、不畏死的达观的生活态度。

正文

蜀人张岱,陶庵其别号也。少为纨绔子弟,极爱繁华,好精舍①、好美婢、好娈童②、好鲜衣、好美食、好骏马、好华灯、好烟火、好梨园、好鼓吹③、好古董、好花鸟。兼以茶淫桔虐④,书蠹诗魔⑤,劳碌半生,皆成梦幻。年至五十,国破家亡,避迹山居。所存者,破床碎几,折鼎病琴,与残书数帙,缺砚一方而已⑥。布衣蔬食,常至断饮。回首三十年前,真如隔世。

评点

当年繁华已成梦幻,家亡皆因国破,其中隐痛可知。

---

①精舍:华丽的房间。
②娈童:美好的少年。
③鼓吹:乐器班子。
④茶淫:好茶成癖。桔虐:嗜桔到了几乎要产生祸害的地步。
⑤书蠹诗魔:喜看书像蠹鱼那样钻书本,爱诗歌至于疯魔。
⑥帙(zhì 致):书套子。数帙就是几部。缺砚:残缺的砚台。

190

鉴赏 遗世独立篇

常自评之,有七不可解:向以韦布而上拟公侯①,今以世家而下同乞丐,如此则贵贱紊矣,不可解一。产不及中人,而欲齐驱金谷②,世颇多捷径③,而株守於陵④,如此则贫富舛矣⑤,不可解二。以书生而践戎马之场⑥,以将军而翻文章之府,如此则文武错矣,不可解三。上陪玉皇大帝而不谄,下陪卑田园乞儿而不骄⑦,如此则尊卑溷矣⑧,不可解四。弱者唾面而肯自甘,强者单骑而能赴卤⑨,如此则宽猛背矣,不可解五。夺利争名,甘居人后,观场游戏,肯让人先?如此则缓急谬矣⑩,不可解六。博弈摴蒲⑪,则不知胜负,啜茶尝水,则能辨渑淄⑫,如此则智愚杂矣,不可解七。有此七不可解,自且不解,安望人解?故称之以富贵人可,称之以贫贱人亦可;称之以智慧人可,称之以愚蠢人亦可;称之以强项人可⑬,称之以柔弱人亦

七不可解,笑中有泪,痴中有血。

自嘲乎?自赞乎?百感交集。

---
①韦布:韦(皮革)带布衣,这是古代百姓的衣服。这里指平民。拟:比。
②中人:中等产业的人家。金谷:金谷园,在河南洛阳。晋巨富石崇所建的亭园。
③捷径:终南捷径,指做官的方便途径。
④株守:死死地固守。於陵:地名,治所在今山东省邹平县。春秋齐陈仲子隐于此,陈仲子号於陵子。这二句意思说不愿当官,甘当隐士。
⑤舛(chuǎn):错乱。
⑥戎马:兵马。
⑦卑田园:古时收容老、弱、残及贫穷人的慈善机构。
⑧溷(hùn):混浊。
⑨卤:粗鲁。这句意为对于强者,即使自己是单人匹马,也敢于粗鲁对待。
⑩谬:误。
⑪博弈:六博和围棋。摴(shū)蒲:古代的一种博戏,掷五木看它的彩色以决定胜负,与现在的骰子差不多。
⑫啜(chuò)茶:喝茶。渑(miǎn 勉)淄:渑水,古水名,源出今山东淄博市东北,已湮没。淄水,即今山东省淄河。意为善于品茶辨水。
⑬强项:不肯低头,脾气倔强。

可；称之以卞急人可①，称之以懒散人亦可。学书不成，学剑不成，学节义不成，学文章不成，学仙、学佛、学农、学圃俱不成。任世人呼之为败子、为废物、为顽民、为钝秀才、为瞌睡汉、为死老魔也已矣。

　　初字宗子，人呼之为石公，即字石公。好著书，其所成者，有《石匮书》、《张氏家谱》、《义烈传》、《琅嬛文集》、《明易》、《大易用》、《史阙》、《四书遇》、《梦忆》、《说铃》、《昌谷解》、《快园道古》、《傒囊十集》、《西湖梦寻》、《一卷冰雪文》行世②。生于万历丁酉八月二十五日卯时③，鲁国相大涤翁之树子也④，母曰陶宜人。幼多痰疾，养于外大母马太夫人十年⑤。外大祖云谷公官两广，藏生牛黄丸盈数簏⑥，自余坠地以至十有六岁，食尽之而厥疾始瘳⑦。六岁时，大父雨若翁携余之武林⑧，遇眉公先生⑨，跨一角鹿，为钱唐县游客。对大父曰："闻文孙善属对⑩，吾面试之。"指屏上李白骑鲸图曰："太白骑鲸，采石江边捞夜月。"余应之

叙著作，此乃平生事业。

至此方叙生年家世。

当年如此灵隽，垂老一事无成，其间凄凉痛心，如何说尽！

---

①卞急：急躁。
②行世：在世间流传。
③万历丁酉：万历二十五年(1597)。万历，明神宗朱翊钧的年号(1573—1620)。卯时：晨五时至七时。
④鲁国相大涤翁：张岱父名燿芳，号大涤，为鲁献王长史，故称他为"鲁国相"。树子：嫡长子。
⑤外大母：外祖母。
⑥簏(lù)：竹箱。
⑦瘳(chōu)：病愈。
⑧大父雨若翁：指祖父张汝霖，万历进士，官至江西布政司参议。武林：即今杭州。
⑨眉公：即陈继儒，明代文学家，字仲醇，号眉公。
⑩文孙：对别人孙儿的客气的称呼。属(zhǔ)对：作对联。

曰："眉公跨鹿，钱唐县里打秋风①。"眉公大笑跃起曰："那得灵隽若此②！吾小友也。"欲进以千秋之业③，岂料余之一事无成也哉！

甲申以后④，悠悠忽忽，既不能聊生，又不能觅死，白发婆娑，犹视息人事⑤。恐一旦溘先朝露⑥，与草木同腐，因思古人如王无功、陶靖节、徐文长⑦，皆自作墓志，余亦效颦为之⑧。甫构思⑨，觉人与文俱不能佳，辍笔者再⑩。虽然，第言吾之癖错⑪，则亦可传也已。去年营生圹于项王里之鸡头山⑫，友人李研斋题其圹曰："呜呼！有明著述鸿儒陶庵张长公之圹⑬。"伯鸾高士冢近要离⑭，余故有取于项里也⑮。明年，年跻七十有五，死与葬，其日月尚不知也，故不书。铭曰：

"甲申"二字刺目。

李清照《夏日绝句》咏项羽"生当作人杰，死亦为鬼雄"，张岱自称国破家亡之后"既不能聊生，又不能觅死"，现在与项羽为邻，其情可知。

---

①打秋风：俗称假借名义索取别人的钱物为打秋风。
②灵隽(jùn)：聪明隽秀。
③千秋之业：指学时文以求功名。
④甲申：指崇祯十七年(1644)。那一年李自成的军队攻陷明都北京。
⑤婆娑：白发盘曲零乱的样子。视息人事：指活在人间。
⑥溘(kè)先朝露：溘，忽然。朝露，朝露易干，比喻短促的生命。此句是说忽然死去。
⑦王无功：唐诗人王绩。陶靖节：陶潜，人称靖节先生，东晋诗人。徐文长：即徐渭。
⑧效颦：西施有心病，病发时捧心皱眉显得很美。邻女东施貌丑，她也来学西施的样，结果更丑，人称效颦。这里是自谦自己模仿别人的行为。
⑨甫：初。
⑩辍笔：停笔。再：多次。
⑪虽然：即便如此。第：但，只。
⑫生圹(kuàng)：未死时营造的坟墓。项王：项羽。
⑬鸿儒：大儒。
⑭伯鸾：梁鸿字伯鸾，东汉平陵人，为人有气节，博学，与妻隐霸陵山。要离：春秋吴国义士，为吴公子光刺杀庆忌，自己伏剑自尽。
⑮"余故"句：梁鸿死葬烈士之乡，我所以也葬在项王里。

鉴赏

穷石崇，斗金谷①。盲卞和，献荆玉②。老廉颇，战涿鹿③。赝龙门，开史局④。馋东坡，饥孤竹⑤。五羖大夫，焉肯自鬻⑥。空学陶潜，枉希梅福⑦。必也寻三外野人⑧，方晓我之衷曲⑨。

思考

1. 张岱为什么要写这篇《自为墓志铭》？
2. 在这篇《自为墓志铭》中，表达了作者怎样的思想感情？

①"穷石崇"二句：晋人石崇曾与王恺斗富。穷石崇是指作者自己，谓明末以前，家道未落，可以说比石崇而略穷，但以园林与人较量。

②"盲卞和"二句：卞和，春秋楚人，得璞玉献给厉王，王不识，斫其左足；武王接位，又献，斫右足；文王即位，卞和抱璞哭于荆山之下，最后献上，名为和氏之璧。此用卞和自指，大约张岱早年曾献策朝廷。

③"老廉颇"二句：廉颇，战国时赵国名将。涿(zhuó)鹿，今河北省涿鹿县。此以廉颇自比。本文前有"以书生而践戎马之场，以将军而翻文章之府"句，看来张岱曾经在明亡时投身过战场，但目前尚缺乏确切记载。

④"赝(yàn)龙门"二句：赝，假。龙门，指司马迁，他出生于龙门。这里以司马迁自比。开史局，指他从事记载明代历史的著作《石匮书》的工作，类似古之史官。

⑤"馋东坡"二句：孤竹，古国名，伯夷、叔齐是孤竹君二子，因忠于商朝，在周朝初年，因为耻食周粟而饿死。这里是说自己本像讲究吃喝的苏轼，如今生活清苦，挨饿守节，就像伯夷、叔齐一样。

⑥"五羖(gǔ)"二句：春秋虞大夫百里奚在虞亡后逃至楚国。秦缪公闻其贤，用五羖皮(五张黑公羊皮)赎回，因此称五羖大夫。张岱以百里奚自比，但说他不肯出卖自己，即不肯出仕为官。

⑦枉希梅福：梅福，汉寿春人，曾官南昌尉。王莽专政时弃家出游，至九江成仙而去。这里是说他空想成仙。

⑧三外野人：南宋末郑思肖，宋亡后自称"三外野人"。这里是说只有郑思肖方懂他对故国的留恋之情。

⑨衷曲：内心。

鉴赏 遗世独立篇

赏析

墓志铭，本来是传主死亡以后，由别人执笔写作的打算刻在墓碑上的文字，主要介绍死者生平并对死者进行评价。在生前由本人为自己写墓志铭，这种情形并不多见。即使有，如文中所列王绩、陶潜、徐渭等人，也都是惊世骇俗之举，必定是胸中有不得已之事，不吐不快，才在生前由自己为自己盖棺论定。这种文章一般风格诡异，语言恣肆，读者需要细心体会。张岱的这篇《自为墓志铭》也是如此，粗粗看来，通篇都是自嘲自怜，实际上，联系到作者国破家亡的经历，繁华转眼成梦幻的心理历程，不难看出嬉笑戏谑背后的血泪与痛楚。

★ 立 意

在这篇《自为墓志铭》中，张岱用近乎游戏的笔墨，抒写了自己的故国之思和亡国之痛，以及在家国多事之秋无能为力、一事无成的痛悔。张岱出身于世宦之家，早年养尊处优，声色犬马，有一定的纨绔习气，但甲申之变后，他的生活一落千丈，昔日繁华不再。后来清人入主中原，他更是隐居不仕，著书为业。等到白发苍苍时，回首往事，恍然如梦，心中不由感慨万千。但他在文章中并没有捶胸顿足，痛哭流涕，清初严密的文字狱也不允许他这样做。他只好以墓志铭的形式，以自嘲戏谑的口吻，写出心中的痛楚与伤痕。文中历数自己有"七不可解"，此外又有"八可称"，"八不成"，"六呼之"，文字汪洋恣肆，如疾风迅雨，令人应接不暇，避之不及。面对这些铺天盖地的自嘲自蔑之辞，不由令人深思：家已不家，国已不国，即使自己件件可解，事事学成，又有何裨益？表面的自暴自弃之下，是一颗伤口永远无法愈合的心灵。作者少有才情，经常得到先辈夸赞，自己本来也有建功立业的雄心，但随着家国的破亡，一切雄心壮志都付诸东流水。无论是生，还是死，都失去了意义，生死已经没有本质的区别，自然对死亡也就无须讳言。作者的达观中包含有深深的无奈。

古代传记文学精品　鉴赏

★ 语　言

　　文章的最后一段即墓志铭的铭文，可以说是对全文的一个总结，也是对作者自身的一个总结。它全部采用韵文写成，以古代仁人自比，对自己的一生进行了回顾与反思。颇有意味的是，在每一个人名之前，他都使用了一个形容词进行限制，比如"穷石崇"、"盲卞和"、"老廉颇"、"赝龙门"、"馋东坡、饥孤竹"等等，以及"空学"、"枉希"，这些带有悲凉、虚幻色彩的字眼，增强了作者的自嘲色彩，也更增强了文章的悲凉、幻灭感。

多味

人生篇

人间正道是沧桑
——毛泽东

多味人生篇

种树郭橐驼传

柳宗元

题解 柳宗元，见前。这篇《种树郭橐驼传》是一篇寓言式的传记文章。文章浅显，内容深刻，反映了作者的政治理想。

正 文

郭橐驼①，不知始何名。病偻②，隆然伏行③，有类橐驼者，故乡人号之"驼"。驼闻之曰："甚善，名我固当。"因舍其名，亦自谓"橐驼"云。其乡曰丰乐乡，在长安西。驼业种树④，凡长安豪家富人为观游及卖果者⑤，皆争迎取养⑥。视驼所种树，或迁徙，无不活，且硕茂，早实以蕃⑦。他植

评 点

异名。

异事。

①橐(tuó)驼：骆驼。
②偻(lǚ)：弯腰，驼背。
③隆然：指脊背高起的样子。伏行：俯下身体走路。
④业种树：以种树为业。
⑤为观游：修建观赏游览的场所。
⑥争迎取养：争相雇用他。
⑦早实：结果实早。以：而且。蕃：繁多。

者虽窥伺效慕①,莫能如也②。

有问之,对曰:"橐驼非能使木寿且孳也③,能顺木之天以致其性焉尔④。凡植木之性,其本欲舒⑤,其培欲平⑥,其土欲故⑦,其筑欲密⑧。既然已⑨,勿动勿虑,去不复顾。其莳也若子⑩,其置也若弃⑪,则其天者全而其性得矣⑫。故吾不害其长而已,非有能硕茂之也;不抑耗其实而已⑬,非有能早而蕃之也。他植者则不然。根拳而土易⑭,其培之也,若不过焉则不及⑮。苟有能反是者⑯,则又爱之太殷⑰,忧之太勤,旦视而暮抚,已去而复顾。甚者爪其肤以验其生枯⑱,摇其本以观其疏密,而木之性日以离矣⑲。虽曰爱之,其实害之;虽曰忧之,其实仇之:故不我若也⑳。吾又何能为哉!"

真理。

①窥伺:偷偷地察看。
②莫能如:赶不上。
③寿:活得时间久。孳:生长得快。
④天:自然。致:充分适应。
⑤本:指树根。舒:舒展。
⑥培:培土。
⑦故:旧,指用原有的土。
⑧筑:捣土。密:坚实。
⑨既然已:这样做了以后。
⑩莳(shì):移栽。若子:像培育子女一样精心。
⑪置:栽好后置于一旁。
⑫全:指不受损伤。
⑬抑耗:抑制减损。
⑭拳:曲,不舒展。易:指更换新土。
⑮过:过了头。不及:指培得不够。意思是说在培土时,不是过多,就是不够。
⑯苟:如果。反是:不是这样。
⑰殷:深厚。
⑱爪其肤:用指甲抠破树皮。
⑲离:丧失。
⑳不我若:不如我。

鉴赏 多味人生篇

问者曰："以子之道，移之官理，可乎①？"驼曰："我知种树而已，理，非吾业也。然吾居乡，见长人者好烦其令②，若甚怜焉③，而卒以祸④。旦暮吏来而呼曰：'官命促尔耕，勖尔植⑤，督尔获；早缫而绪⑥，早织而缕⑦；字而幼孩⑧，遂而鸡豚⑨。'鸣鼓而聚之⑩，击木而召之⑪。吾小人辍飧饔以劳吏者且不得暇⑫，又何以蕃吾生而安吾性耶？故病且怠⑬。若是，则与吾业者其亦有类乎⑭？"

问者嘻曰⑮："不亦善夫！吾问养树，得养人术⑯。"传其事以为官戒也⑰。

真正真理。

真正异人。

问养树，得养人，此正是全篇命意。

思考

1. 作者认为，养树和养民之间，有什么共同之处？
2. 本篇名为《郭橐驼传》，文章的重点是描写这个人吗？如果不是，重点是什么？

---

①官理：为官治民。理：治的意思。
②长(zhǎng)人者：为人之长者，指当官的人。烦：繁琐，令人厌烦。
③若甚怜：像是很爱(百姓)。怜：爱。
④卒以祸：最终(给百姓)造成灾祸。
⑤勖(xù)：勉励。
⑥缫：煮茧抽丝。而：同"尔"，你。下三句"而"字义同。绪：丝头。
⑦缕：线。
⑧字：养育。
⑨遂：长，喂大。豚：猪。
⑩聚之：召集老百姓。
⑪击木：敲打着木梆之类。
⑫飧(sūn)：晚餐。饔：早餐。劳：慰劳。且：尚且。暇：空闲。
⑬病：困苦。怠：疲乏。
⑭类：近似之处。
⑮嘻：惊异感叹之声。
⑯养人：养民。
⑰官戒：做官者应当注意的事情。

鉴赏

赏析

本篇文章有不少特别之处，名为写人，实际上是借写人来发挥某种理论，即借写郭橐驼种树的理论，来阐述自己关于做官养民的观点。郭橐驼未必真有其人，关于养树的问答未必真有其事，作者设置这样的人物场景是为了更好地说明对待老百姓应该让他们顺其自然，安心生产，不应过多侵扰干涉的道理。养民和种树一样，不适当的管理都会带来不良效果："虽曰爱之，其实害之；虽曰忧之，其实仇之"。从这个意义上，可以说这是一篇寓言式的人物传记，用浅显的事例和语言阐发了相当深刻的道理。

★ 立 意

本文旨在说明要使老百姓安居乐业，统治者必须从农业生产的实际出发，顺其自然，既不能放任不管，也不能过度烦扰。但是作者避免了枯燥的说教，而是借用郭橐驼这个令人印象深刻的人物形象，借用种树这种常见的生活现象，巧妙映照，深入浅出，把道理讲得透辟明彻，易于接受。郭橐驼种树的秘诀在于"能顺木之天以致其性"，统治者治理人民也是一样，应该顺应人民生活的自然规律从而最大限度发挥他们的潜能。文中处处以养树与养民作类比，极具说服力。

★ 语 言

本文语言颇具特色，文中大量使用短句、排比句、对偶句，极富表现力。短句的大量使用，使得文章紧峭明丽、铿锵有力而不显拖沓，这在说理性的散文中尤其效果明显，短句子结构紧凑，短促有力，易于上口，也易于理解。至于排比句，如"凡植木之性，其本欲舒，其培欲平，其土欲故，其筑欲密"，"促尔耕，勖尔植，督尔获"等等，从事物的不同侧面着笔，表达全面完整；对偶句如"其莳也若子，其置也若弃""鸣鼓而聚之，击木而召之"等等，都使文章节奏明快，琅琅上口。总之，这些短句子、排比句、对偶句的使用，给文章增添了流利婉转的节奏，也增强了文章的气势和说服力。

鉴赏　多味人生篇

先妣事略

归有光

题解

归有光(1506—1571),字熙甫,号震川,昆山(今属江苏)人,明代著名文学家。多次考试不第,直到六十岁才考中进士,任长兴知县。他长期居住在嘉定安亭口上,读书讲学,学生常数百人。他反对前后七子的摹古文风,主张平淡自然,提倡唐宋古文与唐顺之等人被称为"唐宋派"。他的文章多写家庭亲情,不事雕饰而自有风味。这篇《先妣事略》是他的代表作之一,以深情沉痛的笔触回顾了母亲的一生,感人至深。

正文

先妣周孺人①,弘治元年二月十一日生②。年十六,来归③。逾年,生女淑静。淑静者,大姊也。期而生有光④。又期而生女、子:殇一人⑤,期而不育者一人⑥。又逾年,生有尚,妊十二月⑦。逾年,生淑顺。一岁,又生有功。

有功之生也⑧,孺人比乳他子加健⑨,然数颦蹙

评点

多育之劳,要等作者自己生子之后才能体会。

---

①先妣:死去的母亲。孺人:明清时七品官的母亲或妻子的封号,也可用作对妇女的尊称。
②弘治元年:1488年。弘治,明孝宗年号。
③归:女子出嫁至夫家。
④期(jī):一整年。
⑤殇:未成年而死。
⑥不育:流产。
⑦妊:怀孕。
⑧有功之生也:有功出生的时候。
⑨乳他子:哺乳其他孩子的时候。加健:身体更好。

203

顾诸婢曰①："吾为多子苦。"老妪以杯水盛二螺进②，曰："饮此，后妊不数矣③。"孺人举之尽④，喑不能言⑤。

正德八年五月二十三日⑥，孺人卒⑦。诸儿见家人泣⑧，则随之泣，然犹以为母寝也⑨，伤哉！于是家人延画工画⑩，出二子⑪，命之曰⑫："鼻以上画有光，鼻以下画大姊。"以二子肖母也⑬。

孺人讳桂⑭。外曾祖讳明⑮，外祖讳行，太学生⑯；母何氏。世居吴家桥⑰，去县城东南三十里⑱；由千墩浦而南，直桥并小港以东⑲，居人环聚，尽周氏也⑳。外祖与其三兄皆以赀雄㉑，敦尚简实㉒，与

> 二子肖母，而母已长逝，思此摧人心肝。

> 外祖家如此，可以想见母亲性情。

①数：屡次。颦蹙：紧皱眉头。顾：对着。诸婢：女仆们。
②妪：老妇人，指老年女仆。螺：田螺或螺蛳。
③妊不数矣：不再一次又一次地怀孕了。
④举之尽：端起杯来都喝进去。
⑤喑：哑。
⑥正德八年：公元1513年。正德，明武宗的年号。
⑦卒：去世。
⑧诸儿：指作者的兄弟姐妹。
⑨寝：睡觉。
⑩延：聘请。
⑪出二子：叫出来两个孩子。
⑫命：关照，告诉。
⑬肖：长相酷似。
⑭讳：古时称尊长者的名为讳。
⑮外曾祖：母亲的祖父。
⑯太学：汉朝设于首都的最高学府，明朝称"国子监"。
⑰世居：世代住在(吴家桥)。
⑱去：距离。县城：指昆山县。
⑲直：通"值"，对着。桥：指吴家桥。
⑳尽周氏也：全都是姓周的。
㉑赀：同"资"，财产。雄：称雄，指富有。
㉒敦尚：敦厚持重。简实：简单朴实。

人姁姁说村中语①,见子弟甥侄,无不爱。

孺人之吴家桥②,则治木绵③。入城,则缉纑④;灯火荧荧⑤,每至夜分⑥。外祖不二日使人问遗⑦。孺人不忧米盐,乃劳苦若不谋夕⑧。冬月,炉火炭屑,使婢子为团⑨,累累暴阶下⑩。室靡弃物⑪,家无闲人。儿女大者攀衣⑫,小者乳抱⑬,手中纫缀不辍⑭,户内洒然⑮。遇童奴有恩⑯,虽至箠楚⑰,皆不忍有后言⑱。吴家桥岁致鱼蟹饼饵⑲,率人人得食⑳。家中人闻吴家桥人至,皆喜。

有光七岁与从兄有嘉入学㉑。每阴风细雨,从

勤俭持家。

教子严而有度。

①姁姁(xū xū):和颜悦色,温和的样子。
②之:去,往。
③治:治理,指纺纱。木绵:即木棉,此指棉花。
④缉:把麻搓成线。纑:麻线。
⑤荧荧:光亮微弱的样子。
⑥夜分:夜半,半夜。
⑦不二日:不到两天,极言时间之短。问遗(wèi):慰问和赠送物品。
⑧乃:却。若不谋夕:好像早晨不能坚持到晚上,形容处境窘迫紧张。这里用以说明母亲的勤劳节俭。
⑨为团:做成煤饼。
⑩累累:连续成串地。暴:同"曝",晾晒。
⑪靡:没有。
⑫攀衣:指牵扯着母亲衣服,跟在身后。
⑬乳:喂奶。
⑭纫缀:缝补。辍:停止。
⑮洒然:整洁的样子。
⑯遇:对待。童奴:奴仆。童,同"僮",未成年的奴仆。
⑰箠楚:鞭打。箠,竹鞭。楚,荆条。
⑱后言:在背后说话。
⑲致:送来。饵:糕饼。
⑳率:大都,都。
㉑从兄:堂兄。

兄辄留①，有光意恋恋，不得留也。孺人中夜觉寝②，促有光暗诵《孝经》③。即熟读④，无一字龃龉⑤，乃喜⑥。

孺人卒，母何孺人亦卒。周氏有羊狗之痾⑦，舅母卒；四姨归顾氏，又卒；死三十人而定⑧，惟外祖与二舅存⑨。

孺人死十一年，大姊归王三接，孺人所许聘者也⑩。十二年，有光补学官弟子⑪，十六年而有妇⑫，孺人所聘者也。期而抱女⑬，抚爱之，益念孺人⑭。中夜与其妇泣，追惟一二⑮，仿佛如昨，馀则茫然矣。世乃有无母之人！天乎，痛哉！

> 与外祖家亲近，所以外祖家之祸也足以摧人心肝。

> 不养儿不知父母恩。末句催人泪下。

思考

1. 这篇文章中没有记载什么惊天动地的大事，都是一些日常琐事，但仍具有强烈的感染力，为什么？

---

①辄：常常。留：留在家中，不去上学。
②觉(jiào)寝：从睡眠中醒过来。觉，醒。
③《孝经》：儒家的一种重要典籍，宣扬孝道和孝治思想。封建社会里，它被规定为青少年的必读典籍之一。
④即：假如。
⑤龃龉：上下牙不相合。比喻诵读不流利。
⑥乃：才。
⑦羊狗之痾(ē)：一种由家畜传染的疫病。痾：病。
⑧定：平息。
⑨惟：只有。
⑩聘：订婚。
⑪补学官弟子：即通过县、州、府级的考试，成为秀才。学官，主管学校教育的官员。
⑫有妇：指娶妻。
⑬抱女：生了女孩。
⑭益：更加。
⑮追惟一二：回想起一两件事。惟：思。

鉴赏　多味人生篇

2. 作者通过哪些生活琐事描写了母亲的慈爱以及自己对于母亲的思念？

赏析

作者的母亲只是一位普普通通的家庭妇女，出生于农村，十六岁出嫁到归家，在频繁的生育和辛苦的操劳之后，没几年就因家族病去世，年仅二十六岁。她去世的时候，一大群孩子还很小，甚至不知死亡为何物，以为母亲只是睡着了，归有光当时也只有七八岁，还不懂事。直到长大成人、娶妻生子之后，慢慢回忆起和母亲有关的点点滴滴，才对亲情有了更深的理解和感受。他把这点点滴滴饱含深情与痛苦倾注笔端，写成了这篇读来令人痛彻心肺的人间至文。文章于平淡中见真情，于细微处见精神，十分感人。

★ 材　料

这篇文章乍一读来，仿佛作者信笔而写，无数琐事，拉拉杂杂，材料既未精练，文笔也全无轻重主次。但体会到作者早年丧母，当时尚童蒙无知，那么到成年以后，这能够回忆起来的任何细节、任何琐事都弥足珍贵。读者也于不知不觉中受到感染。这些材料向我们展示了母亲短暂而操劳的一生，也展示了母亲勤俭、善良、慈爱的性格。在行文中，读者时时能感觉到作者心中多年的隐痛。文章以"世乃有无母之人！天乎，痛哉！"结尾，催人泪下。

★ 人物描写

本文的人物形象是通过大量琐事表现出来的。文章开始，作者细细介绍母亲频繁的生育，多孕多产给她的身体和精神带来的压力是可以想见的，尤其其中又有婴儿夭折与流产带来的精神创痛，这对于一个二十岁左右的年轻女子来说，可以说过于沉重了。她甚至不惜采用民间偏方来避孕。作者在自己娶妻生了女儿之后，更深刻地体会到了母亲的艰辛劳动，这应了那句"不养儿不知父母恩"的老话。在关于母亲的回忆中，也不乏温馨的片断：比如外祖家的馈赠，半夜促儿背

书等等，但这温馨只能令人到中年的作者倍增凄凉。从最后一段我们可以看出，母亲虽然早逝，但也尽量为儿女安排了日后的生活，这更令儿女们感念不已。可惜母亲留给儿女的记忆太少，真令人终身抱憾！但有了作者这篇至情之文，母亲可以安然长眠了。

鉴赏 / 多味人生篇

寒花葬志[1]

归有光

题解

归有光，见前。

这篇短文是作者为自己妻子的婢女寒花——一个十几岁时不幸早夭的女孩子所写的葬志，通过对日常琐事的回忆，表达了对亡妻的思念，以及对往昔岁月的留恋。

正文

婢，魏孺人媵也[2]。嘉靖丁酉五月四日死[3]，葬虚丘[4]。事我而不卒[5]，命也夫[6]！

婢初媵时，年十岁，垂双鬟[7]，曳深绿布裳[8]。一日，天寒，爇火煮荸荠熟[9]，婢削之盈瓯[10]。予入自外，取食之；婢持去，不与[11]。魏孺人笑之。孺人

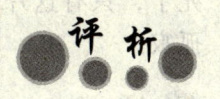

评析

憨态可掬。

---

[1]寒花：婢女的名字。
[2]魏孺人：指作者的妻子，姓魏。明代七品以下职官的妻子，封为孺人。媵(yìng)：随嫁的婢女。
[3]嘉靖丁酉：嘉靖十六年，公元1537年。
[4]虚丘：地名，在今江苏昆山东南。
[5]事：服侍。卒：到底，完。
[6]夫：助词，用在句尾表示感叹。
[7]鬟：环形的发髻。
[8]曳(yè)：拖。裳：裙子。
[9]爇(ruò)：烧。
[10]盈：满。瓯：小盆。
[11]与：给。

每令婢倚几旁饭①，即饭，目眶冉冉动②。孺人又指予以为笑。

回思是时③，奄忽便已十年④。吁⑤，可悲也已⑥！

当日笑语，徒增今日感悲。

赏析

在这篇短文中，作者主要记录了关于一位婢女的几件日常琐事：煮好的荸荠不肯给主人吃，大眼睛转来转去的样子等。这些琐事传达的是家庭特有的温馨气氛。但现在，妻子已经死了，婢女也死了，只有这片片段段的场景还留在记忆中，更衬出今日的凄凉与孤寂。

材料

本文的细节运用，非常生动传神。刚刚随女主人嫁过来的小丫环，才刚十岁，还不甚懂事。一个寒冷的日子，她自己煮了一些荸荠，并辛辛苦苦削皮，好容易才削了一小盆。这时，男主人从外面进来，顺手吃了几颗。小丫环发现后立刻端走，不肯给他吃。通过这个细节，一个娇憨可爱的小姑娘形象跃然纸上：她根本没有意识到，对方是自己的主人，而自己是仆人。或者说，她没有意识到已经和女主人结婚的这个男子也是"自己人"。她的幼稚举动当然招来大家的欢笑。这是讨女主人喜欢的小丫头，吃饭的时候也经常让她在旁边，连她大眼睛慢慢转动的样子也招人怜爱，夫妻二人常为此发笑。但时光无情，一晃十年过去了，时间不仅带走了青春年

---

①饭：吃饭。
②冉冉：慢悠悠。这句形容眼睛转动的样子。
③是时：那时。
④奄忽：很快的样子。
⑤吁：叹词，表示惊异。
⑥已：感叹词，这里相当于"矣"。

华，也带走了作者的爱妻，以及这个可爱的小丫头。留给作者的，惟有回忆和无尽的哀思而已。

⭐ 语　言

　　本文虽然不长，用字却很有讲究。两个"笑"字，尤其生动。小丫头护食，妻子"笑之"，小丫头"目眶冉冉动"，妻子笑着指给自己看。如今，妻子的音容笑貌还宛然在目，人却早已长眠地下了，而今连引她发笑的小丫头也去世了，回首往事，不由悲从中来。今日之悲与往日之"笑"形成了鲜明的对比，增强了艺术感染力。

记孙觌事

朱 熹

题解

朱熹(1130—1200),南宋著名理学家、教育家,字元晦,一字仲晦,号晦庵,别称紫阳,徽州婺源(今属江西)人,后侨居建阳(今属福建)。曾担任秘阁修撰等官职。他发展了二程的学说,是理学的集大成者,被后人尊称为"朱子"。著作有《四书章句集注》、《诗集传》等。这篇《记孙觌事》是一篇揭露卖国贼丑恶嘴脸、以正天下人视听的投枪匕首式的小品文,虽然只记载了孙觌的一件事,但已经足以刻画其人品了。

正文

靖康之难①,钦宗幸房营②。虏人欲得某文③。钦宗不得已,为诏从臣孙觌为之;阴冀觌不奉诏④,得以为解⑤。而觌不复辞,一挥立就⑥,过为贬损,以媚虏人⑦,而词甚精丽,如宿成者⑧。虏人大喜,至以大宗城卤获妇饷之⑨。觌亦不辞。其后每语人

评点

"幸"、"某文",于忌讳中可见丧国之痛。

①靖康之难:指宋钦宗靖康二年(1127)四月,金人攻陷宋都汴梁,掳走宋徽宗、宋钦宗,北宋灭亡。
②幸:皇帝所到曰幸。钦宗其实是被俘虏的,这里是隐讳的说法。虏营:金人军营。
③某文:指降表这里不直接说出,也是隐讳的意思。
④阴:私下里。冀:希望。
⑤解:解脱。
⑥就:写成,写好。
⑦媚:讨好,献媚。
⑧宿成:早就写好了。
⑨大宗城:语出《诗经·大雅·板》"大宗维翰,小宗维城"意为同姓贵族。这里指金朝的同姓权贵。卤:掳获。饷:送,赏赐。

212

曰:"人不胜天久矣,古今祸乱,莫非天之所为。而一时之士①,欲以人力胜之,是以多败事而少成功,而身以不免焉②。孟子所谓'顺天者存,逆天者亡'者③,盖谓此也。"或戏之曰:"然则,子之在房营也,顺天为已甚矣!④其寿而康也⑤,宜哉!"觌惭无以应。闻者快之⑥。

所谓"盗亦有道"。

乙巳八月二十三日⑦,与刘晦伯语⑧,录记此事,因书以识云⑨。

思考

1. 通过文中记载的这一件事,你认为孙觌是一个什么样的人?
2. 孙觌利用孟子的话"顺天者存,逆天者亡"为自己辩护,你认为有道理吗?

赏析

孙觌(1081—1169),字仲益,晋陵人。善诗文,尤其擅长写四六骈文,与洪迈、周必大、汪藻等人齐名,是当时著名的文学家,但他一生行事、生平出处,则为人不齿。他生活于金兵入侵、北宋灭亡之际,但力主和谈,弹劾李纲,诋毁岳飞,甚至接受金人女乐,为宋主起草降表,而且多献媚之辞。他的言论,在当时也蒙蔽了一些人,使

---

① 一时之士:当时之士。
② 不免:不免于死。
③ 顺天者存、逆天者亡:语见《孟子·离娄上》。
④ 已甚:过分。
⑤ 寿而康:健康长寿。孙觌活了八十九岁。
⑥ 快:痛快。
⑦ 乙巳:指宋孝宗淳熙十二年(1185)。
⑧ 刘晦伯:刘爚,是朱熹的学生。
⑨ 识(zhì):记录。

得有识之士非常痛心。朱熹就是其中之一，和学生谈起这件事时仍义愤难平，于是写了这篇短文，仅通过写降表一事，就将孙觌的卖国贼嘴脸刻画得淋漓尽致。

★ 语　言

　　《记孙觌事》是一篇短文，用字十分讲究。作者既要揭露孙觌卖国求荣的无耻嘴脸，又深怀破国之痛，两种情绪交织，在用字上体现得很明显。在介绍事件背景时，不得不触到国破家亡的伤心史，作者用"靖康之难"、"幸虏营"、"某文"、"不得已"等字样，小心翼翼不去碰触国人心中的伤疤，而且为蒙尘的徽钦二帝曲饰隐讳，表达了一位臣民的忠诚与忧愤。这种风格恰恰与孙觌的降表形成鲜明的对比。孙觌的降表，即宣告亡国投降的文章"词甚精丽，如宿成者"，"过为贬损，以媚虏人"。结果金人大喜，赏赐给他女乐，他也欣然接受。这样的卖国文章，即使字字珠玑，又有什么益处呢？他的文章虽然曾经知名一时，但如今的文学史上基本上见不到他的名字，可以说人以文废了。

★ 技　法

　　这篇短文刻画孙觌的卖国嘴脸，可以说使用两个"不辞"效果奇佳。第一个"不辞"是：金人强迫宋钦宗上降表，钦宗没有办法，下诏命令孙觌去写，实际上钦宗暗中希望孙觌坚持臣子的气节，以死抗争，拒不遵命，坚决不写。当时的确有不少人这样做。但出乎意料的是，孙觌毫不推辞，一挥而成，而且"词甚精丽"，仿佛早就写好了。这个"不辞"，使钦宗的希望落空，也使读者认清了孙觌的真面目。第二个"不辞"在降表写好后，由于其中内容极力贬损宋朝君臣，大力赞扬金人，金人大喜，甚至把自己抢掳来的妇女赏赐给他。这些妇女都是宋朝同胞啊，同是天涯沦落人，同时陷入敌手，孙觌不仅没有丝毫难堪，反而欣然接受，"亦不辞"。这个"不辞"对孙觌的讽刺更入木三分。一个人立身处世，应该有所为有所不为，其尺度就是国家和人民的利益。像孙觌这样毫不推辞、无所不为，难怪就连他的同时代人也认为他"生平出处，则至不足道"。

214

推 荐 书 目

《左传》　　　　　　　　　　　　　　　左丘明
《史记》　　　　　　　　　　　　　　　司马迁
《汉书》　　　　　　　　　　　　　　　班　固
《后汉书》　　　　　　　　　　　　　　范　晔
《三国志》　　　　　　　　　　　　　　陈　寿
《文选》　　　　　　　　　　　　　　　萧　统
《唐宋八大家文钞》　　　　　　　　　　茅　坤
《古文辞类纂》　　　　　　　　　　　　姚　鼐
《古文观止》　　　　　　　　　吴楚材、吴调侯
《经史百家杂钞》　　　　　　　　　　　曾国藩

敬 告 作 者

　　为了编好《中小学生语文素养文库》丛书，辽宁教育出版社通过本丛书的编者、作者并委托中国作家协会作家权益保障委员会，与这套书所选作品的作者进行了广泛的联系，并得到了他们的大力支持，获得了大部分著作权的合法使用。在此，我们表示衷心地感谢。但是，由于条件所限，有少部分选入作品的作者我们无法取得联系；还有一些作品在原出版物上就没有署名，或查不到翻译者的署名，更是无法联系。这套书现已出版，凡被使用作品的著作权人一经在书中发现自己的作品，请尽快与我们联系。我们已将作品的稿酬保存起来，随时恭候各位领取。

　　多谢您的合作与支持，不周之处敬请原谅！

通信地址：(110003)沈阳市和平区十一纬路25号
　　　　　　辽宁教育出版社
联 系 人： 张国强　李双宇
联系电话：(024)23284404　23284202

辽宁教育出版社